I0526307

Die Entdeckung des Drachen

Lochguard Highland Drachen
Buch 6

Jessie Donovan

Mythical Lake Press, LLC

Impressum

Die Entdeckung des Drachen
Englisches Copyright © 2019 Laura Hoak-Kagey
Deutsches Copyright © 2025 Laura Hoak-Kagey
Deutsche Übersetzung von Anna Drago und Katrin Dolle
Mythical Lake Press, LLC
www.JessieDonovan.com

Cover-Art von Laura Hoak-Kagey von Mythical Lake Design

ISBN: 979-8891560529

Die **Stonefire Drachen** und **Lochguard Highland Drachen** Serien sind miteinander verflochten. Da so viele Leser nach der Lesereihenfolge fragen, habe ich sie in dieses Buch aufgenommen. (Diese Liste gilt ab Dezember 2025.)

Dem Drachen geopfert (Stonefire Drachen #1)

Den Drachen verführen (Stonefire Drachen #2)

Die Drachen offenbaren (Stonefire Drachen #3)

Den Drachen heilen (Stonefire Drachen #4)

Den Drachen wiedererwecken (Stonefire Drachen #5)

Das Dilemma des Drachen (Lochguard Highland Drachen #1)

Vom Drachen geliebt (Stonefire Drachen #6)

Der Drachenwächter (Lochguard Highland Drachen #2)

Dem Drachen ergeben (Stonefire Drachen #7)

Das Drachenherz (Lochguard Highland Drachen #3)

Vom Drachen geheilt (Stonefire Drachen #8)

Der Drachenkrieger (Lochguard Highland Drachen #4)

Dem Drachen helfen (Stonefire Drachen #9)

Den Drachen finden (Stonefire Drachen #10)

Vom Drachen ersehnt (Stonefire Drachen #11)

Die Drachenfamilie (Lochguard Highland Drachen #5)

Skyhunter gewinnen (Stonefire Drachen Universum #1)

Bücher von Jessie Donovan

Kapitel Eins

Alistair Boyd stand neben seiner Mutter Meg in Lochguards Palas und wünschte sich fast, das Dach wäre noch nicht ersetzt worden.

Schottland war nicht der wärmste Ort, aber er hatte nichts gegen Regen, Wind oder eine Kombination aus beidem. Er wollte eine Ausrede, irgendeine Ausrede, um gehen zu können und nicht die Gruppe von zehn Frauen treffen zu müssen, die zum Teil in seine Verantwortung fallen würden. Nicht, weil es seine Art war, sich vor Verantwortlichkeiten zu drücken, sondern weil er vermutete, dass seine Mutter ihn verkuppeln wollte.

Sie hatte das jahrelang versucht, und Alistair hatte es zu seiner Mission gemacht, Versammlungen generell frühzeitig zu verlassen. Er hatte nicht vor, sich eine Gefährtin zu nehmen.

Sein Drache meldete sich zu Wort. *Du hast früher davon geträumt, Menschenfrauen zu treffen, und jetzt ist eine ganze Gruppe von ihnen hier.*

Das war vorher, und das weißt du auch.

„Vorher" bezog sich auf die Zeit vor fast drei Jahren, als Alistair ein Gelübde abgelegt hatte, sich von Frauen fernzuhalten und nach Möglichkeit nicht mit ihnen zu schlafen. Er hatte die eine Frau enttäuscht, die ihm am meisten am Herzen lag, und er durfte nicht riskieren, dass es wieder passierte.

Sein Tier schnaubte. *Wir haben alles getan, um Rachel zu helfen. Genug mit der Trübsal! Selbst wenn du vorgibst, es nicht zu wollen,* brauche *ich eine Frau. Unsere Hand ist kein Vergleich.*

Alistair widerstand dem Drang, zu seiner Mutter zu blicken. *Lass uns nicht über Masturbation reden, wenn wir neben Mum stehen, aye?*

Dann schau dir die Menschenfrauen wenigstens an und denk darüber nach, ihnen eine Chance zu geben. Der Sinn, dass sie nach Lochguard kommen, ist doch, dass einige der alleinstehenden Lochguard-Mitglieder Gefährtinnen finden.

Das stimmte – das Ministerium für Drachenangelegenheiten, das MDA, versuchte etwas Neues. Anstatt eine Menschenfrau nach der anderen zu schicken und sie zu zwingen, einen Mann zu nehmen, bis sie schwanger war, hatten sie jetzt eine Gruppe von zehn Personen herkommen lassen, die sich frei unter sie mischen konnte, ohne dass Sex gefordert wurde. Die Hoffnung war, dass die Paarungen zwischen Menschen und Drachen natürlicher zustande kamen und es langfristig weniger Probleme gäbe.

Alistair antwortete seinem Drachen: *Wir sollen sie über Drachenwandler informieren und nichts anderes.* Finlay Stewart, Lochguards blonder Clanführer, trat auf das erhöhte Podest vorn im Raum. *Jetzt sei still. Wir müssen Finn zuhören, für den Fall, dass er sich entschließt, versehentlich „zusätzliche" Pflichten für uns hinzuzufügen.*

Sein Drache schnaubte. *Nichts, was Finn tut, ist versehentlich.*

Alistair grunzte innerlich und sah zu, wie Finn seine Arme hob und zum Schweigen aufrief. Sobald es im Saal größtenteils still war – Lochguard war nicht als der leiseste Clan bekannt – richtete Finn seine Stimme in den Raum. „Ich kann mir keinen besseren Tag vorstellen, die Fertigstellung des neuen Dachs zu feiern, und nicht nur wegen des kleinen Sturms da draußen."

Wie auf Stichwort rüttelte der Wind an den Fenstern. Alistair traute es Finn zu, dass er jemanden beauftragt hatte, das für ihn zu inszenieren.

Lochguards Anführer war intelligent, geschickt im Umgang mit dem Clan und wäre bereit zu sterben, um sie alle zu beschützen. Aber er war auch ein Charmeur und Performer, der dazu neigte, absichtlich zu übertreiben.

Finn fuhr fort: „Nach dem lebhaften Jahr, das wir hatten, stelle ich mir vor, dass euch allen die Ruhe ein bisschen langweilig wird, aye? Aber nicht mehr! Die Gruppe potenzieller weiblicher Gefährtinnen ist angekommen, zusammen mit ihrer Betreuerin, Dr. Kiyana Barnes."

Gemurmel erhob sich, obwohl jeder seit Wochen gewusst hatte, dass dieser Tag kommen würde. Finn ignorierte das Gepolter und fuhr fort: „Während die Frauen nur ein paar Monate bleiben und sich unter die alleinstehenden Drachen mischen werden, die eine Partnerin suchen, wird Dr. Barnes eine Weile länger bei uns sein. Sechs Monate sogar. Sie wird hier sein, um unseren Clan zu beobachten und Informationen zu sammeln, um sowohl das MDA als auch die allgemeine menschliche Bevölkerung in Großbritannien besser über unsere Art zu informieren."

Lauteres Gemurmel erhob sich und erwähnte ein Buch über Drachenwandler von einem Menschen namens Melanie Hall sowie eine Videoserie ebenfalls von einem Menschen, der mit einem Drachenwandler gepaart war, Jane Hartley. Beides hatte den Menschen bereits geholfen, ihre Art besser zu verstehen.

Finn schüttelte den Kopf. „Das waren gute Anfänge, aber nicht genug. Dr. Barnes ist nicht mit einem Drachenwandler gepaart, und das wird ihr eine einzigartige Perspektive bieten. Vor allem, weil sie Anthropologin ist und versuchen wird, einen objektiven Blick darauf zu werfen, wie unser Clan funktioniert."

Alistair hatte die meiste Zeit seines Lebens damit verbracht, sich mit objektiven Fakten zu befassen. Er mochte jetzt Lehrer sein, aber er war früher leitender Wissenschaftler und Forschungsleiter in Lochguard gewesen. Zu sagen, er sei den Sozialwissenschaften, beispielsweise der Anthropologie, gegenüber skeptisch, war eine Untertreibung.

Sein Drache seufzte schwer, aber Alistair war gut darin, sein Tier zu ignorieren, wenn er es wollte.

Finn deutete auf den hinteren Bereich der Bühne. Eine Gruppe von Frauen kam heraus, um sich in einer Reihe hinter ihm aufzustellen. Eine war zwar so hübsch wie die andere, aber es war die Frau am Ende, mit lockigen, dunklen Haaren und hellbrauner Haut, die seine Aufmerksamkeit erregte.

Sie war größer als die anderen, aber das war es nicht, was ihn auf sie aufmerksam machte. Die anderen konzentrierten sich hauptsächlich auf einen Punkt in der Ferne oder auf den Boden, aber die Frau mit den lockigen Haaren sah sich die Menge an. Ab und zu hielt sie inne, betrachtete etwas genauer, und dann bewegte sich ihr Blick weiter.

Alistair würde alles, was er besaß, darauf verwetten, dass sie die Frau war, die geschickt worden war, um sie zu studieren.

Sein Tier grunzte. *Wir leiden seit Jahrzehnten, wenn nicht Jahrhunderten, unter den Vorurteilen der*

Menschen. Verurteile sie nicht, bevor du sie kennengelernt hast.

Es ist nicht, weil sie ein Mensch ist.

Wenigstens hat sie keine Angst. Das gefällt mir an ihr.

Alarmglocken schrillten in Alistairs Kopf. *Och, nein, denk nicht einmal daran!*

Warum nicht? Sie ist hübsch. Ganz zu schweigen davon, dass sie mutig ist, herzukommen, um für sechs Monate bei uns zu leben. Schließlich heißt es in den Geschichten, dass wir Menschen zum Abendessen verspeisen.

Wenn du einen nervtötenden Witz darüber machst, sie aufessen zu wollen, werde ich dich in ein mentales Gefängnis werfen, aye?

Sein Tier lachte leise. *Ich würde gern sehen, wie du das versuchst. Es ist Jahre her, dass du eins gebaut hast, und du bist aus der Übung.*

Bevor Alistair antworten konnte, sprach Finn noch einmal und deutete auf die Frauen. „Hinter mir stehen die tapferen Mädels, die bereit sind, für ein paar Monate nach Lochguard zu kommen, und offen sind für die Paarung – Heirat – mit einem Drachenwandler. Zeigen wir ihnen unsere Unterstützung und heißen sie in unserem Clan willkommen!"

Man musste Lochguard zugutehalten, dass alle jubelten und klatschten. Da es vor dem Treffen einen Empfang gegeben hatte, bei dem ziemlich viel Alkohol geflossen war, wettete Alistair, dass die meisten besser drauf waren als sonst.

Einschließlich der zwei älteren Drachenmänner, die in der Nähe seiner Mutter standen.

Er wollte nicht an seine Mum und ihre beiden Männer denken – oder zumindest vermutete jeder, dass es ihre beiden Männer waren –, und klatschte höflich.

Seine Mutter versetzte ihm einen Knuff in die Seite und flüsterte: „Vielleicht magst du ja eine von ihnen."

„Ich dachte, du wärst fertig mit dem Verkuppeln", sagte er gedehnt.

„Aye, das war ich. Aber mit all den Frauen, die auf einmal kommen? Vielleicht gibt es noch Hoffnung für dich, Alistair."

Es lag ihm auf der Zungenspitze zu sagen, dass es mehr für ihn gab als eine Gefährtin zu finden, aber Jahrzehnte Erfahrung hatten ihn gelehrt, dass es sinnlos war, mit seiner Mutter zu streiten. Sie fand immer einen Weg zu gewinnen, egal ob sie im Unrecht war.

Die Frau, die ihm aufgefallen war, die mit den dunklen, lockigen Haaren, stellte sich neben Finn, ein Mikrofon in der Hand. Sobald Finn den Clan wieder ruhig hatte, sprach sie, und ihr Akzent verriet, dass sie irgendwo aus dem Süden Englands kam. „Hallo, Lochguard. Wie Finn bereits gesagt hat, mein Name ist Kiyana, aber ihr könnt mich Kiki nennen."

Kiki passte nicht zu ihr; seine Mum hatte mal einen Hund namens Kiki.

Sein Tier meldete sich zu Wort. *Warum interessiert dich das?*

Da er nicht daran denken wollte, warum es das tat, konzentrierte er sich auf die nächsten Worte der Frau. „Während ich euren Clan beobachte, hoffe ich, viele von euch auch auf einer persönlicheren Ebene kennenzulernen. Ich arbeite seit vielen Jahren für das MDA, und ich weiß, dass die meisten Gerüchte über euch nicht wahr sind."

Ein paar Leute lachten, und ein Mann – er dachte, es käme aus der Richtung der MacAllister-Geschwister – platzte heraus: „Welche sind denn wahr? Die Gerüchte darüber, wie groß unsere –"

Jemand gab dem Mann einen Klaps, um ihn zum Schweigen zu bringen. Definitiv einer der MacAllisters also, da die Mutter der fünf Geschwister sie oft zensierte. Nun, die jüngsten vier. Das älteste Kind war eine der besonnensten Drachenfrauen, die er je getroffen hatte.

Sein Tier schnaubte. *Ich wünschte, die Mutter würde sie nicht zensieren. Es ist viel lustiger, wenn sie sagen, was ihnen in den Sinn kommt.*

Man musste der Menschenfrau Kiyana zugutehalten, dass sie schmunzelte und antwortete: „Wenn du genau wissen willst, wovon ich rede, dann müssen wir uns irgendwann zu einem Gespräch zusammensetzen, richtig?"

Sein Drache brummte, *Ich sagte doch, sie ist mutig. Wenn wir nicht aufpassen, wird einer der MacAllisters sie sich schnappen.*

Und warum sollte das wichtig sein? Ich bin nicht auf der Suche.

Aber du warst einverstanden, mindestens eine Stunde auf einer der Partys zu bleiben.

Nur um Mum davon abzuhalten, mich noch weitere zehntausend Mal zu fragen.

Kiyana fuhr fort: „Aber ganz ehrlich, danke, dass ihr uns in eurem Clan willkommen geheißen habt. Ich weiß, dass die Beziehung zwischen Lochguard und den Menschen in der Vergangenheit holprig war, aber wir alle" – sie zeigte auf sich selbst und die anderen Frauen – „sind aus freiem Willen hier. Nochmals vielen Dank, und ich freue mich darauf, bald mit euch zu sprechen."

Finn klatschte, und die meisten anderen auch. Kiyana ging zurück zu ihrem Platz auf der Bühne, am Ende der Menschenreihe.

Ihr Clanführer stellte sich wieder in die Mitte. „Aye, nun, da die formalen Ansprachen beendet sind, ist es Zeit für eine Party! Die Menschen werden sich unter alle anderen mischen, also zeigt eure besten Manieren. Schließlich wird jede Frau heute Abend von einem Wächter begleitet, um ihre Sicherheit zu gewährleisten. Und ich möchte mich lieber nicht mit Kämpfen rumärgern, zumal ich ohnehin schon immer alle Hände voll mit meinen Cousins zu tun habe."

Proteste kamen von dort, wo die MacKenzies – seine Cousins – auf der anderen Seite des Saals standen.

Finn ignorierte sie. „Hiermit erkläre ich die Feier offiziell für eröffnet." Er deutete zur Seite, und Musik erfüllte die Luft.

Alistair drehte sich um und machte einen Schritt zur Tür – er musste erst am nächsten Tag die Menschenfrauen treffen –, aber die Hand seiner Mutter klammerte sich an sein Handgelenk. Seine Mutter war zwar in ihren Sechzigern, aber ihr Händedruck war fester als der einiger Männer seines Alters.

Sie fragte viel zu süß: „Was denkst du, wohin du gehst?"

Er atmete einmal tief ein und versuchte, seine Stimme ruhig zu halten. „Ich muss mich auf morgen vorbereiten. Du weißt, dass ich den Menschenfrauen die Lebensweise der Drachenwandler erklären soll."

Seine Mutter machte Tss. „Du bist immer schon zwei Tage im Voraus vorbereitet. Tu deiner alten Mum einen Gefallen, ja? Triff dich wenigstens mit ihnen. Du hast mir eine Stunde versprochen, richtig?"

Die Worte seiner Mutter mochten oberflächlich wie eine Bitte erscheinen, aber sie waren ein Befehl. Einer, den er befolgen musste, oder er riskierte, dass sie sich noch mehr in sein Leben einmischte.

Bis zu dem Punkt, dass sie alle Frauen zum Essen einlud, und er wäre der einzige andere Gast.

Er beneidete andere mit Eltern, die nicht alles über das Leben ihrer Kinder wissen mussten.

Sein Tier meldete sich zu Wort. *Hallo zu den Menschen zu sagen, wird niemandem schaden.*

Du solltest doch auf meiner Seite sein.

Das bin ich. Es ist noch nicht einmal sechs Uhr. Und Mum hat recht – du hast alles für morgen vorbereitet. Können wir nicht einmal einfach nur Spaß haben? Es ist Jahre her, dass wir lange genug bei einem Clan-Treffen geblieben sind, um auch nur zu tanzen.

Da er eindeutig in der Unterzahl war und das Letzte, was er wollte, war, dass seine Mutter und sein Drache als Team gegen ihn arbeiteten, seufzte Alistair. „Okay, Mum. Ich bleibe ein bisschen, aber nicht die ganze Nacht, aye?"

„Vielleicht hast du so viel Spaß, dass du ganz vergisst, gehen zu wollen. Jetzt komm. Wir müssen die Menschenfrauen begrüßen, bevor die anderen es tun. Lorna MacKenzie mag jetzt all ihre Kinder unter die Haube gebracht haben, aber ich darf nicht riskieren, dass Sylvia MacAllisters drei Söhne sich die besten Frauen der Gruppe schnappen."

Alistair wollte sagen, dass die Frauen nicht da waren, um sich schnappen zu lassen, aber er entschied sich dagegen. Der Widerspruch war es nicht wert.

Er folgte seiner Mutter und tat sein Bestes, um nicht finster dreinzublicken oder zu gelangweilt zu wirken. Nur weil er nicht an einer Gefährtin interessiert war, hieß das nicht, dass er unhöflich zu den Menschen sein sollte.

Dr. Kiyana Barnes tat ihr Bestes, um zu verhindern, dass ihr der Mund offen stehen blieben, als sie von einem Drachenwandler zum nächsten schaute. Es war nicht das erste Mal, dass sie auf dem Land eines Drachenclans war. Allerdings war es mehr als fünf Jahre her, dass das Ministerium für Drachenangelegenheiten ihr etwas anderes als Schreibtischaufträge gegeben hatte.

Nicht, dass sie das nicht verdient hatte. Schließlich hatte sie vor fünf Jahren so richtig Mist gebaut, als sie sich mit einem der Drachen-Clan-Mitglieder eingelassen hatte, die sie eigentlich beobachten sollte.

Es war nicht Liebe gewesen, was den Fehler nur noch schlimmer gemacht hatte.

Aber heute Abend, nun, heute Abend war ihre zweite Chance. Während es zum Teil einfach Glück gewesen war, dass niemand wirklich sechs Monate lang mit einem Drachenclan hatte leben wollen, hatte Kiyana auch Jahre damit verbracht, so viel über die Drachenwandlergeschichte wie möglich zu lernen. Das, plus herausragende Bewertungen ihrer Arbeit in den letzten fünf Jahren, hatte dazu geführt, dass sie den Posten erhalten hatte.

Natürlich war sie diesmal mehr als nur eine Beobachterin. Sie musste auch helfen, sich um die anderen Frauen zu kümmern. Eine von ihnen, Julie, versteckte sich gerade hinter Kiyana.

Sanft zu sein war nicht ihre Art, aber sie gab ihr Bestes und flüsterte: „Was ist los? Du warst doch so aufgeregt, nach Lochguard zu kommen, mehr als alle anderen. Also, was ist passiert?"

Julie antwortete: „Ich weiß, aber jetzt, wo ich hier bin, ist es so viel realer. Sie sind alle so groß und fit, und, nun, bist du sicher, dass sie sich nicht in Drachen verwandeln und mich entzweireißen werden?"

Kiyanas erster Gedanke war, der anderen Frau zu sagen, sie solle sich zusammenreißen. Niemand würde im Palas wandeln und vielleicht die Wände oder das Dach zum Einsturz bringen.

Denk dran, sie waren nicht so oft mit Drachen-wandlern zusammen wie du, Kiyana. Sei nett. Angesichts der Erinnerung lächelte sie und sprach so sanft, aber entschlossen, wie sie konnte. „Hör zu, Julie. Erstens hast du deinen älteren Bruder hier, um auf dich aufzupassen, und zweitens, glaubst du wirklich, Lochguard riskiert einen Krieg mit den Menschen? Ganz zu schweigen von etwas so Albernem wie in einem Gebäude zu wandeln?" Sie wollte hinzufügen, dass sie bis zum Neumond warten würden, damit niemand es sehen konnte, aber sie verkniff sich den Witz. Julie fände es vermutlich nicht komisch. Also fuhr Kiyana fort: „Das ist eine Party. Vielleicht hilft dir ein Glas Wein, dich zu beruhigen, und du kannst dich einfach amüsieren."

Julie öffnete den Mund, schloss ihn dann aber sofort. Kiyana sah geradeaus und bemerkte die grauhaarige Drachenfrau neben einem großen Mann, dessen Tattoo auf seinem Arm ihn als Drachenwandler kennzeichnete. Es war schwer, die gestählten Muskeln seiner Brust und Arme zu übersehen, eine weitere Sache, die Drachenwandler für gewöhnlich auszeichnete, ihre Muskeln entwickelten sich aus einer Kombination aus Fliegen und Training.

Obwohl er nicht so gutaussehend wie ein Filmstar war, hatte sein Gesicht etwas an sich, das sie dazu brachte, es zu mustern. Vielleicht sein kantiger Kiefer oder sogar seine Augen – eines war blau und das andere braun. Aber es war das offensichtlich falsche Lächeln in seinem Gesicht, das ihre Lippen zucken ließ. Er wollte nicht hier sein, aber die ältere Drachenfrau hatte das Handgelenk des Mannes fest im Griff.

Die ältere Frau sprach zuerst. „Och, tut mir leid, euch Mädels zu erschrecken, aber ich wollte eine der Ersten sein, die euch in Lochguard willkommen heißen. Mein Name ist Meg." Sie deutete auf den Mann an ihrer Seite. „Und das hier ist mein Sohn Alistair. Mein noch unverpaarter Sohn, aye?"

Kiyana schwor, ein Seufzen von Alistair gehört zu haben, aber als sie sein Gesicht wieder ansah, war da dasselbe falsche Lächeln zu sehen wie zuvor.

Meg sprach weiter. „Und wie heißt das Mädel mit den roten Haaren? Die Ärztin kenne ich, weil sie ja gesprochen hat, aber das hübsche Mädel hinter ihr kenne ich nicht."

Es sollte Kiyana egal sein, dass die Drachenfrau Julie als hübsch beschrieben hatte, aber nicht sie. Wenn es um traditionelle Ideale schottischer Schönheit ging, hatte Julie alles – rote Haare, blaue Augen und sogar ein paar Sommersprossen.

Sie hingegen war nichts davon. Kiyana war zufrieden mit ihrem Aussehen und ihrem Körper, aber die Worte der älteren Frau schmerzten dennoch.

Sie verdrängte das unwillkommene Gefühl der Beleidigung, da es nicht zu ihrem Auftrag gehörte, einen Drachenwandler auf sich aufmerksam zu machen, und zwang sich, weiter zu lächeln. Schließlich wollte sie nicht nochmal ihr Standing beim MDA riskieren, weil sie wieder mit einem Drachenmann schlief.

Julie trat hinter Kiyana hervor und stellte sich jetzt direkt an ihre Seite. „Ich bin Julie. Schön, Sie kennenzulernen, Meg."

Meg ließ ihren Sohn los, warf ihm einen Blick zu, der Alistair wahrscheinlich etwas sagte, Kiyana aber nicht, und legte dann einen Arm um Julies Schultern. „Och, nein, ich bin es, die sich freut, dich kennenzulernen. Komm, erzähl mir was über dich." Sie sah zu Alistair. „Du kommst in ein paar Minuten zu uns, aye?"

Alistair murmelte: „Ja, Mum", bevor Meg und Julie zum Getränketisch gingen.

Kiyana hätte sich wahrscheinlich höflich unterhalten können, wenn Alistair nicht in diesem

Moment die Augenbraue hochgezogen und gesagt hätte: „Na los, sag, was dir durch den Kopf geht, Mädel. Sonst platzt du noch."

Schmunzelnd antwortete sie: „Ich glaube, deine Mutter will dich bis zum Ende des Abends verpaart haben."

„Gut gemacht, du hast verpaart und nicht verheiratet gesagt. Ich hoffe, die anderen sind ebenso gut informiert."

Sie runzelte die Stirn. „Spielt das eine Rolle? Ist ja nicht so, als wären wir jederzeit auf Drachenwandlerland willkommen, wann immer wir wollen."

Der Mann zuckte mit seinen breiten Schultern. „Für die meisten ist es wahrscheinlich unwichtig, aber mein voller Name ist Alistair Boyd. Ich werde dein kultureller Ansprechpartner und Ausbilder sein."

Sie hatte gewusst, dass die anderen Frauen vor allem bei Alistair Boyd Unterricht nehmen müssten. Der Mann vor ihr war jedoch kein langweiliger Typ mit Brille und Tweed-Anzug. „Ich hoffe, du unterrichtest nicht mit nackter Brust. Sonst können sich die Frauen mindestens ein paar Tage lang nicht konzentrieren."

Er lächelte ein wenig. „Nur ein paar Tage, aye? Wenn ich meine Muskeln noch ein wenig anspanne, wäre es wahrscheinlich mindestens eine Woche." Sie verdrehte die Augen, und er fuhr fort: „Nun, ich nehme an, dann muss ich wohl ein Hemd tragen. Ich darf die Menschen nicht länger als nötig ablenken."

Er deutete auf seine dunkelblaue Kleidung, die aus einem langen Stoff bestand, der um seine Taille geschlungen und über eine Schulter geworfen war. Es ähnelte den schottischen Plaids alter Zeiten. „Ich denke jedoch, wenn du hier bist, um uns zu studieren, solltest du bereits wissen, was das hier ist."

Kiyana musste beweisen, dass sie keine Idiotin war, und setzte ihre beste Professorenstimme auf. „Jeder Drachen-Clan hat traditionelle Kleidung. In Großbritannien und Irland ähnelt sie den alten Plaids. Sie sollte ursprünglich einfach kostengünstig sein. Schließlich konnte man ein langes Tuch in benötigte Längen schneiden. Die Praxis änderte sich jedoch nie, selbst mit moderner Technologie, die jedes Design oder jede Farbe ermöglichen könnte, die man sich wünschen würde. In einigen Regionen, wie Schottland, bestellten einige Drachenclans dieselbe Farbe wie die Menschen in den Dörfern und teilten sich dann die Länge." Sie hielt inne und hob die Augenbrauen. „Ist das genug, oder soll ich mich noch darüber auslassen, dass es ein paar Gefechte gab, um zu entscheiden, wer welche Farbe bekam?"

Seine Mundwinkel zuckten. „Nein, das sollte reichen. Es ist gut, dass du für einen anderen Job hier bist, oder meiner könnte in Gefahr sein. Ich bringe den Kindern hier gewöhnlich Geschichte bei."

Es fiel Kiyana schwer, sich vorzustellen, dass der große, muskulöse Mann Kinder unterrichtete, aber er hatte keinen Grund zu lügen. Schließlich taten

Männer nach ihrer Erfahrung gern so, als wären sie etwas mehr Macho, wenn sie logen.

Lochguards Clanführer Finn kam zu ihnen und klopfte Alistair auf die Schulter. „Ich habe dich gar nicht als Teil des Willkommenskomitees gesehen." Er zwinkerte Kiyana zu. „Ich hoffe, er ruiniert nicht unseren guten Ruf."

Alistair grunzte, und Kiyana lächelte. „Nein, wir haben die Geschichte eurer traditionellen Kleidung diskutiert."

Finn blinzelte. „Ach, aye?" Er sah Alistair von der Seite an. „Ich hoffe, du langweilst das Mädel nicht."

Kiyana sprach für sich selbst. „Nein, es ist ziemlich interessant, mit jemandem zu sprechen, der genauso viel weiß wie ich."

Alistair sagte: „Ich weiß mehr."

Finn lachte schallend. „Ich bin mir nicht sicher, ob Sie in diesen Wettbewerb einsteigen wollen, Dr. Barnes. Unser Alistair hier ist so etwas wie ein Bücherwurm und weiß mehr über die Geschichte der Drachenwandler als jeder andere, den ich kenne."

Kiyana sprang ein. „Können wir uns nicht vielleicht lieber duzen? Und nennen Sie mich Kiyana oder Kiki. Dr. Barnes ist zu förmlich."

Alistair sagte: „Kiyana passt besser zu dir."

Sie blinzelte. „Ähm, okay?"

Finn musterte Alistair eine Sekunde lang, bevor er nickte. „Dann also Kiyana. Jetzt, wo ich bestätigt habe, dass du nicht zu Tode gelangweilt bist, muss ich noch nach ein paar anderen sehen. Die Frau bei Meg Boyd sieht aus, als wollte sie die Flucht ergreifen. Ich kümmere mich wohl mal besser darum."

Sobald sie wieder allein waren, fragte Kiyana: „Warum passt Kiyana besser zu mir?"

Sie hätte ihn wahrscheinlich nicht fragen sollen, da sie nicht in Lochguard war, um enge soziale Beziehungen mit den Drachenwandlern zu knüpfen. Aber etwas sagte ihr, dass Alistair Ehrlichkeit mochte. Und aus irgendeinem Grund wollte sie gerade offen und ehrlich mit ihm sein.

Bevor die Alarmglocken in ihrem Kopf schrillten, antwortete Alistair: „Es ist ein schön klingender Name, voller Tiefe. Und obwohl ich dich gerade erst kennengelernt habe, denke ich, du bist eine Frau mit Tiefgang, aye?"

Tiefe der Persönlichkeit war normalerweise nicht das Erste, was die Leute an ihr bemerkten. Alistair Boyd war wirklich interessant. „Das bin ich. Aber meine Mutter hat mich immer Kiki genannt. Ich glaube, das war der Kompromiss. Mein Vater wollte den Namen Kiyana für mich, nach seiner toten Schwester, und meine Mutter wollte etwas, das sich leichter sagt. Also zwei Namen für eine Frau."

„Das mit deiner Tante tut mir leid."

Sie schüttelte den Kopf. „Ich habe sie nie kennengelernt. Sie starb in Jamaika, bevor mein Vater nach Großbritannien kam. Ich wollte als Kind immer Kiki genannt werden, um mich besser einzufügen. Aber seit der Universität bevorzuge ich Kiyana. Nicht nur, weil ich das Andenken meiner Tante ehren will, sondern auch, weil ich keine Angst mehr habe, anders zu sein. Wenn ich das hätte, würde ich nicht für sechs Monate in Lochguard leben, oder?"

„Warum stellst du dich dann als Kiki vor?"

Sie zuckte mit den Schultern. „Ich wollte wohl versuchen, mich etwas mehr einzupassen, dann klinge ich weniger spießig."

Alistair antwortete nicht sofort, und das gab ihr einen Moment, um zu erkennen, wie viel sie über sich selbst offenbart hatte. Normalerweise dauerte es fünf Dates, um so viele Informationen preiszugeben. Doch Alistair Boyds ungleiche Augen waren nicht unangenehm, gelangweilt oder gar bevormundend. Nein, sie hätte schwören können, sie baten sie um weitere Informationen.

Dann wurden seine Pupillen zu Schlitzen und wieder rund. Sie hatte schon mal einen Drachen-wandler gesehen, der mit seinem inneren Tier sprach, aber jahrelang nicht.

Nicht zum ersten Mal wollte sie wissen, wie es war, eine andere Persönlichkeit im Kopf zu haben. Das war etwas, das sie nie erleben würde, und egal, wie viele Fragen sie stellen oder Beobachtungen machen würde, sie bekäme kein wahres Verständnis für die besondere Beziehung zwischen der menschli-chen und der Drachenhälfte eines Drachenwandlers.

Alistairs Pupillen wurden wieder rund. „Es ist

eine mutige Sache, für sechs Monate hierher zu kommen, aye, das muss ich dir zugutehalten. Ich weiß nicht, wo du meine Art sonst studiert hast, aber Lochguard ist weder reserviert noch vorsichtig. Sie werden sich bei jeder Gelegenheit in deine Angelegenheiten einmischen, wollen sich mit dir anfreunden oder versuchen, dich mit ihren Kindern zusammenzubringen. Und ehe du dich versiehst, wirst du nicht mehr in der Lage sein, den notwendigen Abstand zu halten, um uns objektiv zu beobachten. Mit anderen Worten, ich warne dich, dass deine Amtszeit hier wahrscheinlich verkürzt wird. Vielleicht sogar, weil du dich am Ende noch hier in einen Drachenwandler verguckst."

Seine Worte waren wie ein Schlag ins Gesicht. Auf keinen Fall konnte er von ihrer Vergangenheit und ihrem Fehler wissen, sich schon einmal mit einem Drachenwandler eingelassen zu haben. Soweit sie wusste, hatte niemand außerhalb des MDA Zugang zu diesen Informationen.

Bevor sie weiter nachbohren konnte, woher er das wusste, kehrte seine Mutter mit Julie an ihrer Seite zurück. „Alistair, du hast die reizende Julie warten lassen. Komm! Sie hat dem ersten Tanz zugestimmt."

„Ich tanze nicht mehr, Mum. Das weißt du."

Meg hob die Augenbrauen. „Bist du zu einem Mann geworden, der seine Versprechen nicht hält?"

Kiyana sah zwischen den beiden hin und her. Sie

21

begann zu sehen, was Alistair damit gemeint hatte, dass Lochguard neugierig war.

Natürlich war ihre Mutter weit weg, in Bedford. Was hieß, dass Kiyana sich keine Sorgen darum machen musste, dass ihre Mutter fragte, ob sie bald heiraten würde, zum x-ten Mal.

In diesem Moment sah Alistair ihr direkt in die Augen. Seine Mutter blickte zwischen ihnen hin und her, und ihr Ausdruck wurde neugierig.

Da sie nicht wollte, dass seine Mutter sie zu verkuppeln versuchte – Alistair war ein attraktiver, intelligenter Mann, aber sie würde ihre Karriere nicht ruinieren, egal wie sehr jemand sie verkuppeln wollte –, trat sie einen Schritt zurück und betrachtete die Menge. Als sie einen der anderen Menschen fand, sagte sie: „Entschuldigt mich, ich muss nach den anderen sehen. Ich vertraue darauf, dass ihr für mich auf Julie aufpasst?"

„Aye, das werden wir", sagte Meg.

Und damit drehte sich Kiyana um und ging etwas schneller als normal zu einer der anderen Frauen. Sie musste so viel Abstand zwischen sich und Meg Boyd bringen, wie sie nur konnte.

Ab morgen wäre Kiyana vorsichtiger und würde sich auf ihren Job im Clan konzentrieren. Obwohl es für sie oberste Priorität hatte, mehr über die Drachenwandler zu erfahren, musste sie vermeiden, mit alleinstehenden Drachenmännern allein zu sein, wenn sie das hinbekam.

Alistair Boyd würde ganz oben auf ihrer Liste

derer stehen, von denen sie sich fernhalten sollte. Sie konnte ihm nicht immer aus dem Weg gehen, da er der Verbindungsmann war, aber sie würde die Treffen kurz und auf den Punkt halten. Zum einen würde sie keine Details mehr von sich selbst preisgeben.

Und sie würde ihm auf keinen Fall mehr in die Augen starren und sich fragen, was er dachte.

Kapitel Zwei

A m nächsten Morgen ging Alistair vor dem leeren Klassenzimmer auf und ab und versuchte, nicht mehr auf die Uhr zu schauen.

Sein Drache meldete sich zu Wort. *Warum bist du nervös? Du unterrichtest jeden Wochentag, und mehr als das. Das hier ist nicht anders.*

Aber es ist anders, aye? Wie ich Mum kenne, wird sie reinkommen und die Menschen zum Abendessen einladen.

So weit ist sie gestern Abend mit der rothaarigen Frau nicht gekommen. Sie geht bei uns vielleicht vorsichtiger vor, weil sie Angst hat, nie wieder eine Schwiegertochter zu bekommen, und so auch nie wieder eine weitere Chance darauf, endlich eine Enkelin zu bekommen.

Seine Brüder hatten alle Jungen, was nicht unge-wöhnlich war, da sich die Drachenwandlerpopulation durch einen Männerüberschuss auszeichnete. *Sie ist wieder darauf aus, uns zu verkuppeln. Ich weiß das, so glücklich wie sie gestern Abend war.*

Noch einmal: Wir müssen uns nicht paaren. Selbst wenn es nur Sex ist, ist es besser als nichts.

Du bist ja so entgegenkommend!

Ich gebe mir Mühe.

Die Tür hinten im Raum öffnete sich. Als er Faye MacKenzies braun gelocktes Haar sah, entspannte er sich. Sie war eine von Lochguards obersten Beschützern. Nicht nur das, sie war glücklich gepaart und schwanger. Mit anderen Worten: Er war sicher. Seine Mutter würde hier nicht für Unruhe sorgen, und nicht nur, weil Faye die Tochter ihrer liebsten Feindin war.

„Kann ich dir helfen, Faye?"

Sie trat ein und kam nach vorn. „Äh, es hat einen Vorfall gegeben."

Sowohl Mensch als auch Drache gerieten in Alarmbereitschaft. „Was ist passiert?"

„Oh, nichts allzu Ernstes. Es ist niemand gestorben oder so. Aber scheinbar hat eine der Menschenfrauen gestern Abend mit einem Drachenwandler geschlafen und ist heute Morgen abgehauen."

„Aye, nun, du hast doch gesagt, dass sie niemanden paaren müssen."

Faye schüttelte den Kopf. „Nein, aber denen zufolge, die gestern Abend bei der Versammlung mit ihr geredet haben, glaube ich nicht, dass sie für einen

One-Night-Stand nach Lochguard gekommen ist. Aber heute Morgen hat sie Finn aufgesucht und ihn gebeten, nach Hause fahren zu dürfen, und er konnte nichts tun, als sie gehen zu lassen."

Auch wenn er nicht glaubte, dass irgendeiner der Männer in Lochguard den Menschen wehtun würde, fragte er: „Sie wurde nicht missbraucht, oder?"

„Och, nein, nicht, dass wir das sagen können – sie hat es geleugnet, wie der Drachenmann, mit dem sie geschlafen hat. Aber die Menschenfrau wollte unbedingt gehen. Ich weiß nicht, ob es daran lag, dass der innere Drache des Mannes herausgekommen ist, um zu spielen, und sie das erschreckt hat – Finn versucht immer noch, die Details zu erfahren – oder ob es etwas anderes war. Trotzdem, im Falle von Ersterem, muss Finn dich um einen Gefallen bitten."

Alistair verschränkte die Arme vor der Brust und hob eine Braue. „Einen Gefallen, aye? Und doch konnte er mich nicht selbst fragen."

Faye richtete sich auf und stemmte die Hände in die Hüften. „Finn kann nicht alles machen, und das weißt du. Außerdem haben Grant und ich unter bestimmten Umständen genauso viel Mitsprache-recht bei der Führung des Clans wie Finn."

Grant war Fayes Gefährte und der andere Hauptbeschützer. „Ich weiß das, aye? Aber Finn sollte für die Menschen verantwortlich sein, deshalb habe ich das erwähnt."

Sie schnaubte. „Wenn das deine Art ist, dich zu entschuldigen, akzeptiere ich es. Das wird die Dinge einfacher machen."

Er widerstand einem Seufzer. Faye war eine intelligente, starke Frau, die sich behaupten konnte. Aber hin und wieder brauste ihr Temperament auf, und Alistair wollte sich nicht damit befassen. Das war das Problem ihres Gefährten, nicht seines. „Also, was möchtest du, Mädel? So sehr ich es auch versuche, ich kann keine Gedanken lesen."

Ihre Lippen zuckten. „Glaub mir, du willst auch nicht die Gedanken meines schwangeren Drachen hören."

Er räusperte sich und bedeutete ihr mit den Händen, fortzufahren. „Also, was brauchst du?"

Die Belustigung verblasste aus ihren Augen. „Statt Unterricht im Klassenzimmer, will Finn, dass du draußen etwas mit den Kindern und Teenager-Drachenwandlern machst. Er denkt, dass wenn die Menschen vielleicht mit jüngeren Drachen interagieren, uns das weniger einschüchternd macht und ihnen Zeit gibt, sich an blitzende Drachenaugen zu gewöhnen."

Er nickte. „Aye, das könnte funktionieren. Obwohl in der Regel David alles unterrichtet, was mit inneren Drachen zu tun hat, mit Wandeln oder Fliegen."

„Und er wird es auch weiter tun. Aber es muss noch ein anderer Lehrer dort sein, der den

Menschen alles erklärt. Da du die kulturelle Kontaktperson bist, will Finn, dass du das machst."

Bei der Erwähnung eines seiner vielen Titel fragte er langsam: „Also wird auch ihre Kontaktperson da sein?"

„Kiyana? Ja, natürlich. Warum?"

„Nur so", brachte er schnell hervor. „Ich bin nur gern vorbereitet und weiß, wie viele da sein werden. So kann ich genug Kopien und Handouts machen."

Faye schnaubte. „Der ewige Lehrer, nicht wahr? Obwohl ich mir nicht sicher bin, ob die im Moment bei Wind und Regen funktionieren werden." Sie schmunzelte. „Finn hielt es für eine gute Idee, dass die Menschen auch einen gewöhnlichen Tag in den Highlands erleben. So können sie nicht sagen, dass er ihnen nicht alle Informationen gegeben hat, wenn sie Gefährten finden und sich entscheiden zu bleiben."

Er winkte das mit einer Hand ab. Alistair konnte erforderlichenfalls auch ohne Handouts unterrichten. „Gut, gut. Wann und wo muss ich hin?"

„Trainingsbereich, in einer Stunde. Ich komme nachher bei dir vorbei."

Faye ging, bevor er noch etwas anderes fragen konnte, und Alistair seufzte wieder. Er hoffte, dass er sich nicht mit den Frauen auseinandersetzen musste, wenn es um Beschwerden, Ängste oder dergleichen ging.

Sein Tier meldete sich zu Wort. *Kiyana wird das tun.*

Die Frau vom vorigen Abend, die nicht einmal

versucht hatte, ihr Wissen vor ihm zu verbergen, blitzte in seinem Kopf auf. Alistair dachte, sie hätte keine Angst vor blitzenden Drachenaugen, vor allem, weil sie am Abend zuvor so an seinen interessiert gewesen war.

Sein Drache meldete sich erneut. *Ich sage, wir sollten ihr eine private Sitzung geben, und ich kann unsere Pupillen dazu bringen, so viel zu blitzen, wie sie will.*

Das wird nicht passieren, Drache. Weil du ihr dann vorschlagen würdest, ihr zu zeigen, was du tun könntest, wenn du die Kontrolle übernimmst.

Ich glaube, sie ist interessiert, aber du gibst ihr ja nicht mal eine Chance.

Nein, und jetzt lass es gut sein.

Sein Tier schnaubte. *Vorerst. Aber wenn sie uns irgendein Zeichen der Ermutigung gibt, muss ich vielleicht die Kontrolle übernehmen oder riskieren, nie wieder eine Frau zu haben.*

Da das Ignorieren seines Tiers der beste Weg war, es zum Schweigen zu bringen, tat Alistair genau das.

Er musste vielleicht mit Kiyana reden, aber er wäre nicht so freundlich oder offen wie am Abend zuvor. Wenn sein Tier recht hatte, würde Alistair sie nicht ermutigen. Er hatte wichtigere Dinge mit seiner Zeit zu tun, wie etwa die Nachforschungen für sein geheimes Projekt.

Allein der Gedanke daran stärkte seine Entschlossenheit. Wenn er das Rätsel vor ein paar

Jahren hätte lösen können, hätte er Rachel vielleicht gerettet. Obwohl sie nicht mehr bei ihnen war, würde er in Erinnerung an sie weiterkämpfen. Das war viel wichtiger, als die Lust seines Drachen auf eine hübsche Frau zu befriedigen.

Kiyana zog die Kapuze ihres Regenmantels um ihr Gesicht und versuchte, sich vom Nieselregen nicht ihren Tag ruinieren zu lassen.

Nicht nur, weil ihr Haar von Locken zu einem krausen Bommel wurde, wenn es heftig regnete, sondern vielmehr, weil sie bereits eine der Frauen in ihrer Gruppe im Stich gelassen hatte.

Vielleicht stimmte es, dass Cheryl nur einmal mit einem Drachenmann hatte schlafen und verschwinden wollen. Aber von dem bisschen, was sie aus der Frau herausbekommen konnte, bevor sie von Lochguards Land begleitet und weggefahren wurde, schien es zumindest ihr, dass die Flucht der Frau eher das Ergebnis von blitzenden Drachen-augen und einer knurrenden Veränderung in der Stimme als sonst etwas gewesen war.

Seit sie vor Jahren Sex mit einem Drachenmann gehabt hatte, hatte Kiyana das faszinierende Phänomen schon einmal erlebt. Der Mann aus ihrer Vergangenheit hatte sein Bestes getan, sein Tier vor ihr zu verstecken, egal wie sehr sie ihn ermutigt hatte, dem Drachen die Kontrolle über seinen Verstand zu überlassen.

Während ein Teil von ihr neugierig gewesen war, mehr zu erfahren, hatte ein anderer Teil von ihr gewollt, dass das knurrende Tier die Kontrolle übernahm und ihr die Art Sex verschaffte, von der sie in der Vergangenheit nur geträumt hatte.

Als sie und die verbliebenen Frauen jedoch das Gebiet erreichten, das teilweise durch Felswände vom Wind abgeschirmt war, verdrängte Kiyana ihre Erinnerungen an den Sex. Als sie die Umgebung betrachtete, bemerkte sie hinten einen großen Drachenmann, wahrscheinlich in seinen vierziger Jahren, sowie fünf oder sechs Kinder, die ihr Bestes gaben, nicht über die Schultern zu schauen.

Bei dem Anblick sprudelte die Aufregung in ihr hoch. Kiyana hatte noch nie gesehen, wie ein Kind sich in einen Drachen verwandelte, und sie hoffte, dass sie bald die Chance bekäme. Es war zwar als Verbindungsperson für die Frauen und nicht als jemand, der ununterbrochen von der Seitenlinie aus zusehen konnte, aber immer noch besser als nichts.

Sie waren gerade in den ummauerten Bereich getreten, als eine bekannte männliche Stimme ihre Ohren füllte. „Wir müssen an der hinteren Wand bleiben."

Sie drehte sich um und stand Alistair Boyd von Angesicht zu Angesicht gegenüber. Wenn sie erwartet hatte, dass er mehr bekleidet war als am Abend zuvor, lag sie falsch. Seine Brust war nackt, der Regen ließ Rinnsale über seine gemeißelten Muskeln laufen.

Verdammt, er war fit.

Ihr Blick wanderte tiefer, zu seiner enganliegenden Jeans. Bevor sie sich zurückhalten konnte, platzte sie heraus: „Die werden später verdammt schwer auszubekommen sein."

Alistair grunzte, und sie sah ihm wieder in die Augen. Wie in der Nacht zuvor wechselten seine Pupillen zu Schlitzen und zurück zu rund. Sie fragte sich, ob sein Drache über sie redete oder nicht.

Wieder grunzte er, sah über ihren Kopf und deutete zu den anderen acht Frauen. „Kommt etwas näher, damit ich euch zusammen alles erklären kann."

Die Frauen zögerten. Julie bewegte sich jedoch zuerst, und eine Sekunde später folgten die anderen.

Julie stellte sich direkt neben Alistair, beugte sich vor und präsentierte ihm ihr nasses Dekolleté. „Ist das okay?"

Irgendwie schaffte Kiyana es, die Augen nicht zu verdrehen. Scheinbar hatte Julie zumindest vor einem bestimmten Drachenwandler keine Angst mehr.

Alistairs Blick driftete jedoch nicht nach unten, sondern über die Köpfe der Frauen zu den Kindern. „Aye, aber du solltest dich vielleicht umdrehen, damit du zusehen kannst. Sonst hätte ich diesen Vortrag auch drinnen halten können, wo es warm und trocken ist."

Wie auf ein Stichwort fiel der Regen noch kräftiger. Kiyana murmelte: „Für das Wetter hier seid ihr ganz schön gut drauf."

Alistair musste sie gehört haben, weil seine Augen ihre fanden. „Wenn die Sonne draußen ist, erfüllt einen das Licht, das auf dem Loch glitzert, zusammen mit dem Himmel, der von seiner glänzenden Oberfläche reflektiert wird, mit genug Humor, um für Monate oder mehr zu reichen."

Sie hatte nicht erwartet, dass Alistair so poetisch wäre. Vielleicht hatte er eine Tiefe, die er vor fast allen anderen verborgen hielt.

Sie starrten einander ein paar Takte lang an, bis der Lehrer vorn in die Hände klatschte und sagte: „Alles klar, Jungs und Mädels, es ist Zeit, zu sehen, was zum Wandeln nötig ist."

Das einzige Mädchen in der Klasse drehte sich zu ihnen um und dann wieder zurück zum Lehrer. „Müssen wir das mit denen dort machen? Es ist komisch, wenn Leute zusehen. Mein Drache ist schüchtern und will nicht beobachtet werden."

Der Lehrer lächelte. „Ein schüchterner Drache? Komm, wir wissen, dass er das nicht ist. Die Menschen sind hier, um zu lernen."

Das kleine Mädchen sah noch einmal zu Kiyana und den anderen, bevor es sich umdrehte. „Warum sind sie dann da hinten?"

Der Lehrer zuckte mit den Schultern. „Damit sie uns nicht im Weg stehen."

Einer der kleinen Jungs ergriff das Wort. „Aber

du sagst immer, dass wir besser lernen, wenn wir vorn sitzen. Die Menschen sollten nach vorn kommen."

Die anderen schlossen sich an, und Kiyana lächelte. Drachenwandler-Kinder waren nicht so anders als menschliche. Sicher, sie konnten sich in großartige Kreaturen verwandeln, während Menschen das nicht konnten, aber ihre Neugier und Offenheit waren die gleichen.

Der Lehrer sah Alistair an, und Alistair musterte die Frauengruppe. „Wärt ihr lieber vorn?"

Julie nickte. „Ich ja. Sie sind süß und egal, was die Leute sagen, ich glaube nicht, dass sie uns wehtun."

Das kleine Mädchen rief: „Es sind Menschen, die uns wehtun!"

Julie schüttelte den Kopf. „Nein, ich glaube nicht."

„Es ist aber wahr! Meine Mummy hat das gesagt."

Kiyana spürte, dass das Hin und Her noch eine Weile weitergehen könnte. Und obwohl es ihr nicht zustand, platzte sie heraus: „Wie wäre es, wenn wir uns darauf einigen, dass hier niemand den anderen verletzt? Das sollte doch gut genug sein."

Alle Drachenwandlerkinder drehten sich um und starrten sie mit weiten Augen an.

Glücklicherweise war es Alistair, der sich zu Wort meldete: „Das ist eine brillante Idee. Mädels, gehen wir nach vorn. Vielleicht kann David, der Lehrer, euch die Kleinen vorstellen."

Die Frauen gingen alle zügig nach vorn, aber Kiyana ließ sich Zeit. Zwar war sie genauso aufgeregt, die jungen Drachen zu beobachten wie alle anderen, aber sie wollte, wenn auch nur für kurze Zeit, beobachten, wie die Frauen mit den Drachenkindern interagierten. Besonders, weil das kleine Mädchen nicht auf die Erlaubnis des Lehrers wartete, um zu Julie zu gehen und Fragen herauszuplatzen.

Alistairs Stimme war hinter ihr zu hören. Wegen ihrer Kapuze musste sie sich konzentrieren, um seine Worte zu verstehen. „Ich dachte, ihr solltet beobachten und euch nicht einmischen."

Sie blieb stehen, und Alistair stieß sanft gegen ihren Rücken und Po. Eine Sekunde lang hielt sie den Atem an, als sie seinen harten, warmen Körper an ihrem spürte. Doch als er dastand, sich nicht bewegte, wurde ihre Haut zu eng, und ihr Herz raste.

Ihr war nicht mehr kalt von Wind und Regen.

Aber sobald die Hitze brannte, verschwand sie. Alistair stand plötzlich einen halben Meter vor ihr. Ihre Blicke trafen sich und sie konnte ihren nicht abwenden. Vielleicht hatte sie sich die Hitze und das Verlangen in seinen Augen nur eingebildet, aber sie glaubte nicht.

Und wenn sie sich unter anderen Umständen getroffen hätten, hätte sie den Abstand zwischen ihnen geschlossen, eine Hand auf seine nackte Brust gelegt und ihre Lippen nach oben geneigt.

Zu schade, dass das nie passieren durfte. Kiyana hatte zu verdammt hart daran gearbeitet, die Leiter des MDA wieder hochzuklettern. Egal, wie sexy Alistair Boyd war, oder wie ein zum Schmelzen bringender Blick ihr Inneres verdrehte, sie durfte nicht darauf reagieren.

Niemals.

Sie räusperte sich und zuckte mit den Schultern. „Das MDA hat es wohl nicht richtig durchdacht, als sie mich zur Kontaktperson und Beobachterin-Schrägstrich-Dokumentaristin gemacht haben. Ich muss also alles tun, was ich kann, und wenn alle anderen Frauen entscheiden, zu bleiben oder nach Hause zu gehen, kann ich mich endlich an die Arbeit machen."

Alistair suchte ihren Blick, seine Pupillen blitzten auf, und sie versuchte, ihr Herz dazu zu bringen, verdammt nochmal langsamer zu schlagen. Sein Drache dachte auf jeden Fall nicht *so* an sie.

Er konnte es nicht.

Mit einem Grunzen drehte sich Alistair um und ging auf die Gruppe der Frauen zu. Als er sich daran machte, bei der Vorstellrunde zu helfen, versuchte Kiyana wegzusehen. Aber selbst als sie ihren Blick zu einem der entzückenden Schulkinder zwingen konnte, schoss er fast sofort zurück zu Alistairs breiten Schultern und kantigem Kiefer.

Und zu seiner Brust. Verdammt, die warme,

starke Brust, die sie für nur kurze Augenblicke an ihrem Rücken gespürt hatte.

Jemand sagte laut ihren Namen, und sie blinzelte, bevor sie Julie fand. Die andere Frau schoss ihr einen verwirrten Blick zu und fragte: „Kommst du nicht, Kiki?"

„Kiyana", sagte Alistair.

Alle Augen richteten sich auf den hoch aufragenden Drachenmann. Julie brachte hervor: „Verzeihung?"

„Sie zieht es vor, Kiyana genannt zu werden. Die Kinder sollten ihren richtigen Namen lernen und nicht diesen lächerlichen Spitznamen."

Die Menschenfrauen tauschten alle Blicke aus, bevor sie zu Kiyana sahen.

Gott sei Dank für die Distanz und die Kapuze, die sie um ihr Gesicht gezogen hatte. Sie konnten wahrscheinlich nicht sehen, wie unangenehm ihr das war. Kein Scharren mit den Füßen oder Auf-die-Lippen-beißen für Kiyana. Nein, sie fing an, ihre Haarsträhnen glatt zu ziehen, sie loszulassen und es wieder zu tun.

Kiyana wollte die Aufmerksamkeit von sich weglenken und klatschte in die Hände. „Genug von mir. Wir sind hier, um mit den Kindern zu reden. Sollen wir uns vorstellen? Ich bin Kiyana."

Als die Kinder aufsprangen, um auch ihre Namen zu nennen, tat sie ihr Bestes, sich auf die kleinen Energiebündel zu konzentrieren. Während des gesamten Austauschs spürte sie Alistairs Blick auf ihrem Rücken, aber sie weigerte sich, sich umzu-drehen. Sie würde sich auf keinen Fall umdrehen.

Und wenn sie ihm immer wieder begegnete oder sich in seiner Nähe wiederfand, könnte sie noch ihre Entschlossenheit einbüßen und etwas Dummes tun. Also würde sie bei der ersten Gelegenheit, die sich ihr bot, Julie ermutigen, die Anführerin der Frauen-gruppe zu werden. Wenn Julie für die Aufgabe bereit war, dann musste sie nur Kiyana Bericht erstatten, was bedeutete, dass Kiyana weniger Zeit hatte, mit den Clanmitgliedern zu interagieren.

Ja, das wäre die beste Option. Und wenn Kiyana aus dem Weg war, würde Alistair vielleicht einer der anderen Frauen nachstellen.

Obwohl dieser Gedanke einen bitteren Geschmack in ihrem Mund hinterließ, weigerte sie sich das anzuerkennen. Ihre Arbeit war ihr zu wich-tig. Und wie sie beim letzten Mal gelernt hatte, als sie mit einem Drachenmann zusammen gewesen war, bedeutete ein hitziger Blick nicht für immer. Daran musste sie sich erinnern.

Kapitel Drei

Nach der Outdoor-Stunde mit den Kindern war Alistair glücklicherweise in der Lage gewesen, den Menschen seine anderen Lektionen in einem Klassenzimmer zu erteilen. Die Frauen waren zumeist lernfreudig, und die Vertrautheit des Unterrichts, die Fragen und das Fördern von Diskussionen ließ die Zeit schnell vergehen.

Nun, zum größten Teil. Er hatte Schwierigkeiten, nicht zur Tür zu schauen, um zu sehen, ob Kiyana auftauchte oder nicht.

Selbst jetzt, als er im Archivgebäude des Clans saß, war er versucht, zur Tür zu blicken, obwohl sie wahrscheinlich nicht einmal von der Existenz dieses Ortes wusste.

Sein Drache meldete sich zu Wort. *Geh sie suchen. Ich weiß, dass ich neulich Hitze in ihrem Blick gesehen habe.*

Das sagst du immer wieder, aber es ist mir immer

noch egal. Außerdem können wir heute Nachmittag zum ersten Mal seit Wochen an unserem geheimen Projekt arbeiten.

Sein Tier grunzte. *Die Informationen, nach denen du suchst, existieren möglicherweise nicht einmal.*

Ich werde nicht aufgeben.

Alistair blickte zurück auf das staubige, kaum lesbare Buch vor sich. Da nur wenige Leute das Archiv des Clans besuchten, war es einer der ruhigsten Orte in Lochguard und somit einer seiner Favoriten.

Er hatte es gerade geschafft, einen Abschnitt über jahrhundertealte Verträge zu entschlüsseln, als eine weibliche Stimme – eine südenglische weibliche Stimme – den Raum füllte. „Was machst du denn hier? Ich dachte, du hättest Unterricht, so mitten in der Woche."

Sein Drache setzte sich auf und spreizte seine Flügel bei Kiyanas Stimme. Alistair gab dem Tier jedoch keine Zeit, ihm vorzuschlagen, er solle die Frau auf seinen Schoß locken. Er blickte nicht von seinem Buch auf, sondern zuckte nur mit den Schultern. „Jeden dritten Mittwoch im Monat helfen die Schüler den älteren Drachenwandlern bei allem, was sie brauchen."

Belustigung lag in Kiyanas Stimme. „Die paar Drachen im Rentneralter, die ich gesehen habe, sind mehr als in der Lage, alles selbst zu tun."

„Vielleicht. Trotzdem haben sie uns viel beizubringen. Nicht alles ist in einem Buch zu finden."

Alistair war sich dessen selbst nur allzu bewusst.

„Willst du mir das ganze Gespräch über den Rücken zukehren?", fragte der Mensch.

Alistair entschied sich, so direkt zu sein, wie sie es war. „Ich dachte, das wäre ein universelles Zeichen, das Menschen und Drachen teilen, eines, das sagt, lass mich in Ruhe."

Sie lachte, und das tiefe Geräusch spülte über ihn, ließ seinen Drachen summen und seinen Schwanz halb hart werden.

Sein Tier meldete sich zu Wort. *Warum ihr widerstehen? Du warst seit Rachel nicht mehr so auf eine Frau eingestellt.*

Bei der Erwähnung des Namens seiner verstorbenen Freundin kühlte sich sein Körper sofort ab, als ob Eiswasser über ihn gegossen worden wäre.

Er drehte sich um und setzte seinen besten, strengen Blick auf, den er im Laufe der Jahre bei seinen Schülern perfektioniert hatte. „Ich habe keinen Witz gemacht. Ich arbeite an einem wichtigen Projekt."

In Kiyanas braunen Augen, die er schnell lesen konnte, flackerte die Neugier auf. Sie fragte: „Was recherchierst du?"

Er sollte es ihr nicht sagen. Verdammt, er hatte es niemandem erzählt.

Sein Drache brummte: *Und es ist ein einsames*

Unterfangen. Sag es ihr. Was könnte es schon schaden?

Sie würde ständig Fragen stellen und vielleicht sogar helfen wollen. Also will ich es ihr definitiv nicht erzählen.

Und dann war Kiyana neben ihm und schielte auf die Seite seines Buches. „*Die Geschichte der Drachen-Clan-Verträge: 1700-1860.*"

Er schloss das Buch. „Du hast gute Augen für einen Menschen."

Kiyana blickte genauer auf den Umschlag. „Warum liest du das? Wollen Lochguard und die anderen Clans in Großbritannien Verträge mit Drachenwandlern in anderen Ländern schließen?"

„Wenn wir es täten, würde ich es dir nicht sagen."

Sie achtete nicht auf seinen brüsken Ton. „Enthält das Buch Geheimwissen, verboten für Menschen?"

So sehr er es versuchte, Alistair konnte nicht lügen. „Nein."

Sie nickte. „Dann, wenn du damit fertig bist, würde ich es gern lesen."

Er runzelte die Stirn. „Warum?"

Sie hob eine Braue. „Wirst du mir sagen, weswegen *du* es liest?"

„Nein."

„Bis du es sagst, habe ich keinen Grund, dir meine Gründe zu nennen, oder?"

Sein Drache summte. *Ich mag sie. Sie hat keine*

Angst vor uns und behandelt uns, als wären wir nur ein anderer Mensch.

Du willst nur, dass ich Süßholz raspele, damit sie uns vielleicht küsst.

Was ist schlimm daran? Stell dir vor, sie an dich zu ziehen, ihre Lippen, ihr Kinn, ihren Hals zu küssen und zu ihrem harten Nippel hinunter zuwandern ...

Das Bild blitzte ihm in den Kopf. Alistair schloss die Augen und knurrte zu seinem Tier, *Tu das nicht.*

Warum? Sie kriecht schon nicht unter den Tisch und überprüft den aktuellen Status unseres Schwanzes.

Kiyanas Stimme unterbrach sein inneres Gespräch. „Die meisten Drachenwandler können gut mit ihren Drachen sprechen und direkt wieder ins Gespräch mit jemand anderem springen. Ist das bei dir anders?"

Sein Drache zischte, *Natürlich nicht. Sag es ihr.*

Alistair öffnete die Augen und hielt den Atem an, als er bemerkte, wie nah Kiyana stand. Wenn sie sich ein paar Zentimeter näher beugte, würde ihre Brust seine Schulter streifen.

Und wenn er den Kopf drehte und ihn etwas senken würde, wäre er auf der perfekten Höhe, um ihre Nippel durch ihr Oberteil zu saugen.

Hör auf, Alistair. Nichts darf daraus werden, sagte er sich innerlich. Natürlich schnaubte sein Drache.

Vorsichtig darauf bedacht, seine Stimme ruhig

und nicht rau klingen zu lassen, schüttelte er den Kopf und antwortete: „Nein, ich kann mit meinem Drachen genauso leicht reden wie jeder andere. Vielleicht habe ich versucht, dir ein weiteres subtiles Signal zu senden, dass du gehen sollst, aber irgendwie bist du immer noch hier."

„Nun, du hast mich nicht wirklich gebeten, zu gehen."

Sein Drache schmunzelte. *Sie hat recht.*

„Wirst du dann gehen?"

Sie neigte den Kopf. „Das hängt davon ab. Sagst du mir Bescheid, wenn du mit dem Buch fertig bist?"

Mist, wenn er Ja sagte, würde sie gehen, aber dann wäre er gezwungen, wieder mit ihr zu reden. Irgendwie dachte er nicht, dass sie es allzu freundlich aufnähme, wenn er dafür einen Schüler schickte. Wenn Finn hörte, dass er Kiyana aus dem Weg ging, würde sein Clanführer nachhaken. Und niemand wollte von Finn befragt werden. Er mochte ja charmant sein, aber er war auch hartnäckig.

Sein Drache seufzte. *Hör auf, so ein Feigling zu sein. Sag ihr einfach, dass wir es ihr bringen. So schwierig ist das nicht.*

Alistair grunzte. „Schön, ich werde es dich wissen lassen, wenn ich damit fertig bin. Obwohl du Jhanvi – sie ist für das Archiv verantwortlich – reichlich bestechen musst, wenn du auch nur daran denkst, es aus diesem Gebäude zu entfernen."

Kiyana trat auf das nächste Bücherregal zu, und Alistair unterdrückte seine Enttäuschung darüber, wie ihr Geruch nachließ. Er sah zu, wie sie mit einem Finger über das nächste Regal mit Büchern fuhr und vorsichtig jeden Buchrücken berührte. „Ich mag es hier drinnen und muss das Buch nicht aus dem Gebäude entfernen. Außerdem würde ich nichts tun, um gegen Archivrechte zu verstoßen. Es gibt so viel Wissen hier, Dinge, zu denen die meisten Menschen seit Jahrzehnten keinen Zugang hatten. Ich wünschte fast, ich könnte meine ganze Zeit in Lochguard hierbleiben. Nicht, um irgendwem aus dem Weg zu gehen, aber das Wissen wird brillant sein, ich weiß das."

Sein Tier sagte, *Sie schätzt Bücher genauso sehr wie wir.*

Vielleicht, räumte er ein.

Diese Art von Frau ist eine Seltenheit. Wirst du sie wirklich ignorieren und riskieren, nie wieder jemanden zu finden, der eine so große Leidenschaft mit uns teilt?

Er sah zu, wie Kiyana weiter die Buchrücken auf dem Regal über ihr las. Ihr Profil war genauso schön wie ihr ganzes Gesicht. Der Drang, jede Kurve und jede Linie davon zu küssen, explodierte durch seinen Körper, seine Lippen pochten vor Vorfreude.

Kiyana begegnete seinem Blick und erstarrte. Nach einer Sekunde stellte sie sich vor ihn und schüttelte den Kopf. „Tut mir leid, aber das wird nicht passieren, Alistair."

Er blinzelte. Auf keinen verdammten Fall konnte

sie seine Gedanken gelesen haben. „Wovon zum Teufel sprichst du?"

Sie deutete zwischen ihnen hin und her. „Uns. Das Verlangen ist klar in deinem Blick, aber ich kann nicht. Du sollst nur wissen, dass ich es nicht kann, egal wie sehr ich es will."

Sein Drache brüllte. *Dann will sie uns also. Warum können wir sie nicht haben? Frag sie. Frag sie jetzt.*

Da er auch neugierig war – sogar Alistair hatte Stolz – fragte er: „Warum nicht?"

Als sie einander anstarrten, flackerte Traurigkeit in ihrem Blick. „Weil ich, wenn ich das tue, alles verliere. Meinen Job, meine Karriere, meinen ganzen Lebenssinn. Die Dinge mögen sich zwischen den meisten Menschen und Drachen ändern, aber die Mitarbeiter des MDA dürfen sich immer noch nicht mit Drachen einlassen, wenn sie in der Organisation bleiben wollen."

Sein Drache knurrte, *Es wäre kein Sich-Einlassen, weil das ein- oder zweimal bedeutet. Das reicht nicht. Ich möchte sie besser kennenlernen.*

Die Worte brachten Alistair auf eine Idee, eine, die er sofort vergessen sollte. Und doch, wenn er die Menschen wirklich besser verstehen und das Wissen an seine Schüler weitergeben wollte, sollte er sie nicht alle meiden.

Und bis jetzt faszinierte ihn Kiyana am meisten.

Ganz zu schweigen davon, dass sie nicht mit ihm schlafen wollte, denn das schuf die perfekte Barriere.

Alistair würde nie jemanden zu etwas drängen, das Schaden anrichten würde, was bedeutete, dass er nie Sex mit Kiyana haben und ihre Träume ruinieren würde.

Er meldete sich zu Wort. „Dann kein Sex. Nichts. Das verspreche ich dir."

Sie sah ihm in die Augen. „Einfach so?"

„Aye. Aber gibt es irgendwas in den Regeln, das uns verbietet, Freunde zu sein?"

Sie hielt eine Sekunde inne und tippte sich ans Kinn. Er musste sich zusammenreißen, um dabei ihren langen, anmutigen Finger nicht anzustarren. „Nicht, dass ich mich erinnere."

„Gut. Dann können wir Informationen austauschen. Einmal in der Woche können wir uns hier treffen und einander Fragen stellen. Kein Berühren, kein hitziger Blick, nur zwei Personen, die eine berufliche Beziehung pflegen."

Sein Drache zischte. *Mir gefällt das ganz und gar nicht.*

Für mich ist das die perfekte Lösung. Schließlich ist Sex vom Tisch. Und keiner von uns ist unehrenhaft genug, ihr alles wegzunehmen, aye?

Natürlich nicht. Vielleicht haben ein paar abtrünnige Drachenwandler keine Ehre, aber wir mit Sicherheit. Das heißt nicht, dass ich nicht versuche, einen Weg zu finden.

Mach das. Obwohl ich irgendwie bezweifle, dass du über ein umfassendes Wissen von der Politik des MDA verfügst.

Dann werde ich vielleicht daran arbeiten, das zu ändern.

Kiyanas Stimme unterbrach das Gespräch mit seinem Drachen. „Ich hoffe, ich bereue das nicht, aber okay. Wir werden es versuchen." Sie kniff die Augen zusammen. „Aber beim ersten hitzigen Blick bin ich hier raus und tue mein Bestes, um mich von dir fernzuhalten."

„Ich versuche, mich zurückzuhalten, aber ich kann die Emotionen meines Drachen nicht kontrollieren. Im Gegensatz zu meiner menschlichen Hälfte versteht er nicht, warum wir Emotionen verbergen sollten."

Als Interesse in ihren Augen blitzte, wusste Alistair, dass sie mehr wissen wollte.

Und wenn sein Drache auch vielleicht vor einer platonischen Beziehung zurückschrecken mochte, funktionierte es für ihn gut.

Sein Tier meldete sich zu Wort. *Und was ist mit Mum? Sie wird Fragen stellen, wenn sie es herausfindet.*

Guter Punkt. Alistair konzentrierte sich wieder auf Kiyana. „Und vielleicht noch ein Vorbehalt, aye? Ich habe kein Interesse daran, eine Gefährtin zu finden, aber meine Mutter wird weiterhin Frauen in meine Richtung drängen, in der Hoffnung, dass ich meine Meinung ändere. Also, wenn sie fragt, sage ich ihr, dass ich jemanden habe. Ich werde keine Namen erwähnen, aber vielleicht können wir ihr den Gefallen tun?"

„Das darf ich nicht riskieren, Alistair. Verzeih mir, aber selbst ich habe schon mitbekommen, was für eine Klatschbase deine Mutter ist."

„Aye, das ist sie. Aber ich werde ihr nur sagen, dass wir Freunde sind, nichts mehr. Sie mag dir gelegentlich zuzwinkern, weil sie denkt, sie habe unser Geheimnis geknackt. Aber wenn es keinen Beweis für eine romantische Verstrickung gibt, kann das MDA dich nicht tadeln."

„Wenn noch weitere Bedingungen hinzukommen, müssen wir wohl einen schriftlichen Vertrag aufsetzen, damit ich mich an alle erinnern kann", sagte sie gedehnt.

Seine Lippen zuckten. „Keine Auflagen mehr, das verspreche ich. Und betrachte es mal so: Je weniger Zeit ich mit meiner Mutter darüber streiten muss, eine Frau zu finden, desto länger kann ich deine Fragen beantworten."

„Du bist gut darin, einem eine Möhre vor die Nase zu halten, oder?"

Zu seiner eigenen Überraschung schmunzelte er vor sich hin.

Alistair hatte in den letzten Jahren nicht viel gelacht.

Doch bevor er diesen Gedanken klären konnte, sprach Kiyana erneut. „Okay, dann also Treffen hier einmal die Woche. Aber wir sollten beide versuchen, so unauffällig wie möglich herzukommen. Auf diese Weise werden weniger den Zufall bemerken, dass wir beide gleichzeitig hier sind. Vielleicht wird deine Mutter es nie herausfinden."

Er verzog das Gesicht. „Leider ist die Frau, die das Archiv leitet, mit meiner Mum befreundet. Und selbst, wenn sie es nicht wären, hat Meg Boyd so ihre Möglichkeiten, alles herauszufinden, was in Lochguard passiert."

Außer Alistairs geheimem Projekt und seiner verstorbenen Freundin. Beides hatte er von ihr fernhalten können, aber nur, weil er seine Mutter so gut kannte.

Kiyana zog einen Teil ihres Haares glatt, ließ es los und wiederholte die Geste. Er war sich sicher, dass es etwas bedeutete – wahrscheinlich Unbehagen oder einen inneren Kampf –, aber er konnte sich nur darauf konzentrieren, wie lang ihr Haar war, wenn es gezogen wurde. Es würde ihr bis zur Taille reichen, wenn es glatt wäre.

Obwohl er es lieber lockig mochte.

Da er nicht dabei verharren wollte, dass er eine Vorliebe hatte, konzentrierte er sich stattdessen auf ihre Worte, als sie sagte: „Nun, jedenfalls nehme ich an, dass, wenn ich die meisten meiner Fragen einem einzelnen Drachenwandler stelle, mir das dabei helfen wird, keine sozialen Beziehungen mit vielen weiteren Drachenmännern und -frauen aufbauen zu müssen. Das sollte sich also schon lohnen, denke ich. Ich bekomme das Wissen, das ich will, und kann mich größtenteils vom Rest des Clans fernhalten."

Sein Drache ergriff das Wort. *Ich will nicht, dass*

sie Abstand hält. Aber trotzdem muss sie Ja sagen. Wenn ich ein Schlupfloch finde, durch das sie ihren Job behalten kann, dann ändert sie vielleicht ihre Meinung.

Selbst wenn es eins gibt, habe ich kein Interesse. Eine Gefährtin wird uns von unserer Arbeit ablenken.

Sein Tier schnaubte. *Das sagst du immer. Aber es gibt mehr im Leben als Bücher.*

„Alistair, hörst du überhaupt zu?"

Er blinzelte. „Tut mir leid! Mein Drache ist manchmal ziemlich gesprächig."

Sie rutschte in den Stuhl gegenüber. Und obwohl ihr Duft in seine Nase drang, konnte er seinen Körper davon abhalten zu reagieren.

Ihr Arrangement könnte also doch funktionieren.

Sein Tier schüttelte den Kopf, doch es schwieg. Als Kiyana sich nach vorn beugte, tat er sein Bestes, ihre zusammengepressten Brüste zu ignorieren. „Dass du mit deinem inneren Drachen sprichst, ist eines der Dinge, die mich am meisten faszinieren. Gibt es in den Archiven irgendwas über innere Drachen? Wie in der Vergangenheit durchgeführte Studien? Auf diese Weise könnte ich über eine fundierte Wissensgrundlage verfügen, bevor ich dich um weitere Details bitte."

Alistair bewunderte ihren Lerneifer. „Ich kann nicht behaupten, dass ich schon mal nach solchen Informationen gesucht habe. Layla – Dr. MacFie –

weiß vielleicht mehr darüber, da es mit ihrem Fachgebiet zusammenhängt."

Sie drehte den Kopf herum und sah auf die Reihen der Bücherregale. „Ich sehe vielleicht zuerst hier nach. Nichts gegen deine Ärztin, aber ich fange gern mit historischem Wissen an und arbeite mich dann weiter vor. Das ist nicht der beliebteste Ansatz in meinem Bereich, aber ich mag es, einen größeren Überblick zu erhalten, inklusive historischer Perspektive, anstatt mich nur auf die Gegenwart zu konzentrieren."

Er durchsuchte sein Gedächtnis nach dem, was er über die Sozialwissenschaften und die Sozialanthropologie im Besonderen wusste. „Solltest du nicht eigentlich Leute befragen? Zusehen, wie sie interagieren, und dann noch mehr Fragen stellen?"

„Das ist der vereinfachende Ansatz, der vor Jahrzehnten angewandt wurde. Heute ist es viel komplizierter als das."

Alistair widersetzte sich einer Grimasse. Er wollte sich wirklich nicht mit Ethik und Philosophien rund um die Anthropologie beschäftigen.

Kiyana lachte. „Deinem Gesicht nach zu urteilen, würdest du lieber in einem Raum mit einer Million Mücken eingeschlossen sein, als dir mehr von mir erzählen zu lassen."

„Eine Million ist etwas viel, aye? Eintausend, andererseits, und du könntest recht haben."

Sie schmunzelte und enthüllte ein schönes

Lächeln und eine Vertiefung auf einer Seite ihres Gesichts.

Für den Bruchteil einer Sekunde hörte Alistairs Herz auf zu schlagen. Kiyana war eine der schönsten Frauen, die er je gesehen hatte.

Nicht nur hübsch, sondern auch intelligent mit Sinn für Humor.

Ohne ihre Vereinbarung und seine Ehre könnte er in Schwierigkeiten sein.

Als sein Drache still blieb, setzte sich noch mehr Unbehagen in seinen Magen.

Kiyana stand auf. „Nun, ich werde mich umsehen und schauen, was ich finden kann. Dann fangen wir nächste Woche an, ungefähr zur gleichen Zeit?"

Er nickte und sah zu, wie Kiyana von ihm wegging. Sein Blick konzentrierte sich auf ihre Hüfte und ihren Po.

Es wäre nett, sie von hinten zu nehmen.

Nicht, dass er es jemals tun würde. Alistair öffnete sein Buch und versuchte, weiterzulesen. Er konnte jedoch keinen einzigen Absatz verstehen, bis Kiyana das Gebäude verließ.

Das allein sollte ihn vorsichtig machen, aber wenn man dann noch die zurückhaltende Freude seines Drachen hinzufügte, hoffte Alistair, dass er die Tiefe seiner Ehre nicht unterschätzt hätte. Denn wenn er es getan hätte, könnte er etwas Dummes tun, wie irgendwann versuchen, Dr. Kiyana Barnes zu küssen.

Was natürlich nie passieren durfte.

Kapitel Vier

Als Kiyana vom Archiv zurückkam, konnte sie nicht anders, als zu lächeln. Sie hatte nicht nur ein Buch über alte Lochguard-Paarungstänze entdeckt – wer hätte gedacht, dass so etwas existiert –, sondern hatte nun auch eine Quelle, um all ihre Fragen beantwortet zu bekommen.

Ehrlich zu sein schien mit Alistair zu funktionieren. Sie hatte jedoch nie erwartet, dass er ihre Zurückweisung so einfach hinnehmen würde, ganz zu schweigen davon, dass er vorschlug, sie einmal pro Woche zu treffen, um Informationen auszutauschen.

Obwohl sie nicht wusste, warum er Informationen über Menschen brauchte. Für seine Schüler, ja, aber vielleicht hatte es etwas mit seinem geheimen Projekt zu tun. Dem, das irgendwie mit dem kaum lesbaren Buch über Verträge des 18. und 19. Jahrhunderts zusammenhing.

So in Gedanken versunken bemerkte Kiyana Meg Boyd gar nicht, bis sie in die ältere Frau hineinlief. Zum Glück stürzte Meg nicht, und als sie beide wieder sicher auf zwei Beinen standen, nahm Meg ihre Hand. „Komm mit mir, Mädel."

„Ich glaube nicht –"

„Jetzt."

Die fröhliche, neugierige Frau vom Abend der Party war verschwunden und enthüllte Stahl unter Megs Oberfläche.

Da sie nicht in der Öffentlichkeit mit der alten Frau streiten wollte, erlaubte sie Meg, sie in ein Cottage zu ziehen, und als sie ohne zu klopfen hineinging, nahm Kiyana an, es sei ihres. Die Bilder ihrer drei Söhne an der Wand bestätigten ihre Theorie.

Der Flur war jedoch nicht gut genug, und Meg zog sie in ein kleines Nebenzimmer, in dem ein Sofa, ein Schreibtisch und ein Stuhl standen. Erst als sie Kiyana hineingezogen und die Tür geschlossen hatte, ließ sie ihre Hand los und sprach wieder. „Mein Alistair will dich."

Sie blinzelte. „Wie bitte?"

„Leugne es nicht, Mädel. Ich kenne meinen Sohn, und er hat noch nie so viel Interesse an einer Frau gezeigt wie an dir. Also sag mir: Wie kann ich helfen?"

Megs Vorschlag war mehr als nur zu zwinkern und ihre Seite anzustupsen. Sicher würde Alistair Kiyanas Bedürfnis verstehen, ehrlich zu sein. „Das können Sie nicht. Meine Aufgabe hier ist es, über die Frauen zu wachen und genug zu beobachten, damit ich Aufsätze schreiben kann und vielleicht sogar ein Buch, um den Menschen zu helfen, Drachenwandler besser zu verstehen."

„Es ist wegen deines Vertrags, aye?"

Die alte Frau war voller Überraschungen. „Ähm, ja. Woher wissen Sie das?"

Meg wedelte mit einer Hand. „Da gibt es einen Weg raus."

Sie runzelte die Stirn. „Woher um alles in der Welt wissen Sie das?"

Meg hob die Brauen, und ihr Blick wurde todernst. „Jeder denkt, ich sei nur neugierig und mische mich in die Angelegenheiten aller ein. Und vielleicht stimmt das zu einem gewissen Grad, aber ich habe auch ein Geheimnis, Mädel. Seit Rosalind Abbott Direktorin des MDA wurde, arbeite ich heimlich auch für das Ministerium."

Kiyana blieb der Mund offen stehen. Seit wann hatte das MDA angefangen, Drachenwandler einzustellen? Nicht nur das, sondern auch ohne jemanden davon in Kenntnis zu setzen?

Meg neigte den Kopf. „Ich sehe, dass du verwirrt bist, und ich kann dir keinen Vorwurf machen. Nur Finn kennt die Wahrheit, obwohl ich vermute, dass seine Gefährtin es auch tut. Das mag ein kleiner Verstoß sein, aber Arabella ist ein kluges Mädel und würde nichts tun, was dem Clan schadet, also habe ich Finn das vergeben."

In Kiyanas Kopf drehte sich alles, und sie versuchte, es lange genug aufhören zu lassen, damit sie eine Frage stellen konnte. Aber Meg sprach einfach weiter und enthüllte, wie es für Alistair gewesen sein musste als Kind. Die ältere Drachenfrau sagte: „Aber zurück zum Anfang: Ich arbeite für das MDA und habe deinen Vertrag überprüft. Oberflächlich, aye, du darfst nicht mit einem Drachenwandler ausgehen oder schlafen, männlich oder weiblich. Sie haben jedoch etwas ausgelassen, etwas Wichtiges. Einen Punkt, von dem jeder Anwalt sagen würde, dass er zu deinen Gunsten funktioniert."

Sie sollte aus dem ganzen Irrsinn weggehen, aber ihre Neugier brannte. Also fragte sie: „Was ist es?"

Meg beugte sich vor und flüsterte: „Du darfst weiterarbeiten, wenn du, um den menschlichen Begriff dafür zu verwenden, verlobt bist. Wenn du also vor dem Clan versprichst, dass ihr euch paaren werdet – sagen wir, sobald dein Arbeitsvertrag vorbei ist –, dann kannst du mit meinem Sohn tun, was du willst *und* deine Position beim MDA behalten."

Kiyana starrte die Drachenfrau nur an. Es dauerte eine Sekunde, aber sie schaffte es endlich, ihren Mund Worte bilden zu lassen: „Soll ich so tun, als wäre ich Alistairs Verlobte?"

Meg nickte. „Aye, das meine ich, du bist meine letzte Hoffnung, Mädel. Schließlich wird er bald dreißig, und auch wenn einige Drachenmenschen gut altern – wie meine eigenen Beaus – zieht Alistair sich jeden Tag tiefer in sich hinein. Bald wird er unerreichbar sein. Du bist vielleicht seine – und meine – letzte Chance."

Kiyana mochte nicht, dass Meg ihren Sohn so einfach aufgab. Alistair war ein bisschen geheimnisvoll, sicher, und verbrachte auch gerne Zeit damit, staubige Bücher in den Clan-Archiven zu lesen. Aber er war gesellig genug bei den Menschenfrauen, die sie begleitet hatte, und er schien ihr nicht wie ein vollkommener Einsiedler zu sein.

Meg hakte nach: „Also, tust du es, Mädel? Tust du so, als wärst du die Frau meines Alistair?"

Sie müsste mit der Situation vorsichtig umgehen. „Ich kenne ihn doch kaum."

„Aye, ich weiß. Aber leugne nicht, dass du dich zu ihm hingezogen fühlst. Ich bin mir nicht sicher, ob du seine wahre Gefährtin bist oder nicht – nicht einmal ich kann das beurteilen – aber es ist möglich. Außerdem, selbst wenn es nicht funktioniert, kannst du ihm in der Zeit alle möglichen Fragen stellen. Ich habe meine Nachforschungen über dich angestellt, und ich weiß, dass du aus dem Fehler, den du vor fünf Jahren gemacht hast, herauskriechen musstest. Das hier wird das vermeiden und dir das geben, was du wirklich willst – die Chance, einen Drachenwandler zu paaren."

Meg Boyd war definitiv nicht die, für die Kiyana sie gehalten hatte.

Der ganze Plan war verrückt. Sie kannte Alistair

weniger als eine Woche und hatte vielleicht ein paar Stunden mit ihm verbracht.

Und doch, wenn sie sich daran erinnerte, wie sein erhitzter Blick ihren fand, voller Begierde, die sie noch nie bei einem anderen Mann gesehen hatte, musste sie sich fragen, ob er ihr Happy End war. Seit sie ein Kind gewesen war, hatte Kiyana bei den Drachenwandlern leben wollen. Ihre Arbeit war dem am nächsten gekommen, also hatte sie ihr ganzes Gewicht hineingeworfen.

Die Zeiten hatten sich jedoch von vor über zwanzig Jahren geändert. Menschenfrauen mussten sich nicht mehr ein Bein ausreißen oder dem Opfer-programm beitreten, um mit einem Drachenwandler in Großbritannien zusammen zu sein, zumindest hatten die letzten Jahre das gezeigt, auch wenn es noch kein etabliertes Gesetz war.

Das könnte ihre Chance sein, dorthin zu gehö-ren, wo sie schon immer sein wollte *und* ihre Karriere zu behalten.

Kiyana war kurz davor, dem lächerlichen Plan zuzustimmen, aber dann erinnerte sie sich an etwas Wichtiges. „Sollte Alistair nicht auch etwas dazu zu sagen haben?"

Meg lächelte selbstgefällig. „Wenn du zustimmst, sagt er Ja."

„Weil du ihn dazu zwingen wirst."

„Och, nein, das würde ich meinem Sohn nie antun. Er wird Ja sagen, weil sein Drache auf einer Ebene erkennt, dass du bist, was er braucht. Mein

Sohn hat sich vor ein paar Jahren drastisch verändert, aus Gründen, die ich noch nicht einmal entdeckt habe. Aber du, Mädel, du hast geholfen, ein bisschen des alten Alistair zurückzubringen. Wenn du also Ja sagst, wird er nicht widerstehen können."

Kiyana war skeptisch, dass er nicht widerstehen konnte. Sicher, sie fühlten sich zueinander hingezogen, aber er hatte deutlich gemacht, dass er nicht nach einer Gefährtin suchte.

Und doch wäre es auch ein Pluspunkt, sowohl eine ständige Informationsquelle als auch vielleicht einen Fickfreund zu haben. Nicht ganz ihr Happy End, aber es würde ihre sechs Monate in Lochguard definitiv so viel besser machen.

Ganz zu schweigen davon, dass sie nach ihrem Einsatz immer gehen konnte, sie und Alistair würden sich nie wieder sehen müssen, wenn ihre Beziehung schiefging.

Du bist wirklich verrückt, Kiyana. Und doch ... Sie räusperte sich und richtete sich auf. „*Wenn* Alistair aus freiem Willen zustimmt, rede ich mit ihm und sehe von dort aus weiter. Mehr kann ich nicht tun."

Meg tätschelte ihr die Wange. „Cleveres Mädel. Das wirst du tun." Die Drachenfrau ging zur Tür, zögerte jedoch kurz, sie zu öffnen. „Komm heute Abend zum Essen, gegen sieben. Meine drei Jungs werden alle zu Hause sein, und ich werde Zeit finden, mit Alistair zu reden. Auf diese Weise können wir eher früher als später anfangen."

Es lag ihr auf der Zunge zu sagen, dass es okay wäre, ein oder zwei Tage zu warten, aber Meg öffnete die Tür und ging den Flur hinunter. „Komm, Mädel. Ich zeige dir die genauen Passagen in deinem Vertrag, die diesen Plan unterstützen. Auf diese Weise bist du vorbereitet."

Als sie Meg in ein anderes Zimmer nach oben folgte, stieg Kiyanas Herzfrequenz an. Ihre Zeit in Lochguard war nicht nur vollkommen anders, als sie erwartet hatte, sondern sie könnte auch ihr Leben auf eine Weise verändern, wie sie es sich nie vorgestellt hatte.

Seit ihrem Schlamassel vor fünf Jahren war sie bei jeder Entscheidung vorsichtig gewesen. Unüberlegte brachten sie für gewöhnlich in Schwierigkeiten.

Als Meg ihr jedoch die Sätze zeigte, die ihr Leben verändern könnten, erinnerte sich Kiyana an die Worte ihres Vaters, dass sie das Leben mehr genießen müsse.

Also, bewaffnet mit Juristenlatein und der Begeisterung einer entschlossenen Drachenfrau, nahm sie den Rat ihres verstorbenen Vaters an. Vielleicht, nur vielleicht, würde der Sprung sie zu dem Schicksal bringen, zu dem sie gehörte.

Alistair atmete tief ein und betrat das Cottage seiner Mum. Er und seine Brüder mochten erwachsene Männer sein, aber einmal in der Woche nahmen sie alle am Abendessen im Haus ihrer Mutter teil.

Aye, nicht zu gehen, würde einen Monat lang Kopfschmerzen verursachen, die keiner von ihnen sich wünschte. Aber es war auch eine Möglichkeit, mit seiner Familie zusammen zu sein. Sogar Alistair erkannte, dass er sich nach Rachels Tod von ihnen zurückgezogen hatte.

Sein Drache sagte, *Das liegt daran, dass du nie darüber redest.*

Und das werde ich auch nicht, bis ich herausfinde, wie ich verhindern kann, dass es anderen passiert. Wenn andere Clanmitglieder von ihrem Zustand erfahren, könnten sie bei der Rückkehr der inneren Drachenkrankheit Panik bekommen, und das will ich nicht.

Die Stimme seiner Mum drang aus der Küche. „Hier drin! Ich muss mal kurz mit dir sprechen, Alistair."

In den Gesprächen seiner Mutter ging es entweder um seine nicht vorhandene Gefährtin, den Mangel an Kindern oder einen Vortrag darüber, dass er sich ständig hinter Büchern verschanzte.

Er war sich nicht sicher, welches der drei das Thema des Tages sein würde.

Normalerweise machte sein Drache eine witzige oder schlaue Bemerkung. Sein Tier jedoch schwieg.

Das bedeutete, dass Alistair allein gegen seine Mutter antrat, für den Vortrag und möglicherweise für den Abend.

Als er in die Küche ging, sah er, wie seine Mutter etwas im Ofen überprüfte. Sobald sie fertig war, drehte sie sich um, legte eine Hand an ihre Hüfte und machte sich erst gar keine Mühe mit Smalltalk. „Ich weiß, wen du magst, und ich habe einen Weg gefunden, wie du mit ihr zusammen sein kannst."

Er blinzelte. „Wovon zum Teufel sprichst du?"

Sie schnalzte mit der Zunge. „Ich werde deine Ausdrucksweise ignorieren, weil das, was ich zu sagen habe, wichtiger ist." Sie machte einen Schritt auf ihn zu, ohne Angst davor, dass er fast vierzig Zentimeter über ihre winzige – für einen Drachenwandler – Gestalt ragte. „Du magst dieses Kiyana-Mädel, leugne es nicht."

Er öffnete den Mund, aber sie ließ ihn kein Wort sagen. „Und, aye, natürlich wirst du es leugnen. Zum Teil, weil du felsenfest entschlossen bist, nie eine Gefährtin zu nehmen. Und zum Teil, weil du die Regeln für ihre Position kennst."

Alistair erlaubte seiner Mutter normalerweise, etwas zu plaudern, während er es von sich abprallen ließ. Dieses Mal nicht. „Woher weißt du irgendwas davon? Und woher weißt du, was ich will?"

„Ich bin deine Mutter, also weiß ich natürlich, was du willst. Ich nehme an, es gibt Mütter da draußen, die ihre Kinder nicht beachten oder so, aber ich bin sicher keine von ihnen."

Sein Drache brach das Schweigen, um zu schnauben.

Alistairs Mum holte nicht einmal Luft, bevor sie

hinzufügte: „Du willst mir nicht sagen, warum sich deine Persönlichkeit und dein ganzes Verhalten vor ein paar Jahren verändert haben. Ich frage ständig, und du weichst immer aus. Vielleicht liegt es daran, dass du Zeit brauchst, um über das hinwegzukommen, was passiert ist – ich vermute, dass es etwas Extremes und Unerfreuliches war –, aber ich habe mich damit abgefunden. Nun, zum größten Teil. Aber deinem Drachen jahrelang etwas vorzuenthalten, ist egoistisch, Alistair, und das weißt du. Vielleicht können Menschen ein Zölibat-Gelübde ablegen oder was auch immer, aber keine Drachenwandler. Er wird bald den Verstand verlieren."

Verdammt, seine Mutter hatte eines der Darüber-reden-wir-niemals-Themen angesprochen. „Ich werde mit dir nicht über mein Sexleben reden, Mum."

Sie zuckte die Schultern. „Das musst du auch nicht. Ich kenne jeden im Clan, sogar die neueren Menschen, und ich habe eine ziemlich gute Vorstellung davon, wer mit wem, wann und wie oft schläft."

Heilige Scheiße, hatte seine Mutter ihm wirklich gerade erzählt, dass sie einen clanweiten Sex-Zeitplan hatte?

Nein, nein, nein, das wollte er nicht wissen.

Seine Mum kam sogar noch näher und stieß ihm mit dem Zeigefinger in die Brust. „Es ist mehr als drei Jahre her. Noch länger, und du könntest unter den richtigen Umständen bösartig werden. Ich habe entschieden, dass eine Gefährtin vielleicht nicht in deiner Zukunft ist, wenn du weiter deinen eigenen Weg gehst. Also habe ich einen neuen für dich angelegt."

Da seine Mutter ihre Arme verschränkte und eine Augenbraue hob, war das der Hinweis, dass er eine Minute oder so reden konnte.

Manchmal beneidete er andere Drachenwandler mit Müttern, die sich nicht in jedes Detail ihres Lebens einmischten. Um ehrlich zu sein, nur die MacKenzies hatten eine Mutter, die seiner ähnlich war, also hatte der größte Teil des Clans Glück.

Er stürzte sich auf seine Chance und antwortete: „Arrangierte Verpaarungen sind seit über einem Jahrhundert nicht mehr vorgekommen, Mum. Finn wird es nicht erzwingen. Außerdem sind Hamish und Graham verpaart und haben Kinder. Ist das nicht genug? Was ich mit meinem Leben mache, sollte mein Problem sein."

Sein Drache meldete sich endlich zu Wort. *Und was ist mit mir? Wirst du mich auch einfach so abweisen?*

Natürlich nicht. Aber du weißt, dass ich ein Gelübde abgelegt habe, und ich werde es nicht brechen. Kein Sex, bis ich Antworten und/oder eine Lösung gefunden habe.

Seine Mutter schnaubte. „Hör auf, so verdammt stur zu sein. Dein Vater war auch so."

Er seufzte. „Vater zu benutzen, um mir ein schlechtes Gewissen einzureden, wird nicht funktionieren, Mum. Er hat uns immer ermutigt, unseren eigenen Weg zu finden, und eine Gefährtin und Kinder zu haben, ist einfach nicht mein Ding."

„Warum? Das ist die einzige Frage, auf die ich nie eine Antwort bekommen kann. Warum, Alistair? Du hast immer darüber geredet, wie sehr du eines Tages eine Familie wolltest, und plötzlich tust du das nicht mehr. Es hängt mit dem zusammen, was vor drei Jahren passiert ist, oder?"

„Aye, vielleicht. Aber ich bin noch nicht bereit, darüber zu reden."

„Und wie lange wird das dauern? Wenn es nur du wärst, dann, aye, könntest du dir alle Zeit der Welt nehmen. Aber vernachlässige deinen Drachen nicht."

Alistair konnte normalerweise sein Temperament bei seiner Mutter in Schach halten, aber heute Abend drängte sie weiter. Seine Geduld brach zusammen. „Es gibt Wichtigeres, als eine Frau zu finden, mit der man ins Bett gehen und sie vögeln kann. Ich habe etwas Wichtiges zu tun, Mum. Etwas, das ich lösen muss, um das Versprechen zu halten, das ich jemandem auf dem Sterbebett gegeben habe. Kannst du es nicht einfach auf sich beruhen lassen?"

In diesem Moment trat Kiyana aus dem angrenzenden Esszimmer in die Küche. „Lass es einfach, Meg. Er ist verletzt, und sollte nicht gedrängt werden."

Er runzelte die Stirn. „Was zum Teufel ist los? Warum ist Kiyana hier?" Er durchbohrte seine Mutter mit einem finsteren Blick. „Fang an zu reden,

Mum, oder ich schwöre, ich komme nicht wieder zum Essen, bis ich gezwungen werde."

Sobald seine Wut abgeklungen war, würde Alistair merken, dass er seine Drohung nicht durchhalten könnte. Aber im Moment ergab es den meisten Sinn. Es könnte auch seinem Fall helfen.

Und so wartete er, während er zwischen Kiyana und Meg hin und her blickte, auf ein paar verdammte Antworten.

Kiyana hatte nicht lauschen wollen. Meg hatte sie gebeten, in dem kleinen Büro zu warten, in dem sie vorher gewesen waren, in einem, das anscheinend schalldicht war.

Aber als sie an die Wände mit genau drei Bildern starrte und ihr Bestes gab, nicht alle drei Sekunden auf die Uhr zu sehen, war sie unruhig geworden.

Schließlich war sie jemand, der, sobald er eine Entscheidung getroffen hatte, alles in seiner Macht Stehende tat, um es so schnell wie möglich zu verwirklichen.

Warten war nicht ihr Stil.

Also hatte sie damit begonnen, die Tür einen Spalt weit zu öffnen. Sie hörte zwei Stimmen und fragte sich, ob es Alistair oder einer seiner Brüder war, die sich mit Meg unterhielten.

Dann war die männliche Stimme lauter geworden, klar verärgert. Langsam hatte sie sich aus dem

Raum geschlichen, bis sie im Esszimmer stand, und war wie angewurzelt stehengeblieben, während sie Megs und Alistairs hitzige Unterhaltung hörte.

Es zeigte sich recht schnell, dass Meg entweder Alistair falsch eingeschätzt oder die falsche Taktik benutzt hatte, um die Vereinbarung zur Sprache zu bringen.

Egal, es reichte für Kiyana, um in die Küche zu gehen und den Wahnsinn zu beenden. Sie hatte es vorhin so gemeint, Alistair nicht zwingen zu wollen. Was auch immer er gezeigt hatte, war eine vorübergehende Lust gewesen und nichts mehr.

Sie hatte ihr Urteilsvermögen von ihren Mädchenfantasien trüben lassen. Sie würde aufpassen, dass das nicht wieder passierte.

Als Alistair fragte, was los sei, schaffte es Kiyana irgendwie zu sprechen, bevor Meg es konnte. „Ich bin hier, weil deine Mutter mich darum gebeten hat. Sie hat mir vorhin einen Vorschlag gemacht, der an einem Traum von mir zerrte, was mich überstürzt hat handeln lassen. Aber keine Sorge, ich sehe jetzt, dass du kein Interesse an mir oder einer anderen Frau hast, und ich werde mich zurückziehen."

Alistair runzelte die Stirn. „Interesse an dir?" Er sah zu Meg und zurück zu ihr. „Würde mir jemand mal sagen, was verdammt nochmal los ist?"

Meg kam ihr zuvor. „Kiyana und ich hatten vorhin ein nettes Gespräch, das dich betrifft. Sie war bereit, so zu tun, als wäre sie deine zukünftige Gefährtin, aber das hast du jetzt ruiniert. Wenn ich dich nicht so sehr liebte, würde ich die Verantwortung für dich jetzt abgeben, Alistair."

Alistairs ungleiche Augen bohrten sich in ihre, und sie tat ihr Bestes, nicht zurückzutreten. Er mochte ein Lehrer sein, aber er war immer noch ein Drachenwandler, was bedeutete, dass er zum Teil ein Tier war. Mit stählerner Stimme brachte er zwischen zusammengebissenen Zähnen heraus: „Wovon. Spricht. Sie. Da?"

An seine heftigen Blicke gewöhnt, hob sie ihr Kinn einen Bruchteil und sah nicht weg. „Es scheint, als hätte deine Mutter ein Auge für Rechtsverträge und hat eine Lücke in den Bedingungen des MDA entdeckt, als es um meinen ging. Ich werde dir nicht sagen, woher sie von meinem Vertrag weiß, denn das ist etwas, das du sie fragen musst. Du solltest nur wissen, dass sie recht damit hat, dass, wenn ich mit einem Drachenwandler verlobt bin, ich meinen Job behalten und für sie arbeiten kann, zumindest bis ich den Drachenwandler heirate – paare. Selbst wenn du mich nicht körperlich willst, würde die Situation uns die Möglichkeit geben, Informationen zu teilen. Ich dachte auch, es würde helfen, dir deine Mum aus den Füßen zu halten."

„Och, jetzt warte mal –"

Kiyana ignorierte Meg. „Aber ich sagte, ich würde dich nicht zwingen, oder dich täuschen, und deshalb nehme ich mein Angebot zurück. Wenn es sonst nichts gibt, was du wissen musst, sollte ich jetzt gehen."

Alistair trat näher, bis er nahe genug war, dass sie die Hitze seines Körpers spüren konnte. Selbst mit seinen blitzenden Pupillen wandte Kiyana den Blick nicht ab. Korrektur: Sie konnte den Blick nicht abwenden. Alistairs Augen waren voller Wut, ja, aber auch Hitze, Verwirrung und etwas, das sie nicht definieren konnte.

Vielleicht hatte ihr anfängliches Bauchgefühl recht gehabt.

Er brummte: „Du gehst nirgendwo hin, bis wir weiter darüber geredet haben."

„Worüber? Deine Mutter hat ein Angebot gemacht, das ich sofort hätte ablehnen sollen, aber ich habe es nicht. Ich habe deine Proteste gehört und beschlossen, es abzubrechen. Es gibt wirklich nichts mehr zu besprechen."

Alistair lehnte sich noch einen Zentimeter näher und sagte: „Es gibt viel zu besprechen. Nur nicht vor meiner Mutter." Er trat zurück und sah seine Mum an. „Du und ich, wir beide werden uns später noch ein wenig darüber unterhalten. Aber im Moment müssen Kiyana und ich reden."

„Worüber?", fragte Kiyana.

Er streckte seine Hand aus, die Handfläche nach oben, und wartete. „Nicht hier."

Sie hob eine Braue. „Ich weiß es ja zu schätzen, dass du versucht hast, nett zu sein und nicht einfach meine Hand gepackt hast, aber ich kann einfach aus dieser Tür gehen und dich ignorieren."

„Das willst du nicht tun."

Seine Stimme war nicht bedrohlich, sondern ... rau.

Kiyana widersetzte sich einem Schauer und ließ ihr Gehirn arbeiten. Vielleicht hatte Alistair seine Meinung geändert, aber wollte sie immer noch diese lächerliche Situation, die seine Mutter vorgeschlagen hatte?

Das Verantwortungsvolle wäre es, wegzugehen und so zu tun, als wäre der Tag nie passiert.

Und doch, als sie Alistairs Pupillen zwischen Schlitzen und Kreisen hin- und herblitzen sah, brannte sie darauf, zu erfahren, was er dachte.

Sobald sie ihre Hand in seine legte, drückte Alistair sie und führte sie durch den Flur. Dann rief er über seine Schulter: „Bis später, Mum!"

Sie kamen in die kühle Abendluft, aber sie merkte es kaum. Jeder Zentimeter Haut, der Alistairs berührte, prickelte, die Elektrizität bewegte sich durch den Rest ihres Körpers.

Und alles, was sie tat, war Händchen zu halten. Wenn er sie küsste, könnte sie explodieren.

Nein, Kiyana. Konzentrier dich.

Die kurze Strecke von Megs Haus zu einem anderen Cottage, von dem sie annahm, dass es Alistairs war, dauerte weniger als fünf Minuten. Sie nutzte die Zeit so gut sie konnte, um nur mit ihrem Gehirn zu denken und nicht mit ihren unteren Regionen. Was auch immer Alistair besprechen musste, es musste rational geschehen. Sie durfte nicht mehr zulassen, dass ihre Kindheitsträume alles rosiger erscheinen ließen, als es wirklich war.

Und definitiv konnte sie auch nicht zulassen, dass ihre Hormone das Sagen übernahmen.

Kiyana dachte, sie hätte sich unter Kontrolle gebracht. Zumindest bis Alistair sie ins Haus zog, die Tür schloss und ihren Körper mit seinen Armen einsperrte. Sie berührten sich zwar nicht, aber sie konnte seine Hitze um sich herum spüren. Ihre Herzfrequenz stieg an, als ihre Körpertemperatur stieg.

So verrückt es auch klang, die Zeit floss langsamer, als sie einander anstarrten.

Als Alistair endlich sprach, tanzte sein Atem über ihre Lippen und schürte das Feuer in ihr nur noch heißer. „Nun, Mädel, es ist an der Zeit, dass du ehrlich und direkt zu mir bist."

„Worübcr?"

Seine Augen wanderten zu ihren Lippen. „Wolltest du wirklich so tun, als wärst du meine zukünftige Gefährtin?"

Sie schluckte. Ihre Lippen prickelten, als sie antwortete: „Ja. Aber wie ich schon sagte, ich ziehe es zurück. Ich werde es nicht erzwingen."

Alistair begegnete wieder ihrem Blick, und seine Pupillen blitzten schneller als zuvor. „Was, wenn ich es will?"

„Wie bitte?"

Er bewegte sein Gesicht noch zwei Zentimeter näher. „Ich habe mein Bestes gegeben, dich zu ignorieren, Kiyana. Auch wenn du die verdammt schönste Frau bist, die ich je gesehen habe, ganz zu schweigen davon, dass du klug bist und genug Rückgrat hast, um dich sogar gegen jemanden wie meine Mutter zu behaupten, wollte ich deine Karriere nicht ruinieren. Das hat mir die perfekte Ausrede gegeben, um eine Mauer zwischen uns zu errichten. Aber jetzt? Jetzt, wo ich weiß, dass es einen Weg für dich gibt, mir zu gehören *und* deinen Job zu behalten? Ich bin mir nicht sicher, dass ich das vergessen kann, Mädel." Sein Blick fiel zurück zu ihren Lippen. „Und ich würde dich jetzt sehr gerne küssen."

Wenn sie noch ein bisschen Vernunft in ihrem Gehirn hätte, würde sie ihm sagen, er solle sie gehen lassen.

Aber da sein Körper so nah war und sein Geruch sie überwältigte, ganz zu schweigen von dem Verlangen in seinen Augen, konnte Kiyana auf keinen Fall Nein sagen. Sie mochte eine starke Frau sein, aber nicht so stark.

Vor allem, wenn es etwas war, das sie mehr wollte, als sie lange etwas gewollt hatte.

Also hob sie ihre Lippen zu seinen und flüsterte: „Dann tu es."

Und ohne zu zögern, schloss Alistair die Distanz zwischen ihnen und küsste sie.

Alistairs Drache mochte ihn damit genervt haben, Kiyana küssen zu wollen, aber er war ehrlich genug, zuzugeben, dass er sie wollte. Mehr, als er ursprünglich gedacht hatte, vor allem, als der Mensch gedroht hatte, das Haus seiner Mutter ohne weiteres Wort zu verlassen.

Aber jetzt stand sie vor ihm, ihr Körper ein paar Zentimeter von seinem entfernt, in seinem Cottage.

Die Luft war elektrisch geladen, und eine Berührung würde wahrscheinlich ein Feuer auslösen. Eins, das langfristige Folgen hätte.

Der rationale Alistair sollte das erkennen, zurücktreten und einen Plan erstellen.

Wie auch immer, sein Tier knurrte, *Nein, du gehst verdammt nochmal nicht weg. Sie ist hier, und sie will uns. Küss sie. Jetzt.*

Er sollte mehr Antworten fordern. Verdammt, Alistair fragte immer nach mehr Informationen.

Da war auch etwas in seinem Hinterkopf, ein Grund, warum er sie nicht küssen sollte. Etwas, das mit „Kein Sex" zu tun hatte.

Aber Kiyanas Duft war eine Droge, gegen die kämpfen zu können er nicht sicher war.

Als sie also ihre üppigen Lippen hob und ihm sagte, er solle sie küssen, kämpfte Alistair nicht dagegen an.

Sobald seine Lippen ihre berührten, strömte ein überwältigendes Verlangen durch seinen Körper. Eins, das er noch nie gefühlt hatte, eins, von dem er sich nicht sicher war, dass er dagegen ankämpfen konnte.

Kiyana öffnete den Mund, und er erkundete jeden Zentimeter ihrer köstlichen Hitze mit seiner Zunge. Er musste alles kennenlernen und wollte sich ihren Geschmack für immer einprägen.

Er zog sie gegen sich und stöhnte, als ihre Brüste gegen seine Brust drückten. Er ließ eine Hand an ihren hübschen Po gleiten und wiegte ihren Unterkörper gegen seinen.

Er zischte bei der Reibung an seinem Schwanz, während sein Drache brüllte, *Mehr, mehr, ich brauche mehr! Küss sie, fick sie, beanspruche sie immer und immer wieder.*

Kiyana stöhnte, und sein Verlangen wurde größer. Scheiße, wenn er nicht bald in ihr wäre, würde er sterben.

Und in diesem Moment setzte Alistairs Gehirn alles zusammen. *Sie ist unsere wahre Gefährtin!*

Ja. Also küss sie, fick sie, beanspruche sie. Sie soll uns gehören, für immer.

Sein inneres Tier drängte ihn, sie auszuziehen und zwischen ihre Schenkel zu stoßen, aber irgendwie schöpfte Alistair jede Kraft, die er besaß, um den Kuss zu unterbrechen und Kiyana loszulassen.

Sein Drache brüllte, und Alistair gab sein Bestes, ein mentales Gefängnis zu bauen. Es würde nicht lange halten, aber vielleicht lange genug, damit Kiyana weglaufen konnte.

Nicht nur, um sich selbst zu retten, sondern auch um Alistair zu helfen, nicht alles zu verraten, woran er glaubte. Ein Kuss wäre vielleicht okay gewesen, aber Sex war es nicht. Und sobald sein Drache rauskam, würde er in den Gefährtenrausch verfallen, und das hieße unaufhörlicher Sex, bis Kiyana sein Kind trug.

Er war ein Idiot, dass er sie überhaupt geküsst hatte.

Er knirschte mit den Zähnen und befahl: „Verschwinde!"

Kiyana, sein liebenswerter Mensch, rührte sich nicht, sondern runzelte die Stirn. „Was? Warum? Vor zwei Sekunden warst du noch ganz klar scharf auf mich."

Sein Tier schlug härter. In wenigen Minuten konnte er seinen Drachen vielleicht nicht mehr kontrollieren, bis Kiyana schwanger war.

Er zog sich weiter zurück, bis sein Rücken gegen die Wand stieß. „Du kennst Drachenwandler. Wenn du nicht gehst, übernimmt mein Drache die Kontrolle, und ich kann ihn nicht aufhalten. Nicht, bis du schwanger bist."

Ihre Augen wurden größer. „Warte, ich bin deine wahre Gefährtin?"

Sein Drache brüllte lauter und stieß gegen die Seiten des mentalen Gefängnisses. Es würde jetzt nicht mehr lang dauern.

Alistair nickte. „Und jetzt geh! Finde Finn, erkläre es, und halte dich von mir fern!"

Sie hielt ein paar Sekunden inne, und jede gab seinem Drachen mehr Gelegenheiten, sich zu befreien. Er befahl: „Geh! Jetzt!"

Sie antwortete leise: „Was, wenn ich zu allem Ja sage?"

Sein Drache versuchte stärker zu entkommen, krallte gegen das Gefängnis, seine Lust und sein Verlangen sickerten durch. „Nein, ich kann nicht ... bitte zwing mich nicht!"

Er hätte schwören können, dass Feuer in ihren Augen aufblitzte, aber es war weg, bevor er blinzeln konnte.

Er hatte ihr wehgetan. Verdammt, er hatte ihr wehgetan! „Es ist nicht so, wie du denkst ..."

„Nein, erkläre es nicht. Das macht es nur noch schlimmer." Sie ging endlich zur Haustür. „Ich werde Finn finden und dich in Ruhe lassen."

Innerhalb von Sekunden war er allein. Alistair rannte in sein Schlafzimmer, schrieb schnell eine SMS an die Clanärztin und rollte sich am Boden zu einer Kugel zusammen. Er wusste nicht, wie lange er seinen Drachen aufhalten konnte, aber er hoffte, es wäre lange genug.

Ansonsten würde er wahrscheinlich das Gelübde brechen, das er sich in Bezug auf Rachel gegeben hatte, und das war eine Sache, die er nie tun durfte.

Kapitel Fünf

Kiyana weinte nicht oft. Aber als sie halb rannte, halb zu Finns Haus stolperte, brannten Tränen in ihren Augen.

Abgelehnt zu werden, war nie einfach, aber es war unendlich schlimmer, als Kiyana sich als jemandes wahre Gefährtin herausgestellt hatte – eine, die vom Schicksal als gut passend bestimmt worden war –, und er wollte sie immer noch nicht.

Hör auf, Kiyana. Du weißt, dass er keine Gefährtin wollte. Das ist nichts Neues.

Wenn die Worte doch nur bei ihr ankämen. Doch als sie sich daran erinnerte, wie Alistairs Zunge ihre gestreichelt hatte, als er sie gegen seinen harten Schwanz gewiegt hatte, ergab es einfach keinen Sinn. Es musste einen Grund für seine Zurückweisung geben. Es musste einfach.

Und wenn sie ihn herausfinden könnte, könnte

es gegen das Stechen helfen und ihren Schmerz ein bisschen lindern.

Sie erreichte endlich Finns Cottage, das Licht in den vorderen Fenstern war ein gutes Zeichen. Normalerweise wäre sie vorsichtiger, keinen Lärm zu machen, da Finn und seine Gefährtin kleine Kinder hatten. Aber Kiyana war nicht in Stimmung für Höflichkeiten und klopfte hart an die Tür.

Finn öffnete die Tür mit gerunzelter Stirn. Doch die Furchen verschwanden sofort, als er ihr Gesicht sah. „Kiyana, Mädel, was ist los?"

Da sie den ganzen Weg gerannt und eigentlich keine Läuferin war, nahm sie sich eine Sekunde Zeit, um zu Atem zu kommen, bevor sie antwortete: „Es ist Alistair." Noch ein paar Atemzüge. „Er hat mich geküsst ... wahrer Gefährte ... will mich nicht."

Arabella tauchte hinter Finn auf, schob ihn zur Seite und nahm ihre Hand. „Komm rein, Kiyana. Setz dich und erzähl uns, was passiert ist."

Kiyana rührte sich nicht. Sie hatte genug Atem bekommen, um die Worte nicht mehr keuchen zu müssen. „Nein, ich kann nicht. Er sagte, ich soll es Finn sagen. Ich glaube, er braucht Hilfe."

Finn und Arabella tauschten einen Blick aus, bevor Finn wieder Kiyanas Blick begegnete. „Du kommst rein und setzt dich zu Ara. Ich gehe selbst zu Alistair."

Arabella hatte es geschafft, sie ins Cottage zu bekommen, bevor Finn sich umdrehte und sie fragte: „Wolltest du ihn?"

Tränen drohten wieder zu fallen, doch sie hielt sie zurück. Sie konnte die Worte nicht formen, sondern nickte nur.

Finn grunzte, sah Arabella an und ging.

Dann sah Arabella sie mit mitleidigen Augen an, und Kiyana konnte sich nicht mehr zusammenreißen. Tränen fielen ihr über die Wangen, und sie verlor den Anschein der Vernunft.

Sie hatte keinen Anspruch auf Alistair Boyd, aber es tat weh. Verdammt, es tat immer noch weh.

Alistair hatte sich mit geschlossenen Augen auf den Boden gelegt und versuchte, die Kontrolle über seinen Körper zu behalten. Egal, wie oft er sich bemühte, sein mentales Gefängnis zu flicken, es dauerte nicht lange, bis sein Drache ausbrach.

Wo ist sie? Sie gehört uns. Ich muss sie beanspruchen. Immer wieder. Bis sie unsere Jungen trägt.

Nein, sie ist weg.

Sein Drache brüllte. *Dann werde ich übernehmen! Ich werde sie finden. Sie will uns, und ich werde sie beanspruchen.*

Nein. Ich kann nicht.

Sein Tier zischte. *Dein dummes Gelübde. Du hast drei Jahre unseres Lebens mit diesem Gelübde verschwendet. Du hast dir das selbst eingebrockt und mich verleugnet. Jetzt werde ich die Kontrolle über unser Leben übernehmen. Kiyana sollte uns*

gehören, will uns gehören, und ich werde sie bean-
spruchen.

Sein Drache versuchte, die Kontrolle über ihren Geist zu erringen, indem er jede mentale Kraft nutzte, die er aufbringen konnte. Das Tier versuchte, seine Präsenz zu erweitern, bis Alistair in einer Ecke gefangen war, aber Alistair wehrte sich.

Dann brüllte sein Drache immer weiter und versuchte, die menschliche Hälfte zu erschöpfen, die solch einen Lärm nicht lange Zeit ertragen konnte.

Alistair summte, um es zu blockieren.

Und so ging der Kampf weiter, bis ihm etwas in den Arm stach. Er öffnete die Augen und fand Dr. Layla MacFie, die mit einer Nadel in der Hand über ihm stand.

Die Stimme seines Drachen wurde schwächer. *Nein, nein, nein. Bring mich nicht zum Schweigen! Kiyana ist das, was wir brauchen. Sie sollte unsere Zukunft sein. Verlier nicht noch jemanden.* Die Stimme des Drachen war kaum noch ein Flüstern. *Lass dich nicht ewig von der Vergangenheit heimsuchen.*

Sein Verstand wurde glückselig still, und Alistair sackte gegen die Wand. Laylas Stimme füllte den Raum. „Dein Drache wird höchstens ein paar Tage schweigen. Magst du mir sagen, was verdammt nochmal los ist?"

Finns Stimme kam von der Tür. „Das wüsste ich auch gern. Vor allem, weil Kiyana fast in Tränen aufgelöst vor meiner Haustür aufgetaucht ist. Was zum Teufel hast du getan, Alistair? Eine Frau an der Nase herumzuführen, ist nicht dein Stil, also fängst du besser an zu reden."

Zu erschöpft, um etwas anderes zu tun, als sich an die Wand zu lehnen, blieb Alistair auf dem Boden.

Selbst ohne dass sein Drache brüllte und gegen ihn kämpfte, war es schwierig, sein Gehirn zum Laufen zu bringen. Es war wahrscheinlich eher eine Folge der Erschöpfung als der Drogen, die Layla eingesetzt hatte.

Finn hockte sich neben ihn, seine Stimme war voller Stahl. „Wenn du sie geküsst hast, warst du interessiert. Und sie hat zugegeben, dass sie es auch war. Warum zum Teufel hast du sie dann in Tränen aufgelöst weggeschickt? Und nichts von diesem geheimnisvollen Blödsinn, den du seit Jahren ausspuckst. Es war keine oberste Clan-Priorität, also lass es gut sein. Aber jetzt ist es eine Priorität. Warum hast du Kiyana Barnes abgewiesen?"

Er hatte sein Geheimnis seit Jahren gewahrt. Es vor allen geheim gehalten, die er kannte, in der Hoffnung, dass er der Mann sein könnte, den Rachel gebraucht hatte, um ein Gelübde zu erfüllen.

Und hier war er, Jahre später, immer noch nicht näher an der Wahrheit. Sein Clanführer war wütend, er hatte die eine Frau verletzt, die er zum ersten Mal seit Jahren gewollt hatte, und er hatte seinen Drachen verärgert.

Alles nur für sein Gelübde.

Vielleicht, nur vielleicht, war es an der Zeit, um Hilfe zu bitten.

Finn war vor Jahren einer seiner besten Freunde gewesen. Dinge waren passiert, ihre Wege waren auseinander gegangen, aber vielleicht war er wieder der Freund, den er brauchte. Und so antwortete er: „Ich habe vor drei Jahren ein Gelübde abgelegt, dass ich keinen Sex haben werde, bis ich die Antworten gefunden habe, die ich brauche. Sex mit Kiyana hätte dieses Versprechen gebrochen und den Mann zerstört, zu dem ich geworden bin. Ich konnte es nicht tun, Finn. Ich konnte es einfach nicht."

Finn nahm seinen Blick nicht von seinem. „Was für ein Gelübde, Alistair? Vielleicht kann ich ja helfen."

Egal, ob Finn jetzt Clanführer war, er war derselbe Mann wie früher. Einer, der Alistair, ohne zu zögern, helfen würde.

Normalerweise würde sein Drache ihn drängen, die Wahrheit zu erzählen. Aber diesmal traf Alistair die Entscheidung selbst. „Vor etwas mehr als drei Jahren starb meine Freundin – eine Drachenwandlerin namens Rachel – an einer inneren Drachenkrankheit." Layla öffnete den Mund, aber Alistair schüttelte den Kopf. „Ich werde jetzt nicht auf die Einzelheiten eingehen. Es wurde jedoch von einem möglichen Heilmittel im Amazonas-Regenwald gemunkelt. Aber egal, was ich tat, ich konnte nie die Clans erreichen, die dort und in der Umgebung leben. Der Mangel an Kommunikationsleitungen wurde offensichtlich, und Rachel siechte langsam dahin, bis sie starb."

Er hielt inne und tat sein Bestes, um die Erinnerungen wegzuschieben. Er war zu erschöpft, um sie vor anderen zu sortieren.

Als Finn ihn jedoch mit Neugier und ohne Zorn anstarrte, fand er die Kraft, hinzuzufügen: „Ich konnte sie nicht retten, aber auf ihrem Sterbebett schwor ich, alles zu tun, um die Kommunikationslinien zwischen den verschiedenen Clans auf der ganzen Welt zu öffnen. Bis ich sicher sein kann, dass so etwas niemandem sonst passieren würde, weil es keinen Austausch mit anderen Drachenclans gibt, würde ich meine gesamte Freizeit der Suche nach einer Lösung widmen. Um das zu tun, habe ich ein bisschen zum Gelübde für mich hinzugefügt – keinen Sex, bis ich Antworten gefunden habe."

„Und deswegen hast du Kiyana zurückgewiesen."

Er nickte. „Ich konnte es nicht tun, Finn. Ja, ich will das Mädel, aber ich kann etwas so Wichtigem nicht den Rücken zukehren. Bis ich herausfinde, wie Clans offen zueinander und bereit sein können, einander zu helfen, darf ich nicht an mich denken. Zu viele Leute könnten sterben, wenn ich mein Projekt aufschiebe oder aufgebe. Der Gedanke, dass eine andere Rachel langsam dahinsiecht, ist zu viel für mich."

Finns Stimme war leiser. „Warum bist du nicht zu mir gekommen, wenn du Hilfe brauchtest? Auch bevor ich die Führung übernommen habe, hätte ich dir geholfen, Alistair."

Da Kopfschütteln zu viel Mühe erforderte, antwortete er lediglich: „Es gab so viele andere Probleme, ganz zu schweigen davon, dass es immer noch viele Vorurteile in Bezug auf andere Clans außerhalb Großbritanniens gibt. Sobald alle herausgefunden hätten, dass Rachel aus Amerika war, hätte das alles noch komplizierter gemacht."

„Amerika?", wiederholte Finn.

„Aye, wir haben uns auf der Uni kennengelernt. Ich weiß nicht, ob du dich erinnerst, dass ich vor drei Jahren diese Forschungsreise unternommen habe, aber da habe ich ein Schiff nach Amerika genommen, um bei ihr zu sein während ihrer letzten Tage."

Finn fuhr sich mit einer Hand durchs Haar. „Alistair, Scheiße, du hättest mir davon erzählen sollen." Er öffnete den Mund, um zu protestieren, aber Finn fuhr fort, bevor er ein Wort sagen konnte. „Aber die Vergangenheit ist Vergangenheit, und wir müssen uns mit der Zukunft auseinandersetzen. Die Zeiten haben sich in den letzten drei Jahren geändert, und das weißt du verdammt gut. Dein Plan passt tatsächlich zu etwas, das Sid und Gregor unten in Stonefire tun."

Gregor Innes war Lochguards Chefarzt gewesen, bis er eine Drachenwandlerin in Stonefire gepaart hatte. Alistair hatte nicht viel von dem Drachenmann gehört, seit er Schottland verlassen hatte. Er runzelte die Stirn. „Wovon sprichst du?"

Layla meldete sich schließlich wieder zu Wort. „Aye, das stimmt. Sid und Gregor versuchen, eine weltweite medizinische Vereinigung für Drachenwandler zu gründen. Sie arbeiten jetzt schon eine Weile daran."

„Ich hatte keine Ahnung", murmelte er.

„Genau." Finn versetzte Alistair einen Klaps auf den Kopf. „Was dich zu einem Idioten macht. Du musstest das nicht allein tun, und du wirst es von jetzt an auch nicht mehr." Finn stand auf und legte die Hände in die Hüften. „Aber im Moment müssen wir über Kiyana Barnes sprechen."

„Ich kann sie immer noch nicht beanspruchen, Finn."

„Dein verdammtes Gelübde, aye? Ich bezweifle, dass du es hättest erfüllen können, selbst wenn du das reife Alter von einhundert erreicht hast. Bist du bereit, dein ganzes Leben diesem Gelübde zu opfern? Es ist offensichtlich, dass dir sehr viel an dieser Rachel gelegen hat, und das respektiere ich. Aber wenn ihr auch nur halb so viel an dir gelegen hätte, hätte sie gewollt, dass du glücklich bist, Alistair. Kiyana scheint von der guten Sorte zu sein, dein Drache will sie, und noch wichtiger, sie will dich auch. Zugegeben, nicht alle wahren Gefährten enden glücklich bis ans Lebensende, aber ich kann dir sagen, dass es für mich geklappt hat. Arabella bedeutet die Welt für mich. Willst du nicht auch eine Chance darauf für dich?"

Sein erster Gedanke war, dass er das wollte.

Seine Mutter hatte vorhin recht gehabt, dass er sich immer eine Gefährtin und Kinder vorgestellt hatte. Eine Familie zum Lieben und Festhalten, und um sie hoffentlich zu einer weniger chaotischen Existenz zu lenken als das, was er in seiner eigenen Kindheit erlebt hatte.

Dann war Rachel gestorben, zusammen mit seinen Hoffnungen.

Aber jetzt könnte er vielleicht die Zukunft haben, von der er einst geträumt hatte. Natürlich bedeutete das, dass er sein Gelübde brechen musste.

Könnte er das wirklich tun? Könnte er nach all den Jahren für mehr als nur Informationen und der Suche nach einer Lösung leben?

Finns Stimme hallte erneut durch den Raum. „Ich sehe, dass du darüber nachdenkst. Obwohl ich dich warnen sollte, es könnte ein bisschen Kriechen nötig sein, wenn du das Mädel wirklich willst. Du hast ihr wehgetan, Alistair. Und das musst du wieder geradebiegen."

Der Gedanke, dass Kiyana geweint und seinetwegen Schmerzen gehabt hatte, ließ seinen Magen brennen. Er kannte sie vielleicht nicht gut, aber sie hatte Besseres verdient. Viel Besseres.

Und doch erinnerte er sich, dass sie bereit gewesen war, so zu tun, als wäre sie seine Gefährtin. Vielleicht, nur vielleicht, würde sie immer noch zustimmen, mit ihm zusammen zu sein.

Dazu wäre nur nötig, dass er sein Gelübde brach.

Rachels letzte Worte an ihn kamen zurückgerauscht. „*Sei glücklich, Alistair. Ich liebe dich, aber ich verlasse dich bald. Such dir bitte jemand anderen, der dich zum Lächeln bringt. Das Leben ist zu kurz, um zu brüten und wütend zu sein. Finde einfach ... Glück.*"

Verdammt, er hatte sie so geliebt, und sie war ihm viel zu früh genommen worden. Rachel war jedoch fort. Es gab keine Möglichkeit, sie zurückzubringen.

Und wenn Finn und die anderen ihm halfen, könnte er immer noch daran arbeiten, sein Gelübde zu erfüllen, ohne seine mögliche zweite Chance auf Glück wegzuwerfen.

Sein Herz zog sich zusammen. Scheiße, es war schwerer, den Sprung zu wagen, als er wollte. Und doch wollte er es. Oh, wie sehr er es wollte.

Finn hockte sich wieder hin und drückte sanft seine Schulter. „Ich schwöre, wir helfen dir bei deiner Mission, Alistair. Wenn zwei oder mehr Clans zusammenarbeiten, wird es viel schneller gelöst. Im Moment mache ich mir mehr Sorgen um das Schicksal eines meiner Clan-Mitglieder. Ich werde nicht noch einmal fragen, also hier ist mein letztes Mal: Willst du Kiyana als deine Gefährtin?"

Vielleicht hätte er sich länger quälen sollen, zögerlich sein und sich die Hände ringen. Doch Alistair war ein wenig erleichtert – Finn hielt immer seine Versprechen – und nickte. „Aye, ich glaube schon."

„Gut, dann müssen wir uns bald darum

kümmern. Layla wird dir so viel wie möglich helfen, um den Gefährtenrausch unter Kontrolle zu halten, bis du bereit bist." Layla nickte, und Finn fügte hinzu: „Ara und ich werden Kiyana für die Nacht in unserem Cottage behalten. Morgen erwarte ich, dass du früh auftauchst und bereit bist, dich der einzigen Person zu erklären, auf die es ankommt – Kiyana."

„Aye, ich werde da sein", antwortete er.

„Gut. Dann gehe ich jetzt nach Hause. Ich werde die anderen Clans nicht um Hilfe bitten, bis wir etwas ausführlicher darüber geredet haben. Aber ich werde dir auf jede erdenkliche Weise helfen, das verspreche ich."

„Ich weiß, dass du das wirst, Finn."

Finn warf ihm einen letzten Blick zu und ließ ihn dann mit der Clanärztin allein.

Als Layla ihm Fragen stellte und erklärte, wie sie seinen Drachen schweigen lassen würden, achtete er kaum darauf. Sein Verstand rang mit seiner Entscheidung und was sie für die Zukunft bedeutete.

Obwohl er direkt in die plötzliche Veränderung seines Lebens springen wollte, wäre es nicht einfach. Er würde sich zwar zuerst entschuldigen, aber Kiyana würde die volle Wahrheit wollen.

Und selbst wenn es ihm das Herz aufriss, die Vergangenheit zur Sprache zu bringen und ihre Fragen zu beantworten, würde er es tun. Sonst könnte er allein enden und nie eine Chance bei der Menschenfrau haben.

Vor ein paar Wochen hätte ihn das nicht gestört.

Aber jetzt, da er wusste, dass es eine Chance gab, das Leben zu haben, von dem er einst geträumt hatte, wollte er nicht allein enden. Sein Drache verdiente etwas Besseres, und vielleicht verzieh er sich eines Tages, dass er das Gelübde nicht selbst erfüllt hatte, und akzeptierte es auch.

Kapitel Sechs

Irgendwann war Kiyana vor Erschöpfung eingeschlafen. Als sie daher in einem fremden Zimmer aufwachte, brauchte sie eine Sekunde, um sich an alles zu erinnern, was geschehen war.

Aber als ihr Blick auf ein Bild von Finns und Arabellas drei Kindern fiel, stürzte alles zurück.

Der Kuss mit Alistair, seine Weigerung, und sie war bei Lochguards Anführern geblieben.

Sie wollte sich auf die rationale Seite des Ganzen konzentrieren. Schließlich erlebten nur wenige Menschen auch nur die Anfänge eines Gefährtenrauschs mit einem Drachenwandler. Das war etwas, über das sie vielleicht eines Tages schreiben könnte, andere interviewen, die es durchgemacht hatten, und ein vollständiges Bild zusammenstellen.

Und doch stürzte ihr üblicher Forschungseifer nicht herbei.

Vielleicht, wenn es anders geendet hätte – wer

könnte heißen, schmutzigen Sex mit einem Drachenmann ablehnen? –, würde sie lächeln und darüber nachdenken, mit wem sie reden sollte oder welche Informationen sie brauchte, um eine richtige These zu erstellen. Etwas in der Art, wie ein Gefährtenrausch funktionierte, ob dieser Rausch eine glückliche Ehe hervorbrachte, und so vieles mehr.

Am Abend zuvor hatte es jedoch nicht mit Sex und Glückseligkeit geendet. Alistair hatte sie weggestoßen, selbst als sie dem zustimmte, und sie hatte es auch nicht aus akademischer Neugier vorgeschlagen. Nein, Alistair Boyd hatte eine Anziehungskraft auf sie, die sie noch nie zuvor gespürt hatte. Fast als ob, wenn sie mehr über ihn erfahren und seine Geheimnisse entdecken würde, sie sich in ihn verlieben könnte.

Nicht, dass es wichtig war.

Obwohl sie nicht glaubte, um eine Neuzuweisung bitten zu können, musste Kiyana nur einen Weg finden, um so weit wie möglich von Alistair entfernt zu bleiben.

Was bedeutete, dass sie aufstehen und mit Finn und Arabella reden musste. Wenn sie ihren Job fortsetzen sollte, bräuchte sie ihre Hilfe.

Sich aus dem Bett zu zwingen war jedoch nicht einfach. Sie würde lieber eine Weile aus dem Fenster blicken und an nichts und alles denken.

Natürlich knurrte ein Baby und etwas krabbelte an ihrer Tür vorbei. Arabellas Stimme war vorsichtig, aber streng: „Freya Jocelyn Anne Stewart, komm sofort zurück!"

Ein weiteres Knurren, diesmal lauter, kam durch die Tür. Kiyana konnte ihre Neugier nicht ignorieren, sprang leise auf Zehenspitzen an die Tür und öffnete sie einen Spalt.

Ihr blieb der Mund offen stehen. Ein winziger goldener Drache stand mit ausgestreckten Flügeln am Ende des Korridors vor einem Fenster.

Ich dachte, Drachen wandeln erst, wenn sie älter sind. Wie angewurzelt sah Kiyana zu, wie Arabella zentimeterweise vorrückte. „Du weißt, dass es nicht sicher ist, aus dem Fenster zu springen, und du darfst das nur tun, wenn Daddy unten auf dich wartet. Da Daddy gerade beschäftigt ist, darfst du nicht aus dem Fenster springen."

Der kleine Drache drehte den Kopf zum Fenster, und Kiyana keuchte.

Sowohl Arabella als auch der kleine Drache mussten es gehört haben, denn beide sahen sie direkt an.

Der kleine Drache quietschte und stolperte zu ihrer Tür. Kiyana öffnete sie nun ganz, und der Drache sprang sofort hoch, um seine Vorderpfoten an Kiyanas Beine zu legen. Sie war sich nicht sicher, was sie sonst tun sollte, und kraulte die Kleine ein wenig hinter den Ohren. Der goldene Drache lehnte sich in ihre Berührung.

Arabella seufzte. „Meine Tochter mag dich scheinbar, das ist neu. Normalerweise erlaubt sie nur meinem Gefährten oder Bruder, das zu tun, während sie in ihrer Drachengestalt ist."

Kiyana konnte ihren Blick nicht von dem entzückenden Gesichtchen abwenden. „Ich hatte nicht gedacht, dass sie so jung schon wandeln."

„Tun sie auch nicht. Ich hab einfach Glück, schätze ich."

Während die Worte oberflächlich sarkastisch erscheinen mochten, konnte sie die Liebe in Arabellas Stimme hören. „Hast du sie Freya genannt?"

„Ja. Die Drillinge haben letzte Nacht schon geschlafen, aber das ist eine von ihnen – unsere einzige Tochter, Freya. Ihre Brüder werden wahrscheinlich noch ein paar Stunden schlafen, die sind etwas fauler. Oder besser gesagt, sie verhalten sich eher wie Babys als Freya."

Sie lächelte zum ersten Mal seit allem, was in der Nacht zuvor mit Alistair passiert war. „Sie ist wunderschön."

Arabella ging in die Hocke und nahm das sich windende Drachenbaby auf. Sie stupste mit der Nase gegen die winzige Drachenschnauze, bevor sie sie küsste. „Danke! Wolltest du nach unten kommen und mir helfen, sie zu füttern?"

Sie zögerte. Wenn Kiyana nach unten ging, müsste sie sich wieder der Realität stellen.

Aber Freya quietschte wieder – Kiyana nahm an, dass das irgendwann zu einem Brüllen werden würde, sobald Freya älter war – und sie konnte dem Charme der Kleinen nicht widerstehen. „Okay."

Freya sprang aus den Armen ihrer Mutter in Kiyanas. Sie strauchelte, aber es gelang ihr, nicht zurückzufallen.

Arabella schüttelte den Kopf. „Wenn Freya will, dass du sie trägst, dann soll es eben so sein. Sonst wird es uns nur Kopfschmerzen bereiten, und jemand springt bei der ersten Chance, die er bekommt, aus dem F-E-N-S-T-E-R."

Kiyana rutschte Freya zurecht und sagte: „Ich schaff das schon. Obwohl sie hoffentlich aus dem Tragen herauswächst, weil sie schon mindestens zwölf Kilo wiegen muss."

„Wenn es nach meinem Gefährten geht, wird sie noch eine Weile getragen. Finn verwöhnt sie gern." Arabella deutete voraus. „Komm. Je eher wir sie füttern, desto eher sollte sie einschlafen und sich wieder in ihre menschliche Gestalt wandeln."

Als sie gingen, fragte Kiyana: „Warum wandelt sie so früh?"

„Das ist eine lange Geschichte, die ich dir später erzählen kann, nachdem sie eingeschlafen ist. Sonst hört sie nur zu und kommt wieder auf Ideen. Ich liebe meine Tochter, aber sie ist zu schlau für ihr eigenes Wohl."

Freya quietschte wieder, und Kiyana lachte. „Vielleicht wird sie eine kleine Charmeurin sein, wie Finn."

„Dann habe ich jetzt schon Mitleid mit demjenigen, der am Ende ihr Gefährte sein wird." Arabella lächelte vor sich hin. „Aber wenn man bedenkt, wie mürrisch viele Drachenwandler sind, wird sie vielleicht einem der mürrischsten etwas Gutes tun."

Sie erreichten die Küche, und Freya sprang herunter, rannte um den Tisch und hielt vor einem ziemlich großen Hundefutternapf an.

Arabella holte etwas aus dem Kühlschrank und sagte: „Freya isst auch gern öfter in ihrer Drachengestalt, daher die Schüssel. Ich mache mir Sorgen, dass sie nicht genug Nährstoffe bekommt, aber die Ärztin sagt, dass es ihr brillant geht. Solange sie auch zweimal am Tag in ihrer menschlichen Gestalt isst, sollte es kein Problem geben."

Nachdem die Drachenfrau gekochtes Fleisch und Gemüse in die Schüssel gelöffelt hatte, wandte sie sich Kiyana zu. Irgendwie riss sie ihren Blick von dem winzigen Drachen los, der sein Essen verschlang, als Arabella fragte: „Was ist mit dir? Möchtest du Frühstück? Ich verspreche, ich werde es nicht in einer Hundefutterschale servieren."

Kiyanas Lippen zuckten. „Tee wäre fantastisch."

„Ich füge noch ein paar Kekse hinzu."

„Hast du welche mit Schokolade? Heute ist definitiv ein Schokoladen-Morgen."

Arabella schmunzelte. „Eine Frau ganz nach meinem Geschmack! Setz dich, ich bereite alles vor und gebe dir jede Menge Schokolade zur Auswahl."

Als die Drachenfrau ihrer Aufgabe nachging, erkannte Kiyana, wie normal sie war. Selbst zum Teil

Drache zu sein, hatte die menschliche Hälfte nicht vollständig ausgelöscht. Das hatte sie natürlich gewusst, und doch war es faszinierend, es im echten Leben zu sehen.

Sie wollte gerade ein paar Fragen stellen, als Finn hereinkam: „Da ist ja meine hübsche Tochter in ihrer kleinen Drachengestalt!"

Freya blickte auf, Essen klebte an ihrem Kinn, und sie quietschte.

Finn schmunzelte. „Wir müssen noch mehr an deinem Brüllen arbeiten, Mädel. Und jetzt iss dein Frühstück zu Ende."

Ohne zu zögern, machte Freya sich wieder über ihr Essen her.

Freya war scheinbar wirklich ein Daddy-Mädchen.

Nur schade, dass Finns nächste Worte den fast friedlichen Morgen zerstörten, den Kiyana geschaffen hatte. Er sagte: „Alistair wird bald hier sein."

„Warum?", fragte sie sofort.

Finns Blick wich nicht von ihr. „Er und ich haben uns gestern Abend unterhalten, und es scheint, als ob die Gründe, warum er so gegen den Gefährtenrausch war, nicht so groß sind, wie er dachte. Er möchte kommen und mit dir sprechen, Kiyana. Was danach passiert, liegt ganz bei dir."

Ihr Herzschlag beschleunigte sich. Ließen sie Drachen im Gefährtenrausch einfach Amok laufen? „Ich ... ich weiß nicht. Er war letzte Nacht kaum kohärent. Wie sollen wir denn überhaupt reden?"

Arabella seufzte. „Manchmal, Finn, denke ich, du machst die Dinge absichtlich zu dramatisch." Der Blick der Drachenfrau wanderte zu ihr. „Ein Gefährtenrausch kann eingedämmt werden, indem man den Drachen mit Drogen zum Schweigen bringt. Nicht für immer, wohlgemerkt, wenn es vorsichtig verabreicht wird. Aber lange genug, damit die menschliche Hälfte ein wenig funktionieren kann."

Kiyana sah zwischen den beiden hin und her. „Ich verstehe es immer noch nicht. Er sagte, er wolle mich nicht, und ich werde ihn nicht darum anflehen."

Finn grunzte. „Und das zu Recht. Wenn er mindestens zwei Gehirnzellen in seinem Kopf hat, wird er ein bisschen flehen." Sie öffnete den Mund, um eine weitere Frage zu stellen, aber Finn fuhr fort: „Ich kann dir seine Gründe nicht nennen, aber hör ihm einfach zu, aye? Wenn du ihn danach immer noch wegschicken willst, werde ich alles in meiner Macht Stehende tun, um ihn für deinen Aufenthalt hier von dir fernzuhalten. Ich schwöre das auf das Leben meiner Gefährtin und meiner Kinder."

Für einen Alltagsmenschen mochte das Gelübde wertlos erscheinen. Aber Gefährten und Kinder wurden in der Drachenwandler-Gesellschaft hochgeschätzt, was es in der Tat zu einem feierlichen machte.

Kiyana konnte nicht glauben, dass sie es überhaupt in Betracht zog. Sie hatte am Abend zuvor alles weggepackt und heute Morgen noch etwas mehr. Sie war mit Arabella und der kleinen Freya fast wieder zur Normalität zurückgekehrt.

Mit Alistair zu reden, würde alles zurückbringen und möglicherweise ihren rationalen Entschluss schwächen, sich von ihm fernzuhalten.

Zoey setzte sich neben sie und berührte ihre Schulter. „Wenn sonst nichts, betrachte es als interessantes Stück Forschung. Du wirst sehen, wie ein Drachenwandler ohne seinen Drachen ist."

Angesichts dessen, was sie wusste, wäre es keine glückliche Zeit für Alistair. „Normalerweise denke ich nicht klar, wenn Alistair in der Nähe ist. Daher bin ich mir nicht sicher, ob das ein gutes Argument ist."

Finn zuckte die Schultern. „Nicht denken zu können, wenn jemand in der Nähe ist, kann auch eine gute Sache sein, Mädel. Glaub mir, es hilft manchmal, wenn die Vernunft beiseitetritt und man sich auf Gefühle und Instinkte verlassen muss. Um ehrlich zu sein, so funktionieren unsere Drachen die ganze Zeit."

Kiyana entschied sich, direkt zu sein. „Warum bist du so dahinter her, dass ich Alistair noch eine Chance gebe?"

Finn hob die Brauen. „Ganz ehrlich? Alistair und ich waren einst enge Freunde. Ich weiß, was für ein Mann er ist, und trotz der Veränderungen von vor drei Jahren, ist er meistens ein guter Mann – wir alle haben unsere merkwürdigen Tage. Außerdem bist du seine vom Schicksal bestimmte Gefährtin, was bedeutet, dass du seine beste Chance auf Glück sein solltest. Ich möchte, dass mein Freund und Clanmitglied eine Gelegenheit bekommt, glücklich zu sein, und wenn wir alle Glück haben, kannst du es auch."

Als sie Finn, Arabella und dann die kleine Freya ansah, stellte Kiyana sich kurz vor, wie sie ein ähnliches Leben führte. Eins mit ihr und Alistair unten beim Frühstück, ihr Sohn oder ihre Tochter spielend auf dem Boden. Vielleicht sogar Alistairs neugierige Mutter, die ihnen einen frühen Besuch abstattete, um ihr Enkelkind zu verwöhnen.

Für manche mochte es banal erscheinen. Aber für sie wäre es perfekt.

Doch konnte sie ihr Herz nochmal riskieren? Wenn sie nur die inneren Drachen besser verstünde, zum Beispiel, wie viel Mühe es bereitete, einen in einem Rausch abzuwehren. Soweit sie wusste, hatte Alistair sich am Abend zuvor mit Händen und Füßen dagegen gewehrt, sie zu berühren.

Was ihn etwas edler machte, als sie ursprünglich gedacht hatte.

Wenn sonst nichts, konnte sie wenigstens ihre Neugierde stillen. Es war ja nicht so, als würde das Gespräch mit dem Mann bedeuten, dass sie ihr Leben ihm für immer überschreiben würde.

Sie atmete tief durch und antwortete: „Ein Treffen, mehr nicht. Wenn er mich wieder wegschiebt, mich verletzt oder sonst was Negatives macht, gebe ich ihm keine weitere Chance mehr. Ich weiß, dass manche Frauen es einem Mann ständig nachsehen können, wenn er ihnen Schmerzen zufügt, aber ich bin keine von ihnen."

Finn nickte. „Wie es ja auch sein sollte. Ich lasse dich zuerst deinen Tee trinken und Kekse essen, während ich diese Kleine hier nach oben bugsiere. Danach schicke ich Alistair eine Textnachricht, dass er kommen kann."

Als Finn seine Tochter hochhob und aus ihren Augen verschwand, konnte sie hören, wie der starke Clanführer seiner Tochter ein albernes Lied vorsang. Ein solcher Kontrast zu dem starken, gut kontrollierten Anführer, den sie in TV-Interviews gesehen hatte!

Drachenwandler überraschten sie jeden Tag.

Vielleicht würde Alistair das auch. Obwohl sie es nicht sicher wissen würde, bis er kam. Also aß Kiyana etwas Schokolade und wartete auf ihn.

Alistairs Kopf pochte, und er musste gegen die schwache Sonne blinzeln, als er zu Finns Haus ging.

Einen Drachen zu betäuben, war nie einfach, aber nach dem inneren Kampf, den er mit seinem Tier in der Nacht zuvor gehabt hatte, fühlte sich sein Gehirn an, als wäre es voller Löcher. Zwei Gedanken zusammenzufügen, war schwierig.

Kaffee hatte nicht geholfen, auch nicht das Frühstück. Er hoffte nur, es würde seine Neuronen in Schwung bringen, wenn er Kiyana sah. Ansonsten könnte er sie nie davon überzeugen, ihm zu vergeben und seine Gefährtin zu sein.

Er erreichte Finns Cottage, atmete tief durch und klopfte an die Haustür. Arabella machte auf. Sie verschwendete keine Zeit, sondern sagte: „Ich hoffe, du bist der Mann, für den ich dich halte."

„Der bin ich."

Sie musterte ihn eine Sekunde, bevor sie nickte. Arabella trat zur Seite und deutete den Flur hinunter. „Kiyana ist in der Küche."

„Willst du nicht ankündigen, dass ich hier bin?"

„Du magst vielleicht die meiste Zeit ein stiller Mann sein, aber deine Stimme ist laut genug, dass sogar ein Mensch dich hört. Ich bin mir sicher, sie weiß es."

Unter normalen Umständen hätte ihn sein Drache gehänselt.

Aber sein Gehirn blieb still.

Trotz all der Male, die er sich über sein Tier beschwert hatte, vermisste Alistair es, wenn es abwesend war. Und der einzige Weg, es eher früher als später zurückzubekommen, war, Kiyana davon zu überzeugen, ihm zu vergeben.

Also nickte er Arabella zu und ging zur Küche. In der Sekunde, in der er eintrat, konzentrierte er sich sofort auf Kiyana, die am Tisch saß. Sie kehrte ihm den Rücken zu, aber auch ohne, dass die Lust seines Drachen durch seinen Körper strömte, wollte er ihre Haare heben und ihren Nacken küssen. Dann würde er sie hoch und gegen sich ziehen, bevor er ihr einen richtigen Kuss gäbe.

Er wollte sie, schlicht und einfach. Alistair musste sie nur erst gewinnen.

Nachdem er sich geräuspert hatte, wirbelte Kiyana mit einem Schokoladenkeks in der Hand herum. „Alistair!"

Ihre Stimme wusch über ihn und löschte dabei die Erschöpfung und den Nebel des Morgens beiseite. „Kiyana. Darf ich mich zu dir gesellen?"

Sie musterte ihn eine Sekunde lang, und er erwartete, dass sie ihm sagte, er solle abhauen. Sie hatte jedes Recht dazu.

Sie deutete jedoch zu einem leeren Stuhl ihr gegenüber. „Setz dich und fang an zu erklären. Ich will nur die Wahrheit."

Er musste unwillkürlich lächeln. Es gefiel ihm, wie direkt sie ihm gegenüber war.

Sobald er den angebotenen Platz eingenommen hatte, legte er seine Hände auf die Knie unter dem Tisch. Sonst könnte er versuchen, Kiyanas Hand zu nehmen, bevor sie bereit war.

Er hoffte, dass sie irgendwann bereit wäre.

Da er nicht vom Thema abschweifen wollte, sah er in ihre tiefbraunen Augen und sagte: „Ich gehe davon aus, dass Finn und Ara dir etwas davon erzählt haben?"

Sie schluckte den Rest ihres Kekses hinunter. In

ihrem Mundwinkel war ein Krümel, und er wollte ihn weglecken.

Allerdings zwang er sich, sich auf ihre Worte zu konzentrieren und nicht auf ihre Lippen. „Nun, ich weiß, dass dein Drache vorübergehend schweigend unter Drogen gesetzt wurde. Und Finn scheint zu denken, dass es einen verdammt guten Grund dafür gibt, wie du mich gestern Abend behandelt hast. Aber mehr weiß ich nicht."

Was würde er nicht dafür geben, die Stirn zwischen ihren Augenbrauen zu glätten. „Es stimmt, mein Drache ist im Moment still. Und was den Grund angeht ..." Alistair atmete tief durch und zwang sich, fortzufahren: „Obwohl sie nicht meine wahre Gefährtin war, hatte ich eine Frau namens Rachel, die ich geliebt habe. Sie ist vor etwas mehr als drei Jahren an einer Krankheit gestorben, die ihren inneren Drachen befallen hatte und die niemand in Großbritannien oder Amerika zu behandeln wusste. Aber wir dachten, vielleicht könnte es jemand in Südamerika. Das Problem war, dass es keine Möglichkeit gab, denjenigen zu erreichen." Er hielt eine Sekunde inne, wollte nicht, dass ein Bild von Rachel in seinen Verstand aufblitzte, blass und dahinsiechend. „Es war auf ihrem Sterbebett, dass ich das Gelübde abgelegt habe, keinen Sex zu haben, bis ich einen Weg für Drachenclans gefunden habe, Informationen leichter auszutauschen, um weitere unnötige Todesfälle zu vermeiden."

Er ging auf die feineren Details der möglichen

Heilung ein, den Mangel an Kommunikation und darauf, dass er seine gesamte Freizeit damit verbracht hatte, nach Wegen zu suchen, sein Gelübde zu erfüllen. Dann fügte er hinzu: „Als dein Kuss den Gefährtenrausch ausgelöst hat, war ich in Panik. Ich war davon überzeugt, dass ich, wenn ich es durchführe, das Versprechen, das ich mir und Rachel gegeben hatte, brechen würde, und wenn ich dein Angebot annähme, mit mir in den Rausch zu gehen, ich jemand würde, den ich nicht wiedererkenne."

Sie fragte leise: „Was hat sich geändert?"

Alistair rieb sich unter dem Tisch die Beine. „Finn. Er hat so seine Art, einen die Wahrheit sehen zu lassen, wenn man sie selbst nicht sehen kann."

„Und was ist das für eine Wahrheit, Alistair?"

Er wandte den Blick nicht ab. „Dass du die zweite Chance bist, die ich nie erwartet hatte. Und nicht nur wegen irgendeines zufälligen Eingreifens des Schicksals. Du bist hübsch, intelligent, lustig und so viel mehr. Du wurdest nicht als Drachenwandlerin geboren, aber du hast keine Angst vor uns. Ganz zu schweigen davon, dass du sicher mehr daran interessiert bist, uns zu helfen, als uns auszubeuten. Deshalb tut es mir leid. Es tut mir leid, dass ich dein Angebot abgelehnt habe, obwohl es eine beängstigende Sache sein musste, so schnell vorzupreschen. Es tut mir leid, dass ich dich zum Weinen gebracht habe. Und vor allem tut es mir leid, dass ich dich überhaupt in diese Situation gezwungen habe."

„Du hast mich nicht wirklich gezwungen. Ich

meine, ich war bereit, sechs Monate lang so zu tun, als wäre ich deine Gefährtin. So würde ich wenigstens auch Sex bekommen."

„Ich möchte lächeln und einen Witz machen, aber das hier ist ernster, Kiyana. Frauen, die Drachenwandler paaren, sich dann aber scheiden lassen und in die menschliche Welt zurückkehren, werden nicht gut behandelt. Vielleicht wird sich das eines Tages ändern, aber jetzt, wenn du noch immer den Rausch mit mir durchmachen und meine Gefährtin sein willst, dann ist es eine ernste Entscheidung. Eine, die ich abwarten kann, wenn du mich nicht völlig ablehnst."

Sie sah ihm in die Augen. „Und was, wenn ich okay zu dem Rausch sagte, deine zukünftige Gefährtin wäre und dann am Ende der sechs Monate abhaue, wenn es nicht gut läuft? Wäre das nicht eine Option?"

Er schüttelte den Kopf. „Drachenwandler-Kinder, auch wenn sie nur halbe sind, müssen bei einem Drachenwandler-Clan bleiben. Das Gen zu wandeln ist immer dominant, und es ist ein Risiko für alle, sie in dem Glauben aufwachsen zu lassen, sie seien nur menschlich."

„Mit anderen Worten, ich müsste zurückkommen, um mein Kind zu bekommen und es dann hierlassen?"

„Aye."

Kiyana blickte zu ihrem Becher hinunter und strich über den Rand. Es war das eine von wenigen

Malen, dass er sie unsicher sah, und es gefiel ihm nicht.

Vor allem, weil die Entscheidung, über die sie nachdachte, mit ihm zu tun hatte.

Aber er wollte sie nicht nur einfach so in sein Bett locken. Wahre Gefährten, die am Ende scheiterten, taten das normalerweise, weil die beiden nicht ehrlich gewesen waren.

Sie hob schließlich ihren Blick und sah ihm wieder in die Augen. Ihr Ausdruck war unleserlich, was ihn dazu brachte, seine Beine wieder mit den Händen zu reiben.

Nach ein paar Sekunden sagte sie: „Versprich mir, dass du ehrlich und so offen wie möglich zu mir bist, und ich sage Ja. Ich verstehe, dass manche Geheimnisse haben, aber ich habe auch das Gefühl, dass nicht mal Finn wusste, was mit dir vor drei Jahren passiert ist, und er ist dein Clanführer. Ich kann nicht mit einem Mann leben, der so viel vor mir versteckt. Ich will mehr als einen Liebhaber. Ich will einen Partner fürs Leben."

Hoffnung schwoll in seiner Brust an. „Ich werde mein Bestes geben, Kiyana. Es ist nicht leicht für mich, mich zu bestimmten Dingen zu öffnen, aber ich werde es versuchen."

Sie nickte. „Okay, wie geht's also weiter?"

Sein Herz raste. Könnte es wirklich so einfach sein? Kiyana alles erklären, und sie glaubte ihm?

Vielleicht hatte sie eine Art Pseudo-Geheimkraft, Lügner zu erkennen oder so. So oder so, er würde ihr weiterhin die Wahrheit sagen. Von jetzt an bei irgendetwas zu lügen, würde sie wegstoßen.

Und Alistair wollte das nicht.

Er antwortete: „Aye, nun, mein Drache kehrt erst in ein paar Tagen zurück. Vielleicht versuchen wir, uns vor all dem heißen und schwitzigen Sex kennenzulernen?"

Einer ihrer Mundwinkel hob sich. „Man stelle sich das vor, mit dem zukünftigen Vater meines Kindes auf ein Date gehen. Wer hätte das gedacht?"

Er lachte leise. Das Leben mit Kiyana wäre eins voller Lächeln und Lachen, dessen war er sich sicher.

Alistair durfte es nur nicht vermasseln.

Er legte eine Hand auf den Tisch, die Handfläche nach oben, und wartete, bis Kiyana ihre Hand in seine legte. Ihre warme Haut an seiner fühlte sich gut an, als ob sie immer da hatte sein sollen.

Sein Drache hätte einen Scherz darüber gemacht, dass er poetisch wurde, und Alistair schnaubte. Kiyana hob die Augenbrauen. „Was ist denn so lustig? Magst du es mir sagen?"

„Nun, ich denke daran, was mein Drache zu mir gesagt hätte, das ist alles. Ich schätze, ohne das geschwätzige Biest, fülle ich das Schweigen selbst."

Sie lehnte sich einen Bruchteil nach vorn. „Und damit sprichst du etwas an, über das wir auf jeden Fall noch ausführlicher diskutieren müssen. Sobald die Drogen nachlassen, sag mir, was ich zu erwarten habe, Alistair. Und versuch nicht, mich zu beschützen, und lass es auch nicht so aussehen, als würde er nur sagen, ,Hallo, wie geht's dir,' und geduldig warten, bis ich mich nackt mache."

„Ich sehe, du bist schon ein bisschen vorbereitet."

„Das ist eben so meine Art."

„Meine auch."

Als sie sich gegenseitig anlächelten, stellte sich Alistair einen Teil seiner Zukunft vor – eine, in der er und Kiyana zusammenarbeiteten, um die Antworten zu finden, die er brauchte.

Es schien, als hätte das Schicksal doch gute Arbeit geleistet.

Sie drückte seine Hand. „Du hast meine Frage noch nicht beantwortet."

„Aye, nun, er wird anspruchsvoll sein. Innere Drachen arbeiten zunächst hauptsächlich auf Instinkt, aber ein Gefährtenrausch ist der Inbegriff davon. Sie wollen nur Sex haben, immer und immer wieder, bis du unseren Duft trägst. Wenn das passiert, bedeutet das, dass du schwanger bist."

„Oh!"

In der Tat, oh. „Es hat aber einen großen Pluspunkt, dass du meine wahre Gefährtin bist, Mädel. Mein Sperma wird dich zum Orgasmus bringen."

Kiyana rutschte auf ihrem Platz herum und hoffte, es wäre eine gute Reaktion.

Sie nickte. „Gut, das bedeutet, dass ich nicht daran denken muss, ihn vorzutäuschen."

Er knurrte. „Eine Frau sollte ihn nicht vortäuschen müssen. Ich kann es im Rausch nicht immer garantieren, aber ohne ihn lasse ich dich immer vor mir kommen. Immer."

Kiyanas Augen wurden heiß, und sein eigener Schwanz rührte sich. Selbst ohne das pochende Verlangen seines Drachen, wollte er sie auf den Tisch setzen und sie hier und jetzt nehmen.

Sie hatte zugestimmt, die seine zu sein, und Alistair wollte es offiziell machen.

Und doch wollte er kein Bastard sein. Sie würde ihn erst besser kennenlernen wollen, bevor sie sich nackt machten. Das war das Mindeste, was er tun konnte.

Kiyanas raue Stimme füllte die Küche. „Küss mich nochmal, Alistair. Nur um sicherzustellen, dass wir so gut zusammenpassen, wie das Schicksal denkt."

Er zögerte nicht aufzustehen. Und sobald sie es auch tat, zog er sie gegen sich und streichelte ihre Wange. „Du bist so wunderschön, Kiyana. Und doch ist es dein Mund und das, was aus ihm herauskommt, das mich am meisten anzieht."

Sie hob die Brauen. „Jetzt übertreibst du."

Er berührte ihre Wange und antwortete: „Nein, es ist die Wahrheit. Ich habe noch nie jemanden wie dich getroffen, und wenn ich es nicht versaue, hoffe ich, dass du mich jeden Tag überraschen wirst."

Ihre Lippen bogen sich nach oben. „Vielleicht bereust du diese Worte eines Tages."

Er lehnte sich noch näher an ihren Mund und flüsterte: „Niemals."

„Dann –"

Er unterbrach sie mit einem Kuss. In dem Moment, als seine Lippen gegen ihre drückten, öffnete sie ihren Mund und hieß seine Zunge willkommen. Ihre Arme schlangen sich bald um seinen Nacken.

Selbst ohne den Rausch genügte ein Geschmack von Kiyana, und er konnte sich nicht zurückhalten. Er streichelte, erforschte, knabberte und schwelgte, als sie lustvolle Geräusche in seinen Mund machte.

Er wollte sie gegen seinen harten Schwanz wiegen, aber nein. Er wollte ihr mit seinem Kuss sagen, wie er fühlte, und nichts mehr.

Natürlich, als sie sich noch fester an seine Brust drückte, ließen ihre harten Nippel ihn stöhnen, und er kam so viel näher daran, sie auf eine Arbeitsfläche zu werfen und ihr die Kleider herunterzureißen.

Dann hörte er die Geräusche. Verdammt, er war in Finns Haus.

Da jemand kam, unterbrach er den Kuss sicherheitshalber. Ihre Atmung war so angestrengt wie seine, und ein Gefühl der Zufriedenheit strömte durch seinen Körper. Sie fragte: „Warum hast du aufgehört?"

Finns Stimme erfüllte den Raum. „Ich glaube, weil er nicht uns allen eine Show bieten wollte."

Kiyana blickte über ihre Schulter und sah, was Alistair sah: Finn, der mit einem seiner Söhne in den Armen in der Tür stand.

Alistair grunzte. „Du hättest klopfen oder etwas

mehr Lärm machen sollen, um das Mädel über deine Anwesenheit zu informieren."

Finn wiegte sein kleines Baby. „Warum? Das hier ist mein Haus, aye? Außerdem wusste ich, dass du mich hören kannst."

Er wollte gerade schon sagen, dass Kiyana das aber nicht konnte und Finn den Menschen nicht einfach so übergehen sollte, aber seine Frau meldete sich zu Wort. „Ist schon okay. Da die Dinge in naher Zukunft ziemlich, ähm, turbulent sein werden, sollte ich wahrscheinlich die Frauen besuchen und ihnen sagen, dass ich für eine Weile keinen Kontakt haben werde."

Fraser sah Kiyana an, dann Alistair und wieder zurück. „Ach, aye? Und wann wird es ‚ziemlich turbulent' werden, wie du es ausdrückst?"

Alistair sah seinen Clanführer mit zusammengekniffenen Augen an. Meistens mochte er Finn. Aber es gab Zeiten, in denen er den Mann hätte schlagen können, weil er offensichtlich nervtötend war. Um Kiyana davon abzuhalten, zu antworten, knurrte Alistair: „Wir sagen es dir, wenn wir es tun. Können wir noch ein paar Minuten allein haben?"

Finns Sohn – Alistair konnte die Zwillingsjungen nie auseinanderhalten – tätschelte seinem Dad die Wange. Finn verzog das Gesicht, bevor er antwortete: „Ein paar Minuten und nicht mehr. Ich will nicht, dass meine Küche sich in ein Gefährtenrauschzentrum verwandelt."

Er spie durch zusammengebissene Zähne: „Mein

Drache wird mindestens zwei Tage lang nicht aufwachen."

Finn zuckte mit den Schultern und ließ dann seinen Sohn hüpfen. „Du warst schon immer willensstark, also wer weiß, vielleicht könntest du ihn zurückbringen, einfach weil du es willst."

Alistair machte einen Schritt auf Finn zu, aber Kiyana legte eine Hand an seine Brust. „Lass ihn nicht an dich ran. Denn wenn du das tust, gewinnt er."

Finns Blick schoss zu Kiyana. „Cleveres Mädel."

Sie hob die Brauen. „Männliche Drachenwandler sind meist vorhersehbar. Wenn jemand nicht in der ersten Woche ihre Neigung zu Alpha-, sturen, versteckten Herausforderungen bemerkt, dann sieht er einfach nicht genau genug hin."

Finn schnaubte. „Aye, du wirst hier gut zurechtkommen, Mädel."

Kiyana richtete sich an seiner Seite etwas höher auf. Und obwohl sie kaum mehr getan hatten, als einander zu küssen und einem Rausch zuzustimmen, stürzte eine Welle von Stolz hervor.

Er musste alles tun, um ihr Herz zu gewinnen, bevor ein anderer Drachenmann sah, wie verdammt fabelhaft sie war.

Finn schwang einmal herum und kitzelte dann den Hals seines Sohnes. Als der Kleine sich wand, sagte er: „Ich gebe euch ein paar Minuten. Bevor du gehst, komm noch mal zu mir, Alistair."

Damit verließ Lochguards Anführer den Raum.

Er drehte sich zu Kiyana um und küsste sie schnell. Sie blinzelte. „Obwohl ich mich nicht beschwere, aber wofür war das?"

„Ich konnte nicht anders. Ich musste es einfach tun."

„Hm, wahrscheinlich, damit ich dich nochmal schmecken kann und dir das die Chance gibt, es in mein Gedächtnis einzubrennen. Und als Ergebnis werde ich mich danach sehnen?"

Er schnaubte. „Du bist ganz schön frech, stimmt's?"

Sie schmunzelte. „Wie ihr Schotten sagt: Aye, das bin ich."

Er lachte leise. „Ich würde dich ja gern noch mehr necken, aber es muss warten. Wann kann ich dich wieder sehen?"

„Musst du heute unterrichten?"

„Aye. Nicht nur das, ich muss mich mit den anderen Lehrern abstimmen, damit sie für mich einspringen, falls wir den Rausch haben."

Sie sah ihm in die Augen. „Falls?"

„Ich werde nichts annehmen, bis mein Drache zurück ist und du nackt unter mir bist und meinen Namen stöhnst."

„Oh!"

Er berührte erneut ihre Wange und streichelte mit dem Finger über ihre weiche Haut. „Ach, jetzt wirst du schüchtern."

Ihre Lippen bogen sich wieder nach oben. „Drachenwandler aus der Ferne studieren? Weiß ich, wie man das macht. Aber ich spähe nicht durch Fenster und beobachte Paare, die im Gefährtenrausch sind. Das würde mich zu einer Perversen machen."

„Das würde es, also späh' bitte auch in den nächsten Tagen nicht in fremde Fenster, aye? Wir wollen ja nicht, dass irgendwelche Gerüchte die Runde machen."

Sie streckte ihm die Zunge heraus, und er lachte. Die Frau zwang ihn immer wieder dazu, das zu tun, und es war brillant, vor allem, als ihm langsam aufging, wie ernst er in den letzten Jahren geworden war.

Nur gut, dass sein Drache nicht da war, sonst würde Alistair sich dieses Eingeständnis ewig anhören.

Er küsste sie auf die Nase. „Okay, ich höre auf. Außerdem wird Finn jede Sekunde zurück sein. Komm nach drei Uhr zu mir. Bis dahin sollte ich in der Schule alles geklärt haben."

Sie nickte. „Was werden wir danach tun?"

„Lass mich dich überraschen, Kiyana. Bring unbedingt eine Jacke mit und zieh dir vernünftige Klamotten an."

„Alles klar", sagte sie langsam. „Dann, ähm, sehe ich dich später?"

Der Abschied schien so fad und ereignislos im Vergleich zu der Diskussion, die sie vor weniger als zehn Minuten hatten.

Sanft neigte er ihren Kopf und murmelte:

„Dieser Kuss wird dir helfen, dich an meinen Geschmack zu erinnern."

Er senkte seine Lippen auf ihre. Als sie sich ihm öffnete, stieß er seine Zunge in ihren Mund und nahm sich Zeit, sie zu necken, zu lecken und zu schätzen.

Obwohl er gesagt hatte, es sei, damit sie sich an ihn erinnerte, war es in Wirklichkeit, um Alistair am Laufen zu halten, bis er es wieder tun konnte. Auch wenn sein Drache still war, wollte er seinen Menschen beanspruchen.

Küssen müsste aber für den Moment genügen. Und so legte er alles in diesen Kuss und ließ Kiyana wissen, wie sehr er sie über den Tag vermissen würde.

Kapitel Sieben

Kiyana schaffte es irgendwie, alle Aufgaben zu erledigen, bis es drei Uhr war. Nun, eigentlich zehn vor, aber das war nahe genug.

Die Empfangsdame der Schule hatte sie zu Alistairs Arbeitszimmer geführt. Anscheinend hatte jeder Lehrer ein kleines Büro in der Schule und nicht nur das Klassenzimmer, da die hin und wieder geteilt wurden.

Ungefähr zwanzig Sekunden lang riss sie sich zusammen, dann sah sie sich im Raum um. Es gab keine Fotos, nur eine große Pinwand mit allen möglichen Dingen daran. Die Worte waren jedoch in irgendeiner Art Code geschrieben und ergaben keinen Sinn. Sie fragte sich, ob es mit Alistairs Forschungen im Archiv zu tun hatte.

Kiyana hatte gerade eine unförmige Drachenskulptur auf seinem Schreibtisch bemerkt, als die

Tür sich öffnete.

Alistairs Augen fielen sofort auf ihre, und sie konnte einem Schauer nicht widerstehen. Selbst ohne seinen Drachen waren seine ungleichen Augen ein bisschen räuberisch. Nicht auf schlechte Art, sondern eher auf eine Ich-werd-dich-verschlingen-und-du-wirst-nie-genug-davon-bekommen-Art.

Er trat still ein, schloss die Tür und streckte eine Hand aus. Als er sanft über ihre Stirn strich, machte seine Haut an ihrer ihr das Atmen schwer.

Verdammt, der Drachenmann hatte zu viel Macht über sie, und er bemühte sich nicht mal. Vielleicht hatte es etwas damit zu tun, dass sie seine vom Schicksal bestimmte Gefährtin war. Und wie es ihre Art war, platzte sie heraus: „Du hast erwähnt, dass dein Samen mich zum Orgasmus bringen würde. Macht deine Berührung auch etwas Seltsames mit deiner vom Schicksal bestimmten Gefährtin?"

Sein Mundwinkel zuckte hoch, was sein gutaussehendes Gesicht so viel sexyer machte. „Ich habe kein Pheromon oder Öl, das ich absondere, um dich wild zu machen. Obwohl es mir ziemlich gut gefällt, dass ich das mit dir machen kann."

„Wer bist du, und was hast du mit dem ernsten eremitenartigen Alistair gemacht, den ich kenne?"

„Oh, er ist genau hier. Aber zum ersten Mal seit langer Zeit habe ich etwas, auf das ich mich freue und das nichts mit einem alten Buch und schwachem Licht zu tun hat."

„Nun, ich kann mir vorstellen, dass gedämpftes

Licht irgendwann auch bei mir eine Rolle spielen wird."

Er beugte sich vor. „Im Archiv?"

„Vielleicht. Obwohl ich von der Forschung spreche. Wovon sprichst *du* denn?"

Alistair lachte leise, das warme Geräusch ließ ihr Inneres hüpfen. „Das soll vorerst eine Überraschung sein, aye?"

Sie lächelte. „Kann ich dich was anderes fragen?"

„Alles."

Die Art, wie er nicht zögerte, gab ihr Gewissheit, dass es eine Zukunft für sie geben würde.

Sie fragte: „Du klingst nicht übermäßig schottisch, verglichen mit einigen der anderen. Gibt es dafür einen Grund?"

Er hob eine Braue, obwohl er offensichtlich nicht beleidigt war, da ihm Belustigung in den Augen tanzte. „Aye, es gibt einen Grund. Ich habe meine Universitätszeit in Amerika verbracht."

„Amerika?"

Er nickte. „Ich habe das MIT in Massachusetts besucht. Nicht nur, weil es eine gute Universität ist, sondern auch, weil ich mehr vom amerikanischen Lernansatz erfahren wollte. Ich habe Elektrotechnik und Informatik studiert, sowohl im Grund- als auch im Hauptstudium."

Sie runzelte die Stirn. Kiyana hatte noch nie von einem Drachenwandler in Großbritannien gehört, der außerhalb Europas studiert hatte. „Wie war das überhaupt möglich? Ich dachte nicht, dass Drachenwandler eine Universität in Nordamerika besuchen können."

„Ach, aye, es ist schwierig. Aber falls du es nicht bemerkt hast, meine Mutter kann ziemlich entschlossen sein. Ausnahmsweise half mir ihre freche Art, einem meiner Träume zu folgen."

„Moment mal. Ich dachte, du bist Geschichtslehrer."

„Das bin ich. Bevor ... bevor Rachel starb, war ich Elektroingenieur in Lochguard. Die Arbeit war anspruchsvoll, aber ich habe sie geliebt. Allerdings war mein Job *danach* eine ständige Erinnerung an Rachel, denn so haben wir uns kennengelernt – sie hat die gleichen Kurse am MIT belegt. Sobald ich mich also nach Rachels Tod genug zusammenreißen konnte und nach Lochguard zurückkehrte, habe ich meinen vorherigen Job aufgegeben, um zu unterrichten. Auf diese Weise konnte ich mehr Zeit damit verbringen, in den Archiven zu recherchieren, und wurde nicht ständig an meine verstorbene Freundin erinnert."

Kiyana wollte weiter Fragen stellen, um mehr darüber zu erfahren, wie er Rachel kennengelernt hatte, und noch viel mehr. Wenn sie sich jedoch innerhalb weniger Tage dem Gefährtenrausch hingeben sollte, sollte sie sich stattdessen auf das konzentrieren, was sie erwarten konnte. Ganz zu schweigen davon, dass sie einen schönen Abend mit ihm haben wollte, ohne die Traurigkeit seiner Vergangenheit.

Vielleicht, nur vielleicht, könnte sie ihm helfen, das zu erreichen.

Daher schob sie ihre Fragen zu Rachel, MIT und so weiter für später beiseite. „Also, was ist das für eine Überraschung, die du erwähnt hast?"

Die Traurigkeit verschwand aus seinen Augen. Obwohl es nur vorübergehend war und es mehr als ein Gespräch brauchte, um Alistair zu helfen, darüber hinwegzukommen, machte es ihr Herz leichter, das zu sehen.

Er nahm ihr Kinn und streichelte sanft die Unterseite. „Es wäre keine Überraschung, wenn ich es dir jetzt sagte, oder?" Er sah hinab und nickte. „Du hast vernünftige Kleidung angezogen, einschließlich bequemer Schuhe, genau wie ich dich gebeten habe. Gut, denn die wirst du brauchen."

Sie hoffte nur, dass er nicht beabsichtigte, sie durch Schlamm laufen zu lassen. Kiyana hatte nur zwei Koffer mit nach Lochguard nehmen dürfen und hatte keine Ersatzturnschuhe. „Auch keinen winzigen Hinweis darauf, wohin wir gehen?"

„Aye, nun, ich nehme an, ich kann sagen, dass wir nirgendwo hinfliegen werden, nachdem mein Drache immer noch schweigt und so."

Sie blinzelte. „Warte, du fliegst und nimmst manchmal Menschen mit?"

„Nicht irgendeinen Mensch. Aber dich, Mädel? Aye, das würde ich."

Seine Worte wärmten ihre Wangen. „Dann merke ich mir das für später, denn das klingt faszinierend."

Er küsste sie kurz. Viel zu schnell waren seine Lippen fort, und er murmelte: „Jetzt komm. Wir können uns im Gehen unterhalten, aber wenn wir noch länger hierbleiben, könnten wir es verpassen."

„Okay, dieser Hinweis hat mich nur noch neugieriger gemacht."

Er zwinkerte. „Gut."

Sie schüttelte den Kopf. „Du bist furchtbar."

Sein Griff lockerte sich. „Ich hoffe, das ist ein Scherz."

Ihre Augen fanden sofort seine. „Natürlich. Ich will dich nur aufziehen."

Alistair schnaubte. „Gut. Ich hatte nur Angst, du wolltest den mürrischen Einsiedler Alistair und nicht das wahre Ich. Einige meiner alten Verhaltensweisen schleichen sich zurück, vermischt mit neuen, und ich will dich nicht enttäuschen."

Selbst wenn er das nicht gesagt hätte, hätte Kiyana allmählich vermutet, dass Alistair in den letzten Jahren seiner selbst auferlegten Isolation einsam gewesen war. Obwohl er wahrscheinlich nicht so kontaktfreudig wie Finn war, vermutete sie, dass die beiden einander früher nahegestanden hatten. „Mir gefällt der neue Mix. Du kannst lustig oder ernst sein. Wichtig ist nur, dass du ehrlich bist."

Er hob ihre Hand an seine Lippen und küsste

ihren Handrücken. Die zarte Berührung seiner Haut ließ ihren Magen flattern.

Alistairs tiefe Stimme floss über sie. „Jetzt lass uns gehen, bevor ich mich noch entscheide, mit dir in meinem Büro zu bleiben und den Rest des Abends zu küssen."

Es lag ihr auf der Zungenspitze zu sagen, er solle das tun. Dennoch wollte sie wirklich mehr über Alistair wissen, solange sie Gelegenheit dazu hatte. Schließlich würde sie wahrscheinlich bald sein Kind tragen.

Korrektur, *ihr gemeinsames* Kind tragen. Und auch nicht irgendeins, sondern ein Halbdrachenwandler-Kind. Aufgrund ihrer Forschungen über die Jahre kannte sie auch das Risiko, bei der Entbindung zu sterben.

Nein. Sie würde den Abend nicht ruinieren, indem sie an Dunkelheit und Tod dachte. Das konnte später kommen.

Und so bat sie Alistair, sie zu seiner Überraschung zu bringen, und gab ihr Bestes, über alles zu reden, außer über das, was ihr in neun Monaten passieren könnte, oder was ihm vor drei Jahren zugestoßen war.

Alistair hatte es kaum geschafft, seinen Lehraufgaben während des Tages nachzukommen. Obwohl er fast dreißig war, hatte er sich wie ein

Teenager verhalten, wollte nicht an Verantwortlichkeiten und Pflichten denken, sondern an seinen
Abend mit Kiyana.

Aber seine wahre Gefährtin verdiente jemanden,
der verantwortungsbewusst und zuverlässig war.
Also hatte er sein Bestes gegeben, sich zu konzentrieren, alles für eine zwei- oder dreiwöchige Abwesenheit arrangiert und den Tag überlebt.

Als er sie jedoch in seinem Büro gesehen hatte,
war es schwerer gewesen zu widerstehen. Das Bild,
wie sie rittlings auf seinem Schoß saß, während er sie
in seinem Büro beanspruchte, hatte seinen Schwanz
sofort hart gemacht. Die Möglichkeit, erwischt zu
werden, hatte etwas an sich, das es noch viel erre-
gender machte.

Sein Drache hätte gesagt, es sei egal, ob jemand
reinkam oder nicht. Sie sollten Kiyana beanspruchen
und sich um niemanden scheren.

Aber natürlich war sein Verstand still, und sein
Tier sagte nichts.

Während der kurzen Abwesenheit hatte Alistair
langsam erkannt, wie sehr er sich in seinen Handlungen auf seinen Drachen verließ, anstatt alles bis
zum Umfallen zu durchdenken.

Bald. Er hätte seinen Drachen bald zurück, und
dann könnte er Kiyana endlich ganz für sich allein
haben.

Für den Moment konzentrierte er sich jedoch
darauf, sie von Lochguard weg und entlang der Ufer
des Loch Naver zu führen. Obwohl es auf der

anderen Seite des Sees einen Wohnmobil-Stellplatz gab, war heute Abend niemand da. Er hatte sich vorhin bei den Beschützern erkundigt.

Während die Menschen in Sutherland dazu neigten, Lochguard eher als Freund denn als Feind zu betrachten, taten Touristen aus anderen Landesteilen dies nicht immer. Und er würde Kiyanas Sicherheit nicht riskieren, egal wie sehr er sie überraschen wollte.

Sie waren fast eine Meile weit gekommen und hatten dabei über verschiedene Dinge gesprochen, bevor Kiyana fragte: „Bist du sicher, dass Finn uns nicht von jemandem verfolgen lässt? Da ist gerade ein weiterer Drache über uns geflogen."

Der Drache war Cat MacAllister gewesen, die wahrscheinlich von einem weiteren Künstlertreffen oder so zurückkam. „Nein, das war kein Beschützer. Ich habe ein Handy und ein spezielles Clan-Tracking-Gerät. Wenn wir uns mehr als ein paar Kilometer von Lochguard entfernen, wissen alle Bescheid, und dann werden wir genau überwacht."

Kiyana kletterte auf einen niedrigen Baumstumpf und sprang dann hinunter. Das war so eine unschuldige Aktion, aber es brachte ihn dazu, sich zu fragen, ob sie auch die Art Person war, die nur aus Spaß in Schlammpfützen sprang.

Doch sie antwortete, und er musste sich auf ihre Worte konzentrieren. „Ist das normal? Ich weiß, dass Lochguard manchmal Probleme mit Drachenjägern und Drachenrittern hat, aber ich dachte, beide wären jetzt besser unter Kontrolle."

„Aye, das sind sie. Aber bis wir den Anführer der Drachenjäger ausschalten können, sind sie immer ein Risiko."

„Warum habt ihr das dann noch nicht gemacht?"

Ihr Ton war nur neugierig. Er vermutete, sie würde einfach immer Fragen stellen, um so viele Informationen wie möglich zu bekommen.

Wirklich eine Frau ganz nach seinem Geschmack! „Nun, Finn hat es versucht. Auch Stonefires Anführer. Aber ich persönlich denke, dass jeder Clan in Großbritannien und Irland mitarbeiten muss, um das zu erreichen."

„Was ist mit dem Rest der Welt? Ich weiß, dass es in den meisten Ländern Drachenjäger gibt, und die Drachen dort wollen sie wahrscheinlich auch loswerden."

Er zuckte die Schultern. „Sie werden es für ihre eigenen Länder herausfinden müssen, nehme ich an."

„Aber warum? Dein großes Projekt war es doch, die Kommunikation zwischen den Clans zu verbessern, oder? Warum bei medizinischen Informationen aufhören? Du hast ein Buch über Verträge aus dem 18. und 19. Jahrhundert gelesen, über die verschiedene Drachenclans aus der ganzen Welt vereinigt wurden. Warum kannst du nicht etwas Ähnliches anstreben? So könntet ihr gegen gemeinsame Feinde zusammenarbeiten. Vielleicht kannst du dann die Drachenjäger ein für alle Mal ausrotten."

Alistair blieb abrupt stehen und drehte sich in Kiyanas Richtung. „Das wäre ... schwierig."

Sie hob die Brauen. „Aber denkst du, es wäre viel schwieriger, als sich um die Jäger in Großbritannien zu kümmern? Außerdem gibt es Ressourcen, die helfen könnten. Ich bin normalerweise in der Nähe von London, habe also in letzter Zeit viel über Clan Skyhunter gehört. Und eine ihrer neuen Co-Führungspersönlichkeiten, Honoria Wakeham, hat mit großem Erfolg geholfen, die Kommunikation in Westamerika zu verbessern. Warum soll Finn nicht auch mit ihr und dem anderen Skyhunter-Anführer arbeiten? Sie verfügen möglicherweise über das Wissen und die Technologie, das übergeordnete Gesamtziel zu erreichen."

Er öffnete den Mund und schloss ihn sofort wieder. Kiyana Barnes mochte ein Mensch sein, aber sie wusste mehr über Drachenwandler-Angelegenheiten als die meisten anderen. Wenn man dann noch überlegte, wie klug sie war, konnte sie helfen, mehr Probleme zu lösen, als irgendwer geahnt hätte.

Sie neigte den Kopf. „Was? Du siehst mich so seltsam an."

Er schüttelte den Kopf, um seine Starre zu lösen, und sagte: „Tut mir leid. Es ist nur so, dass du die Dinge so einfach darlegst. Und trotzdem habe ich noch niemanden gehört, der auf sowas gekommen ist, etwas, das so offensichtlich erscheint."

Sie lächelte. „Na ja, um fair zu sein, braucht es manchmal eine Außenstehende, um eine neue Perspektive einzubringen."

Sie standen einander zu seiner Überraschung sehr nahe, aber er konnte nicht anders, als sie an seinen Körper zu ziehen und sie zu küssen. Jedes Knabbern, Lecken und Streicheln ließ sie mit Taten wissen, wie viel er von ihr hielt.

Als er endlich seinen Kopf ein paar Zentimeter nach hinten bewegte, brachte ihr heißer Atem an seinen Lippen ihn fast dazu, eine Art Deckung zu finden und vielleicht mehr zu tun, als seinen brillanten Menschen zu küssen.

Kiyana flüsterte: „Also, ich schätze, das bedeutet, du magst es, wenn ich Ideen ausspreche?"

„Aber definitiv." Er küsste sie schnell noch einmal. „Halt sie nie zurück."

Sie schmunzelte. „Was, wenn es welche sind, für die ich mich mit deiner Mutter zusammentue, um sie zu erreichen?"

Er hob eine Braue. „Was, für was Schlimmeres, als den Paarungstrick, den du und sie euch ausgedacht habt?"

„Hey, um fair zu sein, es war eine gute Idee."

„Ich finde es immer noch süß, dass du geglaubt hast, ich hätte mit dir leben und nicht versuchen können, dich zu küssen."

„Mich nur küssen, was?"

Er knurrte. „Führe mich nicht in Versuchung, Mädel. Denn wenn ich dich das erste Mal beanspruche, will ich nicht nur meinen Drachen hier haben, sondern uns irgendwo privat, wo niemand sonst deinen nackten Körper sehen kann."

Sie hob die Hand und streichelte sein Kinn. Jedes Flüstern ihrer Finger an seiner Haut ließ seinen Schwanz in Erwartung pochen. Sie murmelte: „Ich hoffe, das ist bald."

„Aye, das sollte es. Ich werde gleich morgen früh mit Layla reden, dass sie die Rückkehr meines Drachen beschleunigt."

Sie runzelte die Stirn, als sie in seine Augen sah. „Bist du dir sicher, dass du das tun solltest? Ich möchte nicht, dass du ihn wehtust, indem du es erzwingst."

Die Tatsache, dass sie sich so selbstverständlich um sein inneres Tier sorgte, bestätigte nur, wie perfekt sie für ihn war. „Ich würde nichts tun, um ihm zu schaden, keine Sorge. Er kann verdammt nervig sein, aber er ist *meine* nervige Drachenhälfte und niemandes sonst." Sie biss sich auf die Unterlippe, und er streichelte ihren unteren Rücken, bevor er murmelte: „Frag mich irgendwas, Kiyana. Halt dich bei mir nie zurück."

„Ich will nur wissen, wie es ist, einen inneren Drachen zu hören. Keine Sorge, ich werde kein verrücktes medizinisches Experiment vorschlagen oder so. Aber vielleicht, äh, wenn deiner zurückkommt, kannst du mir mehr darüber sagen, wovon er redet? Wie er sich verhält?"

„Ich kann sogar noch was Besseres, Mädel.

Wenn ich ihm die Kontrolle überlasse, kannst du ihn selbst fragen."

Ihre Augen wurden größer. „Ich dachte, das passiert nur beim Sex? Und dann ist ein Drache nicht gerade der kooperativste."

Diese Aussage weckte sein Interesse. „Und woher weißt du das? Ich dachte, du spähst nicht in Fenster."

Sie schüttelte den Kopf. „Habe ich nie. Aber, na ja, ich habe schon mal mit einem Drachenwandler geschlafen."

Alistair schwor, er fühlte, dass sich etwas in seinem Kopf rührte, fast so, als ob sein Drache versuchte zu kommunizieren. Zweifellos mochte sein Tier die Vorstellung nicht, dass seine wahre Gefährtin mit jemand anderem zusammen gewesen war.

Ihm gefiel das auch nicht, aber er hatte nicht erwartet, dass seine wahre Gefährtin noch Jungfrau wäre. Wir leben immerhin im einundzwanzigsten Jahrhundert.

Sein Drache hingegen würde sich keine Gedanken über Jahrhunderte machen oder sich verändernde gesellschaftliche Normen. Alles, was ihm wichtig war, war, dass Kiyana seine wahre Gefährtin war, die er haben, halten und beschützen konnte.

Alistair musste Kiyana vor seinem Tier warnen, um vielleicht ein späteres Problem zu verhindern. „Es ist mir egal, ob du mit jemand anderem zusammenwarst. Okay, vielleicht stört es mich ein kleines bisschen. Aber mein Drache wird es überhaupt nicht mögen. Vielleicht wäre es also am besten, es nochmal zu erwähnen."

„Nur den Drachenwandler oder alle anderen Männer aus meiner Vergangenheit?"

Er wollte wissen, wie viele andere. Aber Alistair fragte nicht. Es war ja auch nicht so, dass Kiyana seine vergangene Sexgeschichte kennen sollte. „Alle. Der Rausch wird intensiv genug sein. Aber sobald es vorbei ist, und selbst wenn du schwanger bist, könnte allein die Erwähnung ihn wieder aufregen."

„Ihn wie aufregen?"

Verdammt, er war da bei einem Thema, das sie verschrecken könnte. Alistair musste einfach darauf vertrauen, dass seine Frau auf die Fakten hörte und nicht der Angst die Kontrolle überließ. „Drachen können durchdrehen. Manchmal für kurze Zeit, manchmal für immer. Auch wenn ich hoffe, dass mein Tier reif und stark genug ist, damit das nicht passiert, wäre es ein Risiko, andere Männer auch nur zu erwähnen, die versuchen, seine wahre Gefährtin zu beanspruchen, ein Risiko, das ihn durchdrehen lassen könnte."

„Wenn ich also etwas aus meiner Vergangenheit erwähne, könnte dein Drache ausflippen?"

„Vielleicht. Obwohl eine Erwähnung in Ordnung sein sollte. Lass dich nur nicht über beein-druckende Schwanzlängen und sowas aus."

Ein Lächeln breitete sich auf ihrem Gesicht aus,

und er wollte erleichtert aufatmen. Vielleicht bedeutete das, dass sie insgeheim sauer war, aber das dachte er nicht. „Ich bin mir sicher, dass du in dem Punkt in Ordnung bist. Schließlich sollen Drachenwandler in diesem Teil ihrer Anatomie ... angemessen sein."

Er knurrte. „Angemessen?"

Sie lachte. „Also brauchst selbst du ein bisschen Streicheleinheiten für dein Ego?"

Er knurrte lauter und nahm ihre Lippen in einem groben Kuss. Erst als er sich zurückziehen musste, um zu Atem zu kommen, hörte er auf. „Da ich deine Erregung riechen kann, geht's meinem Ego gut."

Sie kniff die Augen zusammen. „Ich dachte, du solltest solche Dinge nicht aussprechen? Drachen-Etikette und all das?"

„Vielleicht bei Fremden. Aber wenn die Dinge so laufen, wie ich hoffe, bist du am weitesten von einer Fremden entfernt." Er küsste sie erneut, bevor er hinzufügte: „Ich kann später noch mehr Fragen beantworten. Jetzt müssen wir uns beeilen, sonst wird das Licht verblassen, und ich kann dir meine Überraschung nicht vor Sonnenuntergang zeigen."

Es brauchte jede Menge Kraft, die er besaß, um ihren Körper loszulassen und nur ihre Hand zu nehmen. Er wollte jedoch ein paar Erinnerungen vor dem Rausch schaffen. Welche, die ihr vielleicht helfen könnten, es zu ertragen.

Die meisten Menschen genossen die Erfahrung,

aber wenn es länger als normal dauerte, um sie zu schwängern, dann wurde sie vielleicht zu müde und frustriert.

Sie sollte sich daran erinnern, dass es mehr als nur Sex und Anziehung zwischen ihnen gab. Und so führte er sie den Rest des Weges zu einem seiner Lieblingsplätze am Loch.

Kiyana glaubte allmählich, den Jackpot gewonnen zu haben, wenn es um Alistair ging. Er war klug, sexy und manchmal sogar lustig.

Ganz zu schweigen davon, dass er genauso gern über ernste Dinge sprach, wie über alberne. Er wies ihre Ideen nicht zurück, was bedeutete, dass sie Lochguard vielleicht mit mehr helfen könnte, als nur dabei, Gefährtinnen zu finden und vielleicht ein Buch zu schreiben.

So sehr sie sich auch zu Alistair hingezogen fühlte, war es schwierig, vom Loch und seiner Umgebung wegzusehen. Die Gegend war leer und friedlich. Schon, sie kannte die schreckliche Geschichte hinter der Leere der Highlands – die Clearances hatten die Pächter durch Schafe ersetzt und die Schotten gezwungen, woandershin auszuwandern – aber obwohl sie die Vergangenheit nicht abtun wollte, konnte sie die Gegenwart genießen.

Vögel flogen über ihnen, und gelegentlich kräuselte sich die glatte Oberfläche des Wassers von einem Fisch oder einem Käfer, was die perfekte Reflexion des Himmels und der Hügel verzerrte.

So in ihre Umgebung vertieft, rannte sie gegen Alistairs Seite, als er plötzlich stehenblieb. Sobald sie ihr Gleichgewicht wiedergefunden hatte, sah sie zu ihm auf. „Es ist atemberaubend hier. War das deine Überraschung? Diese Landschaft mit mir zu teilen?"

„Der Loch ist immer schön, aber ich will da rauf."

Sie folgte seinem Finger und bemerkte die Ruinen eines wahrscheinlich aus Stein gebauten Cottages. „Hat das irgendwie mit deiner Familie zu tun?"

„Ja und nein, komm."

Die sanfte Steigung dauerte nicht mehr als ein paar Minuten. Alistair zeigte auf die verbliebenen niedrigen Steinmauern eines kleinen Gebäudes. „Hier haben Lochguards ehemaliger Anführer und die Briten formell eine Vereinbarung unterzeichnet, die Lochguard ihr Land gab."

Sie sah ihn an. „Ich dachte, Clan Lochguard lebt hier seit Jahrhunderten?"

„Aye, das haben sie. Aber vor allem, weil die Grundbesitzer zu viel Angst hatten, den Drachen zu sagen, dass sie verschwinden sollen. Die Scharmützel hier zwangen die Regierung – nun, und die damalige Monarchin, Königin Victoria –, zu einer formellen Vereinbarung zu gelangen."

„Warte, das war also nach den Clearances? Königin Victoria regierte von 1837 bis 1901."

Er schmunzelte. „Du kennst dich also auch mit Geschichte aus? Och, Mädel, du wirst von Minute zu Minute perfekter."

Sie verdrehte die Augen. „Ich hab es dir schon einmal gesagt, ich kenne gern die Geschichte eines Gebiets, bevor ich die heutigen Bewohner studiere. Ich kenne die Grundlagen von Verträgen, aber in den menschlichen Aufzeichnungen gibt es wenig über diese angebliche Unterschrift, von der du da sprichst."

Alistair zuckte mit den Schultern. „Ich bin mir sicher, das ist extra so. Nach dem, was ich gelesen habe, dachten die Menschen, sie seien großmütig, Lochguard Land zu gewähren. In Wirklichkeit hatten sie kaum eine Wahl. Ohne die Waffen oder biologischen Waffen der Neuzeit hatten sie wenig Hoffnung, einen Krieg gegen einen Clan von Drachenwandlern ohne große Verluste zu gewinnen, wenn überhaupt."

Sie deutete auf die Ruinen. „Warum ist das dann einer deiner Lieblingsorte? Wegen der historischen Bedeutung?"

Alistair blickte zurück auf die Steinhaufen in der Mitte der Mauern. „Teilweise. Aber es war eine ständige Erinnerung für mich, dass zwei verschiedene Fraktionen eine Allianz funktionieren lassen können. Aye, das MDA hat uns im Laufe der Jahre immer mehr Beschränkungen auferlegt. Und, aye, euer Parlament versucht, Gesetze über uns zu erlassen. Lochguard hat sein Land jedoch durch

Entschlossenheit, Sturheit und ein bisschen Drama behalten. So etwas wird auch nötig sein, um andere Drachenclans zur Zusammenarbeit zu bringen, denke ich."

Sie musterte Alistairs Profil. Der Mann überraschte sie immer wieder mit seinen vielen Schichten und Tiefen. „Also wurde dieser Ort dein Lieblingsort, als du von deinem letzten Besuch in Amerika zurückgekehrt bist, oder?"

Seine Augen fanden sofort ihre. „Aye."

Sie drückte seine Hand. „Weil dieser Ort dich an das erinnert hat, was erreicht werden könnte, auch wenn es einige Zeit dauert." Er nickte, aber sie fuhr fort, bevor er etwas sagen konnte. „Sobald wir also einen Weg gefunden haben, die Drachen zur Zusammenarbeit zu bringen, sollten wir ein Denkmal in der Nähe aufstellen, um die Leistung zu ehren."

Schweigen kam auf, aber es war nicht angespannt. Seinen Augen nach zu urteilen, tobten die Gedanken in Alistairs Verstand.

Eines Tages wäre sie an dem Punkt, an dem sie immer fragen würde, was er dachte. Aber angesichts dessen, dass er ihr gerade etwas gezeigt hatte, das ihm am Herzen lag und Inspiration für seine Arbeit der letzten drei Jahre war, würde sie ihn zuerst sprechen lassen.

Die Leute waren nicht immer bereit, mit einem fast Fremden über bestimmte Probleme zu sprechen. Und egal, wie sehr sie und Alistair einander näherkamen, sie waren noch kaum aus der Kennenlernphase raus.

Alistair räusperte sich schließlich. „Du bist eine brillante Frau, Kiyana Barnes. Und je mehr ich über dich erfahre, desto mehr frage ich mich, ob ich dich wirklich verdiene."

„Verdienen ist nicht Teil der Gleichung. Zumindest nicht so früh. Lüg mich nur nicht an, Alistair, und wir werden auf Augenhöhe sein."

Er zog sie sanft an sich und legte seine Wange an ihre. „Brauchst du mehr Zeit, um dich an mich zu gewöhnen, Mädel? Oder wäre es okay, wenn ich morgen meinen Drachen zurückbringe? Und auch nicht nur wegen des Rauschs. Er ist Teil von dem, was ich bin, und je länger er schweigt, desto mehr fühle ich mich, als ob ich ihn um die Erfahrung betrüge, dich kennenzulernen. Außerdem verdienst du es zu wissen, wie es ist, mit einem Mann zusammen zu sein, der im Wesentlichen zwei Persönlichkeiten in einem Körper ist."

Sie schlang ihre Arme um seinen breiten Rücken und strich sanft mit einer Hand nach oben und unten. „Natürlich würde ich ihn gern kennenlernen. Und ich bin mir sicher, dass es meine Antwort bezüglich des Rauschs nicht ändern wird."

Er zog sich einen Bruchteil zurück, legte seine Stirn an ihre, und sein Atem tanzte über ihre Lippen, als er sagte: „Danke."

Sie wollte gerade schon sagen, es sei lächerlich, ihr für etwas so Einfaches zu danken, aber die schottische Stimme einer älteren Frau erfüllte die Luft.

Eine, die Alistairs Mutter Meg gehörte.

„Och, da bist du ja, Junge. Wir haben dich überall gesucht."

Alistair seufzte und hob den Kopf. Da Kiyana sehen wollte, wer „wir" war, ließ sie Alistair los und wandte sich zu Meg, Faye MacKenzie und Grant McFarland um.

Die beiden letztgenannten Personen waren Lochguards oberste Beschützer.

Was höchstwahrscheinlich bedeutete, dass etwas passiert war.

Alistair fragte: „Was ist los?"

Faye antwortete zuerst. „Wir wären nicht hier, wenn es nicht wichtig wäre, Alistair. Ich hoffe, du weißt das."

Alistair grunzte. „Aye, und du kannst es dir auch für später aufsparen, mir zu erklären, warum meine Mutter hier draußen rumwandert. Was ist los?"

Faye sah zu Kiyana und zurück zu Alistair. „Meg ist gekommen, um Kiyana nach Lochguard zurückzubringen."

Alistair nahm ihre Hand. „Sie wird meine Gefährtin. Sie sollte bleiben."

Faye verzog das Gesicht, und ihr Gefährte grunzte. „Wir haben keine Zeit dafür, dass du nobel und romantisch bist. Finn sagt, sie soll mit Meg zurückkehren."

Kiyana sprang ein. „Schon gut, Alistair. Das gibt

mir Gelegenheit, deine Mutter besser kennenzulernen." Sie sah zu Faye und dann zu Grant. „Und ich bin sicher, dass ihr mir eines Tages genug vertrauen werdet, um mir zu sagen, was los ist." Faye nickte, und Kiyana lächelte zu Alistair auf. „Komm zu mir, sobald du kannst."

Alistairs schloss seine Hand fester um ihre. Da sie nicht wollte, dass er die Situation für sich selbst verschlimmerte, sagte sie sanft: „Es ist okay. Ich werde nicht reißausnehmen, das verspreche ich."

Meg stemmte die Hände in die Hüfte. „Och, jetzt komm, Junge. Ich werde mich gut um Kiyana kümmern. Finn braucht deine Hilfe. Das ist das Mindeste, was du tun kannst."

Sie zog noch einmal, und endlich ließ Alistair sie los. Sobald sie an Megs Seite war, winkte sie. „Hilf deinem Clan, Alistair. Denn das ist es, was gute Drachen tun – sie helfen ihrem Clan und ihrer Familie."

Meg grunzte zustimmend. Aber Alistair sprach vor seiner Mutter. „Aye, das werde ich, Mädel. Dann bis später."

Obwohl sie wusste, dass sie ihn bald wiedersehen würde, nahm sie sich eine Sekunde Zeit, um sich zu merken, wie Alistairs Haar im Wind wehte, die Ruinen direkt hinter ihm.

Zufrieden, dass sie das Bild in ihr Gedächtnis gebrannt hatte, drehte sie sich endlich um und ging mit Meg davon.

Alistairs Mutter plauderte den ganzen Weg zurück nach Lochguard – die Frau war für ihr Alter ganz schön quirlig – aber Kiyana schenkte ihr kaum Aufmerksamkeit. Nur gut, dass die ältere Frau so gern redete, so kam Kiyana kaum dazu, an Alistair zu denken. Sowohl daran, was er enthüllt hatte, als auch daran, sich zu fragen, wofür Lochguard seine Hilfe brauchte.

Sie hoffte nur, dass nichts Gefährliches passiert war oder passieren würde. Denn dann hatte sie das Gefühl, dass Alistair noch länger ohne seinen Drachen auskommen müsste, und das würde ihn ganz anders belasten.

Und Kiyana wollte nicht, dass ihr zukünftiger Gefährte Schmerzen hatte.

Alistair wartete, bis seine Mutter und Kiyana außer Hörweite waren, bevor er grunzte und fragte: „Was ist so verdammt wichtig, dass ihr mein erstes Date mit meiner wahren Gefährtin ruinieren musstet?"

Faye schnalzte mit der Zunge. „Na, na, da ist aber jemand gereizt heute."

Er knurrte, und Grant seufzte über Fayes Worte. „Provozier ihn nicht, Faye. Und wenn du sagst, dass es nur das Baby ist, das dich dazu bringt, dann steh mir bei, aber ich werde bei deiner nächsten seltsamen Heißhunger-Attacke nicht für dich rausgehen."

Faye kniff die Augen zusammen. „Das würdest du nicht."

Grant hob beide Brauen. „Würde ich nicht?"

Unter normalen Umständen wäre es Alistair egal, wenn die beiden sich stritten, ihre seltsame Liebe zeigte sich auf eine Weise, die er nicht immer verstand.

Aber Kiyana saß wer weiß wie lange bei seiner Mutter fest, und er wollte sie vor dieser Form der Folter retten. „Also, was ist das für ein verdammter Notfall?"

Grant hob eine Hand, das Paar tauschte eine Art nonverbale Kommunikation aus, und dann sah der Mann zu Alistair zurück. Nachdem er etwas aus seiner Tasche genommen – ein Mini-Verschlüsselungsgerät, so wie es aussah – und daraufgeklickt hatte, antwortete er: „Du weißt, wie Snowridge den Ort gefunden und überfallen hat, der von den Drachenjägern in Wales genutzt wurde, aye?"

Wut rollte in seinem Magen. Die Bastarde hatten Kinder gefangen und an ihnen experimentiert. „Aye, das tue ich."

„Nun, einer der Snowridge-Beschützer hat, nachdem er all die Sachen durchgekämmt hat, die sie gefunden haben, etwas Besorgniserregendes gefunden, etwas, das mit dem zusammenhängt, was uns Stonefire kürzlich geschickt hat."

Er runzelte die Stirn. „Moment mal, was hat Stonefire euch geschickt?"

Faye sprang ein, offensichtlich nicht in der Lage,

lange still zu bleiben. „Eine Menschenfrau ist mit einem Stick voller Informationen auf ihrem Land aufgetaucht. Auch wenn sie von einem Gift in ihrem Körper noch nicht wieder zu Bewusstsein gekommen ist, scheint es, als hätte sie irgendwann für die Drachenritter gearbeitet. Warum sie mit ihnen gebrochen hat und weggelaufen ist, weiß niemand. Aber der Stick enthielt jede Menge detaillierter Informationen zu laufenden Projekten, Verstecken und vielem mehr."

Grant meldete sich erneut zu Wort. „Was uns dazu bringt, warum wir hier sind. Snowridge hat ein paar winzige, seltsam geformte Geräte gefunden, von denen sie glauben, dass sie intern genutzt wurden, um ihre Gefangenen zu verwalten und zu überwachen. Die Informationen in Stonefire enthielten einige Schaltpläne für etwas Ähnliches, obwohl nicht explizit dabeisteht, wofür sie verwendet wurden – die Menschenfrau muss kopiert haben, was sie finden konnte, ohne vollständig zu begreifen, was sie da hatte."

Er setzte es zusammen. „Das bedeutet, ich soll mir die Schaltpläne ansehen, sie mit den in Snowridge gefundenen vergleichen und ihre Verwendung analysieren. Und, wenn möglich, Wege finden, sie zu deaktivieren, wenn wir auf jemanden stoßen, der noch eines der Geräte in seinem Körper hat."

Faye biss sich auf die Lippe, ein ungewöhnliches Zeichen von Zögern oder Bedauern. „Ich weiß, dass du den Rausch mit Kiyana durchmachen solltest. Und bis dein Drache wieder aufwacht, verbringst du sicher lieber Zeit mit ihr. Aber das hier ist wichtig. Wenn diese Art von Geräten ohne unser Wissen massenhaft eingesetzt wird, könnte das gefährlich sein."

„Wie winzig sind sie denn?"

„Sehr. Man kann sie kaum mit bloßem Auge sehen", erklärte Grant.

Alistair strich beide Hände durch sein Haar. Er wollte vielleicht Zeit mit Kiyana verbringen, aber das Mädel hatte recht. Der Clan war wichtig für einen Drachenwandler. Und schlimmer noch, das mysteriöse Gerät könnte Einfluss auf die Kinder haben, die sie in Wales gerettet hatten. Vor allem, wenn die Geräte klein genug waren, dass sie auf medizinischen Aufnahmen nicht zu sehen waren.

Er durfte nicht riskieren, dass sie litten, oder Schlimmeres, nur weil er mit seiner zukünftigen Gefährtin Spaß haben und sie necken wollte.

Der einzige Mist war nur, dass er ihr nicht von seiner Arbeit erzählen durfte.

Fayes leise Stimme füllte seine Ohren. „Ich weiß, dass ist viel verlangt. Und ich weiß, dass du jetzt Lehrer bist, kein Forscher oder Elektroingenieur. Aber das ist eine sehr heikle Aufgabe, und Finn, wie auch die anderen beiden Clan-Führer, wollen, dass sich jemand darum kümmert, dem sie vertrauen. Und mit deinem Hintergrund bist du bei weitem der Qualifizierteste, Alistair."

Er senkte seine Hände und seufzte. „Ich weiß. Ich werde es mir ansehen und es herausbekommen, vorausgesetzt, ihr erfüllt mir eine Bitte."

Grant grunzte. „Du darfst diese Informationen nicht an den Menschen weitergeben. Sie ist noch nicht deine Gefährtin, und es ist zu riskant."

Er ballte seine Hand zu einer Faust. Rational gesehen wusste er, dass Grant vorsichtig sein musste. Er mochte es jedoch nicht, dass er Kiyana so leicht abtat.

Er dämpfte seinen Zorn und brachte zwischen zusammengebissenen Zähnen hervor: „Das ist nicht meine Bitte. Kiyana scheint sich gut mit Arabella zu verstehen. Kannst du Ara bitten, Kiyana vor meiner Mutter zu retten? Wenn ich damit beschäftigt bin, will ich nicht, dass das Mädel lange in dieser besonderen Hölle gefangen bleibt."

Faye schnaubte, und Grant warf ihr einen Blick aus zusammengekniffenen Augen zu. Der Mann sah zu Alistair zurück. „Ich werde selbst mit Ara sprechen."

Er nickte. „Okay, dann brauche ich alles, was ihr habt. Und ich hoffe, ihr habt eines der Geräte aus Snowridge."

„Aye, das haben wir. Im Hauptsicherheitsgebäude der Beschützer ist alles für dich bereit."

Als sie sich auf den Weg zurück machten und Alistair so viele Informationen wie möglich über den Auftrag aus ihnen herausholte, tat er sein Bestes, nicht an Kiyana zu denken. Er würde Finn und

Arabella mit seinem Leben vertrauen, und sie würden sich gut um seinen Menschen kümmern.

Nein, was ihn beunruhigte, war, wie lange dieses Projekt dauern würde. Alistair vermisste sein inneres Tier, aber er konnte es nicht zurückkommen lassen, bis es Zeit für den Rausch war. Denn sobald ein Drachenwandler seinen wahren Gefährten küsste, gab es kein Halten für die Instinkte ihrer inneren Drachen, wenn man nicht über extrem lange Zeiträume Medikamente einsetzen wollte.

Er hoffte nur, dass Layla und die anderen Ärzte wüssten, wie viel von der Drachenschlafdroge ihm verabreicht werden konnte, bevor es zu viel wurde. Er und sein Drache hatten eine starke Bindung, aber Drogen stellten seltsame Dinge mit inneren Drachen an. Manchmal brachten sie sie für immer zum Schweigen.

Und er erschauderte, wenn er daran dachte, dass ihm das jemals passieren würde.

Kapitel Acht

A ls ein Tag verging und dann ein weiterer, begann Kiyana, sich Sorgen zu machen.

Sie hatte so ein Bauchgefühl, dass Alistair sie besuchen würde, wenn er könnte. Aber all dieses Geflüster hinter vorgehaltener Hand über das, was er tat, und die Unsicherheit, wie lange es dauern würde, bis er fertig war, beunruhigten sie.

Und obwohl es wichtig war, seinem Clan zu helfen, ja, wollte sie nicht, dass er seinem Drachen dabei etwas antat.

Deshalb stand sie, nachdem sie mit den anderen Frauen für den Tag fertig war, vor der Tür zum Haus von Fergus MacKenzie und seiner menschlichen Gefährtin Gina.

Arabella war herausgerutscht, dass Fergus seinen Gefährtenrausch monatelang unterdrückt hatte, bevor er ihn schließlich rausließ. Und alles ohne irgendwelche Drogen.

Kiyana wollte wissen, wie und ob jemand anderes das auch konnte. Denn noch etwas, das sie gelernt hatte, war, dass, je länger Alistair seinen Drachen schweigen ließ, die Wahrscheinlichkeit desto größer war, dass sein inneres Tier entweder durchdrehte oder gar nicht zurückkehrte.

Sie klopfte, und kurz darauf öffnete eine rothaarige Frau mit einem Baby auf der Hüfte die Tür. Sie lächelte sofort. „Du bist Kiyana. Wie komme ich zu der Ehre?"

Der amerikanische Akzent des Menschen war charmant und brachte sie irgendwie zum Lächeln. „Tut mir leid, dass ich störe, aber ich habe ein paar Fragen über Fergus."

„Fergus ist gerade nicht hier. Du kannst trotzdem gern reinkommen, ich kann dir nur vielleicht nicht helfen."

„Nein, ich wollte mit dir reden."

Gina zögerte nicht, beiseitezutreten und Kiyana hereinzulassen. Sobald sich die Tür schloss, ließ Gina ihr Baby sanft hüpfen und fragte: „Woran hattest du gedacht?"

Die beste Möglichkeit, das Gespräch hinter sich zu bringen, war, so professionell wie möglich vorzugehen. Schließlich konnte sie die anderen Menschen besser vorbereiten, je mehr sie über innere Drachen und den Gefährtenrausch erfuhr. „Es geht darum, wie Fergus so lange dem Gefährtenrausch widerstehen konnte."

Gina neigte den Kopf. „Ich habe von dir und

Alistair gehört. Um ehrlich zu sein, dachte ich, ihr stecktet jetzt schon tief in den Krallen des Rausches. Es ist ermüdend, aber zugleich auch umwerfend."

Sie hatte etwas Ähnliches von Arabella gehört, aber es half, mehr Leute auf die Liste derer zu setzen, die den Rausch genossen hatten. Kiyana hatte keine Angst, aber sie war gern vorbereitet. „Er macht im Moment irgendwas Geheimes, für den Clan."

Gina biss sich auf die Lippe. Kiyana hätte alles darauf gewettet, dass der Mensch wusste, was.

Aber sie war nicht gekommen, um Gina wegen Alistairs Auftrag zu verhören. Also sagte sie: „Und ich weiß, dass du nicht darüber reden darfst. Aber die Drogen, die Alistairs Drachen schweigen lassen, sollten bald ihre Wirkung verlieren, und ich mache mir Sorgen, dass, wenn er weiter diese Drachen-schlafdroge bekommt, es dauerhaften Schaden anrichten wird."

Gina schüttelte den Kopf. „Ich würde mir keine Sorgen machen. Layla ist vorsichtig mit diesen Dingen, zumal Lochguards ehemaliger Arzt Innes eine Drachenwandlerin in Stonefire gepaart hat, die ihren Drachen zwanzig Jahre lang verloren hatte, bevor er wieder zurückkam."

Sie blinzelte. „Warte, was? Ihr Drache kam nach zwanzig Jahren zurück?"

Gina nickte zum Wohnzimmer. „Setzen wir uns, damit ich meinen kleinen Wonneproppen auf dem Knie hüpfen lassen kann, während wir reden."

Gina kitzelte den Hals ihres Sohnes, und Kiyana

konnte nicht anders, als zu lächeln. Sie folgte ihr ins Wohnzimmer und setzte sich in einen Sessel gegenüber dem Sofa. Sie konnte nicht warten, bis Gina fortfuhr, und fragte: „Wie können Drachen verschwinden und zurückkommen?"

Gina setzte sich und antwortete: „Oh, in Sids Fall – das ist die Drachenwandlerin aus Stonefire, von der ich sprach – ist das kompliziert. Etwas mit einer Überdosis, als Sid jünger war. Aber deshalb ist Layla besonders vorsichtig und führt strenge Aufzeichnungen darüber, wie viel sie wann verabreicht."

„Dennoch ..."

Nachdem Gina ihren Sohn eine Minute lang hatte hüpfen lassen, betrachtete sie Kiyanas Augen. „Für jemanden, der Alistair noch nicht lange kennt, machst du dir ja ganz schön Sorgen um seinen inneren Drachen. Ganz zu schweigen davon, dass ihr nicht viel Zeit hattet, euch näher zu kommen, bevor ihr erfahren habt, dass du seine wahre Gefährtin bist."

Kiyana tippte mit den Fingern auf ihre Beine. „Ich bin nicht wie die meisten anderen Menschen. Ich weiß viel über Drachenwandler und habe über ein Jahrzehnt damit verbracht, mehr zu lernen. Und von dem, was ich von Alistair weiß, mag ich ihn. Sehr sogar. So einfach ist das."

Gina nickte. „Gut. Er ist still, aber nett. Es hat mir immer leidgetan, wie seine Mutter ständig versucht hat, jemanden für ihn zu finden."

„Meg ist nicht so schlimm, wenn man sie erst einmal kennenlernt. Ich glaube, viele Leute urteilen über sie, bevor sie es sollten."

Gina sah ihr in die Augen. „Okay, diese Aussage musst du unbedingt erklären."

Kiyana überlegte noch, wie viel sie Gina sagen konnte, als ein großer, rothaariger Drachenmann in den Raum platzte. Obwohl sie noch nicht gut genug darin war, die MacKenzie-Zwillinge zu unterscheiden, nahm sie an, es sei Fergus, da es sein Haus war.

Fergus' blaue Augen fanden sofort ihre, und ihr Magen brannte, als sie die Wut dort sah.

Er befahl: „Komm. Wir müssen dich irgendwohin bringen, wo es sicher ist."

„Wovon sprichst du?", verlangte Kiyana zu erfahren.

Fergus schüttelte den Kopf. „Keine Zeit. Irgendwas stimmt nicht mit Alistair, und Finn fürchtet um deine Sicherheit."

Ihr Herz raste. „Alistair würde mir nicht wehtun. Ich bin seine wahre Gefährtin, schon vergessen?"

„Aye, das mag so sein, aber irgendwas stimmt nicht. Und bis wir wissen, was, musst du dich verstecken."

Gina stand auf und hielt ihren Sohn fest. „Du machst ihr Angst, Fergus."

Er sah seine Gefährtin an. „Aye, und das zu Recht." Fergus blickte zu ihr zurück und deutete zur Tür. „Komm, Mädel. Ich werde dich nicht nochmal bitten. Wenn du nicht in den nächsten fünf

Sekunden aufstehst und gehst, bringe ich dich hier raus, wenn es sein muss."

Ihre Haut wurde kalt. In Fergus' Stimme war echte Panik zu hören.

Sie brachte ihren Körper dazu zu funktionieren, stand auf, und Fergus nahm vorsichtig ihren Oberarm. „Hier entlang." Er rief über seine Schulter: „Du bleibst hier, Gina, mit dem Kleinen. Jeder soll im Haus bleiben, bis Finn, Faye oder Grant Entwarnung geben."

Gina nickte, aber das war alles, was sie schaffte, bevor Fergus Kiyana halb aus seinem Haus und einen Weg hinunter zerrte. Die ganze Zeit über sah er sich um, sowohl am Boden als auch am Himmel.

Ihr Herz raste, und sie tat ihr Bestes, um Panik aus ihrer Stimme zu halten. „Warum siehst du zum Himmel? Alistair sollte doch jetzt nicht wandeln können."

Fergus sah ihr in die Augen. „Vielleicht doch."

Die Geheimniskrämerei trieb sie in den Wahnsinn. Ohne langsamer zu machen, knurrte sie: „Erzähl mir einfach, was los ist. Wenn du nichts sagst, machst du es nur schlimmer."

„Alles, was ich jetzt sagen kann, ist, dass wir nicht genau wissen, wo Alistair ist."

Ihr Herz setzte einen Schlag lang aus. „Ich dachte, er recherchiert."

„Aye, das hat er. Aber etwas ist schiefgelaufen. Jetzt komm. Je eher wir dich in den unterirdischen Bunker des Beschützergebäudes bringen, desto eher kannst du erfahren, was passiert ist." Er durchbohrte sie mit einem heftigen Blick, und sie nickte. Er fügte hinzu: „Kannst du ein Weilchen laufen, Mädel?"

Obwohl sie plötzlich einen Kloß in der Kehle hatte, brachte sie hervor: „Ich glaube schon."

„Gut. Dann lass uns laufen."

Als Kiyana rannte, während ein Drachen-wandler sie zog, kroch die Sorge über sie. Etwas war offensichtlich sehr, sehr schiefgelaufen, wenn es den angeblich besonnenen MacKenzie-Zwilling so vorsichtig und hektisch machte.

Hör auf, Kiyana. Mach dir keine Sorgen, bis du alle Fakten hast. Vielleicht kannst du helfen. Richtig, vielleicht *konnte* sie irgendwie helfen. Und wenn es einen Weg für sie gäbe, Alistair zu helfen, würde sie ihr verdammt Bestes tun, um zu helfen. In den Geschichten waren es immer die Männer, die herbei-eilten, um die Frauen zu retten, aber sie war nicht von der Sorte, die sich zurücklehnte und andere die Verantwortung übernehmen ließ. Alistair mochte vielleicht noch nicht ihr Gefährte-Schrägstrich-Ehemann sein, aber das wäre er. Und wenn sie ihn retten müsste, würde sie alles tun, was nötig war.

Zwanzig Minuten später saß Kiyana in einem Raum und trommelte mit den Fingern auf den Tisch, als sich die Tür endlich öffnete. Finn, Fergus und die Chefärztin des Clans, Layla, kamen herein, und

Kiyana stand auf und eilte zu Finn. „Was ist los? Geht's Alistair gut? Ich kann nicht helfen, wenn ich die Details nicht kenne."

Ein trauriges Lächeln kroch über Finns Gesicht. „Ich bin mir nicht sicher, ob du helfen kannst, Mädel, aber ich sage dir, was wir wissen. Setz dich doch bitte."

Finns Verhalten machte sie vorsichtig. Sie hatte sowohl die charmante als auch die „starker Anführer"-Version von ihm gesehen, aber nie die traurige, sanfte.

Kiyana setzte sich und hob fragend die Brauen. Finn seufzte und sagte: „Alistair hat an einem geheimen Projekt für uns gearbeitet, einem, bei dem es um ein winziges Gerät geht. Trotz aller Vorkehrungen war er irgendwie einer chemischen Verbindung ausgesetzt, die in dem verdammten Ding gefunden wurde. Sein Drache wachte sofort auf, und nach dem, was wir sagen können, lief er aus seinem Forschungslabor, krallte sich den Kopf und schrie etwas davon, dass er seinen Drachen nicht gewinnen lassen würde."

Sie erstarrte. „Wo ist er jetzt?"

Fergus erwiderte: „Das ist ja der Mist bei dem allen, wir wissen es nicht. Er muss sein Handy weggeworfen haben und hat kein Ortungsgerät dabei. Aber es gibt noch eine Information, die einer der Clanmitglieder mitbekommen hat, als Alistair weglief. Und das war, dass er sagte, er werde nicht zulassen, dass sein Drache dich zwingt, und er würde sein Tier bis zum Tod bekämpfen, anstatt ihm zu erlauben, dir zu schaden."

Sie schüttelte den Kopf. „Ich verstehe das nicht. Alistair würde mir nicht wehtun."

Layla verzog das Gesicht. „Normalerweise, aye, würde er nicht. Aber die chemische Verbindung ist etwas, das die Ärzte in Stonefire seit einer Weile studieren. Die Wirkung scheint von Drachen-wandler zu Drachenwandler zu variieren. Und in Alistairs Fall hat es wahrscheinlich seinen Drachen gewalttätig und unberechenbar gemacht."

Zuerst wurde sein Drache durch Drogen zum Schweigen gebracht, und jetzt wurde sein Tier zum Berserker? Alistair hatte genug mit dem Tod seiner ehemaligen Freundin gelitten und brauchte nicht noch mehr Schmerz.

Es musste einen Weg geben, ihm zu helfen, es musste einfach. „Aber das ist nur wegen des Rauschs, oder? Wenn ich mich ihm anschließe und mitmache, könnte er wieder normal werden."

Finn schüttelte den Kopf. „Das werde ich nicht riskieren, Mädel. Nach dem, was wir sagen können, will sein Drache dir schaden, wenn er dich bean-sprucht, und ich werde das nicht zulassen."

Sie schluckte und tat ihr Bestes, um sich ihre kurzzeitige Angst nicht anmerken zu lassen. „Was meinst du damit, dass er mir schaden will? Sag mir Genaueres!"

Finn runzelte die Stirn. „Gut, ich werde es nicht beschönigen, Kiyana. Alistair hat geschrien, dass er nie zulassen würde, dass sein Drache dich schneidet, während er dich fickt. Und das ist definitiv nicht der Alistair Boyd, mit dem ich aufgewachsen bin. Bis wir eine Art Heilmittel finden können – jemand hat es bereits mit dem versucht, was wir für das Universalheilmittel hielten, und mit einem Pfeil auf ihn geschossen, aber es ist gescheitert –, musst du hierbleiben."

Kiyana würde ihre Gefühle später klären. Wenn sie Angst oder Traurigkeit in ihren Verstand kriechen ließ, könnte sie sich nie konzentrieren. Und sie musste relativ ruhig bleiben und gefasst. Sonst könnte sie Alistair nie den Rücken stärken. „Aber es könnte sein, dass er nie wieder normal wird. Die anderen Drachen-Clans teilen nicht einfach so, und Alistair könnte sterben, bevor sie sich dazu durchringen."

In Finns Augen leuchtete Neugier auf. „Woher weißt du das?"

Sie antwortete: „Alistair hat da was erwähnt, und ich habe das Thema recherchiert. Wenn wir eine Chance haben wollen, ihn zu retten, musst du so schnell wie möglich mit Honoria Wakeham reden."

Lochguards Anführer blinzelte. „Honoria? Du meinst die eine von Skyhunters kürzlich ernannten Co-Anführrern? Warum?"

Sie wedelte mit der Hand. „Wichtig ist nur, dass Honoria einen Weg gefunden hat, um mit anderen Clans in der westlichen Hälfte Amerikas zu kommunizieren. Selbst wenn es nur darum geht, die Clans nach einer Lösung zu fragen, ist es ein Anfang und besser, als dass wir hier sitzen und darüber jammern, dass Alistair dem Untergang geweiht ist."

Fergus musterte sie. „Du benimmst dich nicht so, wie ich es erwartet hatte, Mädel."

Kiyana setzte sich höher auf. „Das ist mir egal. Wir brauchen Honorias Hilfe, ebenso wie Stonefires und die von jedem anderen Drachenclan, mit dem du reden kannst." Sie sah zu Layla. „Ich nehme an, dass du eine Probe dieser Substanz besitzt und sie bereits analysierst oder analysiert hast?" Die Ärztin nickte. „Gut. Dann können wir weitergeben, was wir wissen."

Niemand sprach für ein paar Sekunden, und schließlich wurde Kiyana klar, dass sie vielleicht eine Grenze überschritten hatte. Zum einen war sie immer noch Gast auf Lochguards Land. Und zum anderen war sie ein Mensch vom MDA, und Drachen mochten es nicht immer, von MDA-Mitarbeitern herumkommandiert zu werden.

Sie wollte gerade schon ihren Fall darlegen, dass sie Alistair nur helfen wollte, als Finn erneut das Wort ergriff. „Ich werde mich an Skyhunter wenden. Layla, mach alles bereit, um jedem Clan davon zu berichten, der bereit ist, uns zu helfen. Und Fergus, du bleibst bei Kiyana und findest heraus, was sie sonst noch weiß, oder was für Vorschläge sie hat, die helfen könnten." Endlich fand er ihren Blick wieder. „Sobald das alles vorbei ist, werden wir uns ziemlich lange unterhalten, Mädel."

Kiyana ließ die Schultern nicht hängen, sondern nickte nur. Sie wusste vielleicht viel über Drachenwandler, aber sie kannte nicht alle Gesetze oder Regeln von Lochguard. Wenn sie einige von ihnen verletzt hätte, würde sie sich später den Konsequenzen stellen.

Sie konnte Alistair jedoch nicht einfach im Stich lassen. Vor allem da er, wenn er eine Lösung für sein Projekt gefunden hätte, Clans besser miteinander kommunizieren zu lassen, sich jetzt bereits erholen könnte.

Alistair war vielleicht nicht in der Lage, andere Clans zu erreichen und Finn Vorschläge zu machen, aber Kiyana konnte es.

Diesmal würde sie nicht zulassen, dass jemand starb, weil die Clans nicht kooperierten. Selbst wenn sie an jeder Strippe im MDA ziehen müsste, würde sie es tun. Alistair verdiente es zu leben, nach der Tragödie, die er durchgemacht hatte, und Kiyana war entschlossen, sicherzustellen, dass er heil aus dieser Sache herauskam.

Kapitel Neun

A listair verlor die Schlacht gegen seinen Drachen.

Selbst jetzt noch brüllte das Tier in seinem Kopf und schrie: *Ich will unsere wahre Gefährtin! Sie sollte gebrandmarkt, gefickt und geschwängert werden. Sie gehört uns, niemandem sonst! Und ich werde sie finden und sie sicher wissen lassen, dass sie uns gehört und nur uns!*

Er hatte lange aufgehört, mit seinem Tier zu reden, und saß einfach auf dem Boden einer Höhle, in der Hoffnung, dass die Ketten, die er sich auf dem Weg vom Clan weg geschnappt hatte, hielten.

Normale würden es nicht, aber diese hier waren stark und gaben nicht nach, es sei denn, ein Drachenwandler war bereit, zu wandeln und dabei seine Knochen zu brechen.

Doch so, wie sein Tier Kiyana zu ficken verlangte und sie mit ihrem Namen im Arm zu brandmarken, könnte sein Drache es riskieren wollen, seine Knochen zu brechen, um an sie zu kommen.

Ich will sie, jetzt. Sie gehört uns. Hör auf, uns zu verweigern, was uns gehört. Männer haben sie schon mal berührt, und sie muss es vergessen. Sie ganz und gar vergessen. Sie wird nur uns kennen, unseren Namen und sonst nichts.

Bilder von Kiyana, die an einen Tisch geschnallt war, und ein heißes Eisen an ihrem Arm drehten Alistair den Magen um.

Rational wusste er, dass es nicht die wahre Natur seines Drachen war. Die verdammten Drogen hatten sein Tier durcheinandergebracht, und nichts außer einer Art Gegenmittel könnte jetzt noch helfen.

Er vertraute darauf, dass Finn eines finden würde, aber wenn er die Wahl hätte, Kiyana in Sicherheit zu wissen oder sich das Leben zu nehmen, um sie zu beschützen, würde er sich das Leben nehmen.

Verdammt, sein Leben war plötzlich beschissen geworden. Und das alles nur, weil einer seiner Mitarbeiter das Siegel und den Filter der Spezialhülle nicht doppelt überprüft hatte, mit dem er das Gerät des Drachenritters untersucht hatte.

Sein Drache brüllte und schaffte es, die Finger in Krallen zu verwandeln. Alistair zwang sein Tier zurück in ein mentales Gefängnis, unsicher, wie lange er es noch halten konnte. Es war noch nicht einmal ein Tag vergangen, und er war mehr als erschöpft und in einem Zustand, den er nicht einmal beschreiben konnte.

Wenn Finn und sein Clan nicht bald eine Lösung fanden, müsste Alistair sich selbst opfern, um alle anderen zu retten, besonders Kiyana. Er weigerte sich, zum Schurken zu werden.

Sogar aus dem mentalen Gefängnis hallten die Schreie des Drachen durch seinen Kopf. *Nein, nein, NEIN!*

Sein Tier platzte aus dem unsichtbaren Gefängnis und stieß Alistair in eine Ecke, drehte den Spieß um und machte ihn zum Gefangenen.

Er gab sein Bestes, sich zu befreien – drängte, schob, hämmerte mit all seiner Kraft – aber Alistair konnte die Wände nicht bewegen.

Er hatte all das kaum ausprobiert, bevor er entsetzt zusehen musste, wie sich sein Drache wandelte, ohne sich darum zu scheren, dass die Ketten und Handschellen ihre Vorder- und Hinterbeine brachen, als sich ihre Gestalt in die eines Drachen änderte.

Weil die volle Verwandlung genug Kraft besaß, um das Metall zu spalten. Das bedeutete, sobald ihre Knochen innerhalb einer Woche geheilt waren – wenn auch etwas schlecht, weil sie nicht gesetzt wurden –, würde sein Drache, falls nötig, Kiyana finden und ihr unaussprechliche Dinge antun.

Alistair hatte eine Woche, nur eine Woche, um sich einen Plan zu überlegen. Denn egal, was dazu nötig war, selbst wenn es sein Leben kostete, er würde das nicht zulassen.

Als daher sein Drache mit dem Schwanz um sich schlug und sein Bestes tat, um den Boden entlang zur nächsten Wasserquelle zu kriechen, setzte sich Alistair in sein Gefängnis und begann, über mögliche Lösungen nachzudenken. Diesmal wollte er nicht versagen. Ja, er würde tun, was getan werden musste, um Kiyana zu beschützen, aber er hatte schon einmal eine Frau verloren, und er wollte verdammt nochmal sicher keine weitere verlieren.

Es musste einen Weg geben, das Tier für sich zu gewinnen. Es musste einfach.

Kiyana versuchte, die große, imposante Gestalt von Iris Mahajan hinter sich zu ignorieren, damit sie sich auf die kaum lesbaren Worte im Buch vor sich konzentrieren konnte. Doch selbst wenn die Frau still war, konnte Kiyana die dunklen Augen der Drachenfrau auf ihrem Hinterkopf spüren.

Sei nett, Kiyana. Sie macht nur ihren Job. Obwohl sie nicht dachte, dass Alistair es durch den Clan und ins Archiv schaffen würde, ohne dass jemand ihn erwischte, wollte Finn vorbereitet sein. Was bedeutete, dass Kiyana immer ein oder zwei Wachen bei sich hatte.

Iris war jedoch die geringste ihrer Sorgen. Es war

fast einen Tag her, und niemand hatte Alistair gefunden.

Allerdings hatte auch niemand, obwohl Kiyana regelmäßig von Finn informiert wurde, etwas zutage gefördert, das helfen könnte, ihn zu heilen.

Einschließlich Kiyana.

Sie schloss die Augen für ein paar Sekunden und versuchte, ihre Frustration zu unterdrücken. Kiyana hasste es, sich machtlos zu fühlen, unfähig zu sein, etwas beizutragen. Bis sie etwas finden konnte, das die Aufmerksamkeit der MDA-Direktorin verdiente – sie hatte bereits vergeblich all ihre vertrauenswürdigen MDA-Kontakte angezapft –, konnte sie nur in Sicherheit bleiben und ihre Forschung über langfristigere Hilfsmethoden fortsetzen.

Sicher musste es etwas geben, das sie aus einem der Bücher nutzen konnte, um Kommunikation und Allianzen zu verbessern. Schließlich waren Drachenwandler nicht immer isoliert gewesen, und sie war entschlossen, den Grund dafür herauszufinden.

Sie öffnete die Augen wieder und konzentrierte sich auf die dichtbeschriebene Seite. Die Forschung war das, womit sie Alistair helfen konnte, auch wenn es nur darum ging, seinen Traum zu verwirklichen. Sich über dieses oder jenes zu wundern, würde nichts bewirken.

In dem Buch *Eine Geschichte der Drachen vom Fall Roms bis 1900* wurde mehrfach erwähnt, wie die Drachenclans einst in der ganzen Welt vereint gewesen waren. Sie hatte aber noch keine Details gelesen. Natürlich war sie erst bis zum Jahr 1200 n. Chr. gekommen und hatte noch siebenhundert weitere Jahre zu durchforsten.

Unbeirrt überflog sie den Text weiter und suchte nach allem, was mit der Einheit zu tun hatte.

Etwa zwanzig Seiten später hielt sie beim Titel des Abschnitts inne: „Die Dettifoss-Versammlung, Island."

In der Vergangenheit waren Versammlungen wichtiger gewesen und hatten eine bedeutendere Rolle im täglichen Leben der Drachenwandler gespielt. Angesichts der Tatsache jedoch, dass der Autor schon seit circa einhundert Jahren keine Zusammenkünfte erwähnt hatte, war diese hier wahrscheinlich von großer Bedeutung.

Kiyana ging dazu über, sorgfältig zu lesen, anstatt es nur zu überfliegen:

Viele glauben, dass die Dettifoss-Versammlung eines der größten Treffen von Drachenclans in der Geschichte war. Vertreter aller Clans der nördlichen Hemisphäre kamen zusammen, um zukünftige Beziehungen zu diskutieren. Nach sechs Wochen Verhandlungen war die Dettifoss-Versammlung ins Leben gerufen. Die Drachenclans trafen sich von nun an alle zwei Jahre, um Informationen auszutauschen, Streitigkeiten innerhalb der Clans beizulegen und andere Dinge, die im Laufe der Geschichte verloren gegangen sind, zu klären.

Die Versammlung überlebte einige hundert Jahre und schloss schließlich auch Clans aus der südlichen Hemisphäre ein. Der Anbruch des menschlichen europäischen Kolonialismus zerstörte jedoch langsam die Allianzen, während die Drachenclans in Amerika, Asien und in der Pazifikregion neue Feinde bekämpfen und sich vor allem auf ihr Überleben konzentrieren mussten.

Es wurden mehrere Versuche unternommen, eine ähnliche Versammlung neu zu starten, aber aufgrund der übergreifenden Regeln und Gesetze, die von den verschiedenen menschlichen Regierungen im 19. und 20. Jahrhundert verabschiedet wurden, konnten die Drachenclans dies nicht erreichen.

Kiyana hörte auf zu lesen. Ideen schwirrten durch ihren Kopf, aber sie musste erst etwas überprüfen, bevor sie sie ausarbeitete. Sie drehte sich in ihrem Stuhl um und platzte Iris gegenüber heraus: „Hast du schon mal von der Dettifoss-Versammlung gehört?"

Iris zog die Brauen zusammen. „Aye, obwohl ich nicht sicher bin, warum du mich danach fragst."

Nun drehte sie sich ganz um und fragte: „Lernt jeder davon in der Schule? Oder bist du eine Ausnahme?"

Iris zuckte mit einer Schulter. „In Lochguard ist uns in der Schule ein paar Tage lang davon erzählt worden, und am letzten haben wir dann unsere eigene Versammlung geübt. Aber ich kann über keinen der anderen Clans sagen, ob es das bei ihnen gibt oder nicht."

Kiyana stand auf und ging zu der Drachenfrau. „Gibt es eine Möglichkeit, einige der anderen britischen Clans zu fragen, ob es bei ihnen auch unterrichtet wird? Vielleicht auch bei dem irischen im Glenveagh-Nationalpark? Du weißt schon, der mit dem weiblichen Anführer."

Iris sah ihr in die Augen. „Was dagegen, mir zu sagen warum? Ich werde ihre Zeit nicht ohne einen guten Grund verschwenden."

Kiyana brannte darauf, etwas zu unternehmen, irgendwas, auch wenn es keine sofortige Lösung für Alistair bot. Die Idee, die in ihrem Kopf brannte, konnte ihm helfen, vielleicht aber auch nicht. Aber selbst, wenn nicht, könnte es anderen helfen, einem ähnlichen Schicksal zu entgehen.

Nein. Sie würde nicht darüber nachdenken, was Alistair passieren könnte, wenn kein Heilmittel gefunden wurde. Sie glaubte an positive Gedanken und würde das jetzt bei sich selbst nicht ändern. Zumal die Drachenwandler in Großbritannien in den letzten Jahren große Hindernisse überwunden hatten. Sie könnten es auch dieses Mal schaffen.

Ungeachtet dessen wollte Kiyana das Netz potenzieller Informationsquellen erweitern. Sie musste herausfinden, wie viele Drachenwandler von der Dettifoss-Versammlung wussten, bevor sie einen Plan formulieren konnte, um sie zurückzubringen.

Sie konnte sich jedoch nicht einen Weg in das Gebäude der obersten Beschützer erzwingen und dann jemanden dazu bringen, sich an andere Clans zu wenden.

Sie müsste ein paar Minuten lang Iris' Fragen beantworten, wenn sie Hilfe wollte. „Wenn mehrere Drachenclans von der Dettifoss-Versammlung gehört haben, ist es möglich, sie wieder ins Leben zu rufen. Und ich weiß, dass es Barrieren und Hindernisse gibt, aber hör mir kurz zu." Iris nickte, und Kiyana fuhr fort: „Wenn sich herausstellt, dass die Versammlung zum Allgemeinwissen gehört, dann besteht eine nostalgische Bindung. Oft ist das nützlich, wenn es um Öffentlichkeitsarbeit und Verhandlungen geht, denn viele denken liebevoll an die alte Zeit zurück. Natürlich wäre sie jetzt anders und moderner, aber es ist ein Ausgangspunkt. Und eine gemeinsame Arbeitsgrundlage kann viel dazu beitragen, die Meinung der Leute zu ändern und sie langsam davon zu überzeugen, dass es funktionieren könnte."

„Das ist zwar bewundernswert, aber das, was du da vorschlägst, wird zu viel Zeit kosten, um Alistair zu helfen."

Ihr Herz zog sich zusammen, und Kiyana ignorierte es irgendwie. „Ich weiß, aber das ist etwas, das er erreichen wollte. Und wenn ich anderen in der Zukunft möglicherweise helfen kann, ist das eine gute Nutzung meiner Zeit." Sie zögerte und fügte dann etwas hinzu, das sie keinem der Drachenwandler mitgeteilt hatte: „Außerdem, wenn ich bestätigen kann, dass die Dettifoss-Versammlung weit verbreitetes Wissen ist, dann gibt es mir einen Grund, mich an die MDA-Direktorin zu wenden, um die Idee mit ihr zu besprechen. Und während ich das tue, kann ich auch fragen, ob sie Alistair helfen wird, indem sie sich an andere MDA-Direktoren auf der ganzen Welt wendet."

Iris zögerte nicht. „Ich dachte nicht, dass sie so etwas tun würden."

„Ich kann nicht für alle Direktoren sprechen, aber die des Vereinigten Königreichs schon. Die Tiefe ihrer Verbindungen auf der ganzen Welt ist nicht allgemein bekannt, aber sie hat sie. Als Rosalind Abbott ihr Amt antrat, hat sie um Ideen gebeten, um die Drachenbeziehungen zu verbessern. Das hier ist geeignet, also wird sie kurz nach meiner Anfrage mit mir sprechen."

Iris' kühler, gefasster Ausdruck änderte sich nicht. „Sagen wir, die anderen Clans haben von der Dettifoss-Versammlung gehört. Und sagen wir außerdem, die MDA-Direktorin ist offen dafür, die Idee zu unterstützen. Wenn ich mich recht erinnere, wurde die Versammlung durch menschliche Eingriffe beendet. Daran hat sich nichts geändert, also was ist deine Lösung dafür? Selbst wenn die MDA-Direktorin in Großbritannien an Bord ist, reicht sie allein nicht aus, um das zu erreichen, was du vorschlägst."

Für den Bruchteil einer Sekunde wünschte

Kiyana, Iris sei weniger vorsichtig und könnte leicht überzeugt werden. Doch wenn das der Fall wäre, wäre sie natürlich nicht die talentierte Beschützerin, die sie war.

Kiyana atmete tief durch und antwortete: „Ich bin sicher, wir können uns etwas einfallen lassen. Die MDA-Direktorin im Vereinigten Königreich arbeitet heimlich an Abkommen und Vereinbarungen über den Informationsaustausch mit anderen Ländern in Europa, den Commonwealth-Ländern und sogar Amerika. Ich weiß, dass das einen großen Teil der Karte nicht einschließt, aber es ist ein Anfang. Warum kann es keine UNO-ähnliche Institution für Drachenaufsichtsbehörden geben?" Iris öffnete den Mund, aber Kiyana drängte weiter. „Ich weiß, ich weiß, es wäre besser, wenn Drachen wahre Freiheit hätten. Aber da sind wir noch nicht. Lass uns also mit dem arbeiten, was wir jetzt tun können, und dann größere Probleme angehen."

Fast eine ganze Minute lang sagte Iris nichts. Während Kiyana Lochguard und seine Leute noch kennenlernte, wusste sie genug über diese Drachenfrau, um zu wissen, dass sie immer alles durchdachte. Sie zu hetzen würde nichts bewirken.

Als Iris schließlich antwortete, hielt Kiyana den Atem an und spitzte die Ohren für jedes einzelne Wort. „Lass uns mit Finn reden. Wenn er deine Idee unterstützen will, helfe ich dir. Aber das ist nicht meine Entscheidung."

Sie atmete aus. Das war besser als ein klares Nein. „Bitte sag mir, dass wir sofort zu Finn gehen können."

Iris deutete auf die Tür. „Cooper sollte noch an der Tür sein. Solange wir zu zweit sind, können wir dich auf dem Weg zu Finns Haus beschützen."

Kiyana nahm das Buch. „Und ich hoffe, du kannst die Frau, die das Archiv leitet, davon überzeugen, dass wir uns das ausleihen müssen."

Seufzend verließ Iris den Raum. „Es wird ihr nicht gefallen, aber da sie meine Mutter ist, werde ich einen Weg finden, sie zu überzeugen."

Unter anderen Umständen hätte Kiyana vielleicht gelächelt und dem Universum für ihr Glück gedankt. Stattdessen jedoch las sie immer wieder die Passagen, die sich auf die Dettifoss-Versammlung bezogen, um sie in Erinnerung zu behalten. Auch wenn sie lieber mehr Zeit gehabt hätte, um sich vorzubereiten, musste sie wohl das nutzen, was sie hatte. Vor allem, weil sie keine Ahnung hatte, wie es Alistair ging oder wie viel schlimmer es bereits war.

Nein, je eher sie mit der MDA-Direktorin über ihre Idee reden und sehen konnte, ob einer ihrer Verbündeten ein Heilmittel für seinen Zustand hatte, desto besser.

Es war ihr nicht einmal wichtig, ob sie Anerkennung bekäme, wenn irgendwann eine neue Versammlung ins Leben gerufen wurde. Alles, was sie wollte, war, ihren zukünftigen Gefährten ohne

Stress und Schmerzen wiederzusehen, und vielleicht, nur vielleicht, könnte die britische MDA-Direktorin die Hilfe sein, die sie brauchten, um ihr Ziel zu erreichen.

Kapitel Zehn

K iyana saß in Finns und Arabellas Cottage und gab ihr Bestes, Meg Boyd Aufmerksamkeit zu schenken.

Aber sie versagte kläglich.

Die Bewältigungsmethode der älteren Frau war Geplauder. Aber ihr ständiges Geplapper lenkte Kiyana davon ab, ihre Rede und Vorschläge an die MDA-Direktorin zu perfektionieren.

Nicht, dass sie mit Direktorin Abbott reden könnte, bis Finn mit seinen Verbündeten gesprochen hatte. Kiyana fürchtete die Frau nicht, wie es manche vielleicht taten. Sie hatte im Laufe der Jahre ein paarmal mit ihr zu tun gehabt, lange bevor sie das Ministerium für Drachenangelegenheiten übernommen hatte.

Ihr Vorschlag für eine internationale Drachenaufsichtskoalition war jedoch wichtig, und sie musste ihre Argumente und Fakten genau richtig vortragen.

Meg griff über den Tisch und nahm ihre Hand. „Geht's dir gut, Mädel?"

Sie blinzelte. Kiyana hatte nicht einmal bemerkt, dass die ältere Frau aufgehört hatte zu reden. „Ob es mir gut geht oder nicht, spielt im Moment keine Rolle. Ich möchte einfach aufhören, hier zu sitzen und zu grübeln, damit ich etwas tun kann."

Meg lächelte. „Stur, entschlossen und fürsorglich. Du passt genau nach Lochguard, Kiyana."

Nur wenn Alistair zurückkam und noch ganz und nicht verrückt war.

Nicht, dass sie diese Möglichkeit bei Alistairs Mutter erwähnen und ihr noch mehr Sorgen bereiten würde.

Iris, die an einer der Küchenarbeitsflächen lehnte, sprach seit einiger Zeit zum ersten Mal. „Bist du dir sicher, dass du hier sein möchtest, Meg? Vielleicht solltest du helfen, deine älteren Enkel abzulenken, damit sie sich keine Sorgen um ihren Onkel Alistair machen."

Kiyana verkniff sich ein Lächeln. Schuldgefühle waren einer der wenigen Wege, Meg dazu zu bringen, etwas zu machen. Die Beschützerin kannte ihre Clanmitglieder gut.

Vielleicht konnte sie, sobald alles mit Alistair geklärt war, mehr mit Iris reden. Die Drachenfrau sprach nicht viel, aber oft war es von Bedeutung, wenn sie es tat.

Und ja, mit Alistair wäre alles in Ordnung.

Kiyana weigerte sich, an ein anderes Ergebnis zu denken.

Meg ließ Kiyanas Hand los und stand auf. „Ich weiß, wenn meine Anwesenheit nicht erwünscht ist. Du bist jetzt vielleicht Beschützerin, Iris, aber ich erinnere mich noch an dich, als du ein kleines Ding warst, das sich immer oben in den Bäumen versteckt hat."

Iris hob eine Braue. „Ich konnte von den Bäumen aus alle besser beobachten."

Meg seufzte und drehte sich zu ihr um. „Ich werde später nach dir sehen, Mädel. Aber zögere nicht, dich an mich zu wenden, aye? Du bist die wahre Gefährtin meines Alistair, und das macht dich fast zu Familie."

Da Kiyana nicht viel Familie hatte, war es seltsam, so viele Leute zu haben, die sich auf einmal um sie kümmern wollten. „Das werde ich."

„Gut. Dann bin ich jetzt weg." Sie durchbohrte Iris mit einem Blick. „Du sagst es mir sofort, sobald du etwas weißt, aye? Immerhin ist es mein Sohn, dem sie zu helfen versuchen. Und ich würde lieber nicht mit deiner Mutter darüber reden, dass du Dinge vor mir verheimlichst."

Man musste Iris hoch anrechnen, dass sie nur nickte und nichts über die kleine Bedrohung sagte.

Sobald Kiyana mit der Beschützerin allein war, stand sie auf und ging in der ganzen Küche auf und ab. Da Meg weg war, musste sie nicht mehr so tun, als wäre sie cool und gefasst. „Sollte Finn nicht mittlerweile fertig sein? Er ist jetzt schon mindestens zwei Stunden in seinem Büro, seit ich mit ihm gesprochen habe."

Die Drachenfrau öffnete den Mund, um zu antworten, aber ihr Telefon piepte. Nachdem sie einen Blick darauf geworfen hatte, stöhnte Iris. Kiyana fragte: „Was ist los?"

„Hat nichts mit Alistair zu tun, keine Sorge. Finn hat jemanden um Hilfe bei der Geschichte der Dettifoss-Versammlung gebeten. Aber weswegen er einen Archäologen gefragt hat, habe ich keine verdammte Ahnung."

„Archäologe?", wiederholte sie.

„Aye, Max Holbrook. Er wird in Kürze hier sein, und du kannst mit ihm reden, während wir auf Finn warten."

Sie hatte den Namen schon mal gehört, und er rief einen Fedora tragenden Menschen mit einer riesigen Sammlung von Artefakten aus der römischen Zeit in ihre Erinnerung. „Ich habe ihn schon einmal getroffen, auf der Ausstellung des MDA in Glasgow."

„Dann weißt du, wie verdammt nervig er ist." Iris warf einen weiteren Blick auf ihr Handy. „Bleib hier. Er ist fast an der Tür. Ich möchte ihm einige Grundregeln erklären, bevor du mit ihm redest."

Kiyana wusste nicht, ob Iris Einschränkungen für das, was mitgeteilt werden durfte und was nicht, auferlegen würde. Sie wollte sich jedoch nicht davon abhalten lassen, so viel wie möglich herauszufinden, um Alistair zu helfen.

Sie ging ein paar Minuten weiter auf und ab und überlegte, was sie wusste, bis ein blonder Mann mit einem ramponierten Fedora und Kleidung mit Schmutzflecken in den Raum kam.

Max verschwendete keine Zeit, sondern streckte eine mit trockenem Schlamm verkrustete Hand aus. „Sie müssen Kiyana sein, schön, Sie kennenzulernen. Obwohl die soziale Seite der Anthropologie meine Lust nie so sehr angeregt hat wie der archäologische Teil, ist es immer noch schön, jemanden zu treffen, der ein gemeinsames Interesse hat."

Sie entschied sich, später die Hand waschen zu können, schüttelte seine und antwortete: „Ich hoffe, Sie können helfen."

„Ja, natürlich. Ich war sogar ein paarmal in Dettifoss, obwohl es da nicht viel gibt, um die Lücken in der Geschichte zu schließen." Er senkte die Stimme. „Es ist schwer, richtige Genehmigungen zu bekommen, verstehen Sie. Ich muss also andere Wege finden, um die Dinge zu untersuchen."

Iris' Stimme füllte den Raum. „Aye, für gewöhnlich brechen Sie das Gesetz."

Er legte den Hut über sein Herz. „Alles im Streben nach Wissen. Das ist viel wichtiger."

„Bis Sie eines Tages im Gefängnis landen", murmelte Iris.

Kiyana wollte keine Zeit verschwenden und ergriff wieder das Wort. „Setzen Sie sich doch bitte, und sagen Sie mir alles, was Sie wissen. Ich brauche so viele Informationen wie möglich, um die MDA-Direktorin davon zu überzeugen, uns zu helfen."

Max hob die Brauen. „Sie kennen die MDA-Direktorin? Meine Güte, das ist ziemlich beeindruckend, Dr. Barnes."

„Kiyana, bitte, und sagen wir doch Du."

Plötzlich wurde ihr bewusst, dass sie nur Kiyana und nicht Kiki als Option angeboten hatte. Alistair, der immer ihren vollen Namen benutzte, hatte sie überzeugt, dass es zu einer Erwachsenen besser passte.

Da sie nicht an Alistair denken wollte und den Fokus verlor, beugte sie sich vor und sagte: „Sag mir alles, was du weißt, Max. Und schnell."

Iris schnaubte auf ihrem Platz an der Theke, aber Kiyana ignorierte sie und hörte sich alles an, was Max ihr sagen konnte.

Finlay Stewart hatte in der kurzen Zeit, in der er Clan-Führer war, einiges erreicht. Von Bündnissen mit anderen nahe gelegenen Drachenclans über die Veränderung des Menschenopferprogramms bis hin zur Unterstützung seiner Cousine Faye als einer der ersten weiblichen obersten Beschützer in jüngster Zeit; all das war notwendig gewesen, hatte aber auch dazu beigetragen, dass sein Clan zu einem stabileren, einladenderen Ort zum Leben wurde.

Natürlich passierte immer wieder irgendwelcher Mist, um seinen Clan oder sogar seine Familie davon abzuhalten, mal zu Atem zu kommen und etwas Frieden zu genießen.

Nicht, dass es Alistairs Schuld war. Finn hatte den Drachenmann um Hilfe gebeten, und ein kleiner Fehler von Alistairs Mitarbeitern hatte es in ein bösartiges, unvorhersehbares Problem verwandelt.

Eins, das er lösen würde, was auch immer nötig war.

Und nicht nur, weil er und Alistair einst beste Freunde gewesen waren. Dr. Kiyana Barnes versuchte Berge zu versetzen, um einen Mann zu retten, den sie kaum kannte, und Finn wollte sie nicht enttäuschen. Sein Clan konnte jemanden wie sie gebrauchen, und nicht nur, weil in Lochguard so wenige Menschen lebten.

Sein Drache knurrte, *Warum hast du Skyhunter noch nicht privat gefragt, ob sie die amerikanischen Clans um Informationen bitten können?*

Es sind weniger als vierundzwanzig Stunden seit Alistairs Unfall vergangen. Die Zusammenarbeit mit Stonefire und ihren Ärzten war wichtiger, ebenso wie die Koordination mit den Beschützern, um das Gebiet nach Alistair zu durchsuchen.

Sein Drache knurrte. *Das hier ist das Leben eines Drachenmanns, nicht irgendeine diplomatische Handlung, die ich nicht verstehe. Du solltest sie fragen und keine Zeit mit schicken Videokonferenzen über größere Pläne verschwenden. Es wäre eine Frage von Minuten und hätte gestern schon erledigt werden können.*

Finn wusste, dass sein Tier anders funktionierte als seine menschliche Hälfte und oft keine Protokolle verstand. Aber manchmal machte es die Dinge viel schwieriger als nötig. *Ich habe bereits die Ärzte hier und in Stonefire darangesetzt, die Daten zu analysieren und andere Kollegen fragen, denen sie vertrauen. Wir können viele Dinge tun, aber wir sind keine Ärzte oder Forscher. Wir müssen uns auf andere verlassen, um Alistair zu helfen. Unabhängig davon, was du denkst, aber das Meeting findet jetzt statt, mit allen Führungspersönlichkeiten Großbritanniens. Es spart Zeit, sich sofort zu koordinieren.* Sein Drache grunzte in der Niederlage, und Finn fügte hinzu, *Darüber hinaus können wir gleichzeitig versuchen, die Zukunft zu gestalten. Kiyanas Idee ist gut, wenn wir die anderen überzeugen können.*

Sein Tier verstummte, ein Zeichen stillschweigender Zustimmung.

Was gut war, denn die Gesichter der anderen Anführer von Stonefire, Skyhunter, Snowridge und Northcastle kamen auf den Bildschirm, einer nach dem anderen in ihrem jeweiligen Kasten.

Es war die erste Videokonferenz, an der alle Clanführer Großbritanniens gleichzeitig teilnahmen. Vor ein paar Monaten wäre es undenkbar gewesen. Und doch waren sie alle hier.

Er hätte lieber Arabella dabei. Nicht nur wegen

der Wichtigkeit der Ereignisse, sondern auch, weil sie in jeder Hinsicht seine Partnerin war. Er wusste jedoch nicht, wie die anderen darauf reagieren würden, Gefährtinnen in das Meeting einzubeziehen. Er vertraute den meisten Gesichtern auf dem Bildschirm, besonders Bram von Stonefire, aber er wollte keinen Staub aufwirbeln. Nicht, wenn er sie um den verdammt größten Gefallen bitten musste.

Bram war der Erste, der sich äußerte. „Wir sind alle hier. Jetzt sag uns, warum."

Finn dankte Bram insgeheim für diese Starthilfe, obwohl der Stonefire-Anführer bereits das meiste von dem wusste, worum es bei der Videokonferenz gehen würde. Aber er hatte Kiyanas Vorschlag erst einmal zurückgehalten. „Erstens: Seid ihr alle sicher, dass die Leitungen an eurem Ende sicher sind?" Alle nickten, und Finn fuhr fort: „Sind alle auf dem neuesten Stand bei dem, was vor nicht allzu langer Zeit in Wales geschehen ist?"

Sein Drache grunzte. *Hör auf, so vage zu sein.*

Ich werde Snowridges oder Rhydians Vertrauen nicht verletzen.

Rhydian war der walisische Clanführer und der einzige Ungepaarte der Gruppe. Nun, genau genommen waren auch die gemeinsamen Anführer von Skyhunter – Honoria und Asher – noch nicht gepaart, aber definitiv zusammen.

Es war die Frau aus Skyhunter, Honoria, die sich zu Wort meldete. „Wir versuchen noch, alles aufzuholen. Ich weiß, dass Drachenjäger Kinder entführt und unter Drogen gesetzt und sie auch für Experimente benutzt haben. Darüber hinaus wurden die Jäger durch einen gemeinsamen Einsatz der Clans gefangen und dem MDA übergeben. Aber es gibt viele Details, die wir nicht haben, da der ehemalige Anführer hier keine Informationen weitergegeben oder erhalten hat."

Finn antwortete: „Aye, Marcus King war ein Bastard. Ihr beide versteht das."

Der ehemalige Skyhunter-Anführer hatte seine eigenen Clanmitglieder gefoltert, einige hingerichtet und sogar mit dem ehemaligen korrupten MDA-Direktor zusammengearbeitet. Alles in allem war Skyhunter jahrelang ein verdammtes Chaos gewesen.

Finn und Bram hatten jedoch vor kurzem einige Zeit mit den neuen Anführern verbracht und waren hoffnungsvoll, was Skyhunters Zukunft anging.

Sein Drache knurrte. *Sag ihnen endlich einfach, was los ist. Das hier ist nur Zeitverschwendung.*

Der walisische Anführer, Rhydian, kam ihm mit einer Erklärung zuvor. „Ja, das ist korrekt. Aber wir haben auch jeden Zentimeter durchsucht, ihr Versteck auseinandergenommen und alles, was wir gefunden haben, konfisziert. Eine der jüngsten Entdeckungen war ein winziges Mikrochip-Gerät, das in den Körper einer Person injiziert werden kann. Alistair war dabei zu untersuchen, wie ein solches Gerät gebaut wurde."

Finn sprang ein: „Aye, und während er es

studiert hat, entwich die Chemikalie aus dem Gerät und hat seinen aktuellen Wahnsinn ausgelöst." Finn erklärte schnell Alistairs Symptome. Bevor einer der Anführer ihn mit Fragen unterbrechen konnte, fuhr er fort: „Und das bringt mich zu dem, warum ich um diese Videokonferenz gebeten habe. Ich will Alistair helfen, aber dafür braucht es mehr als nur meinen Clan. Ich werde gleich auf den Punkt kommen, um Zeit zu sparen: Wir müssen so viele unserer Drachen-Verbündeten erreichen, wie wir können, um zu sehen, ob sie Vorschläge haben, wie wir Alistair heilen können."

Lorcan, der nordirische Clanführer und Älteste von allen, grunzte. „Das ist ja alles gut und schön, aber wie willst du die verschiedenen Drachenaufsichtskomitees umgehen? Ich habe schon genug verdammte Mühe, mich mit Clans in der Republik Irland zu koordinieren, und wir sind auf derselben verflixten Insel. Ich wette, es ist fast unmöglich, einfach irgendeinen Clan zu kontaktieren, der dir gerade gefällt, und nicht in Schwierigkeiten zu geraten."

Finn hob eine Hand, um jeden anderen einen Moment lang vom Sprechen abzuhalten. „Wir alle kennen die Schwierigkeiten, aye. Und es wird nicht leicht sein. Aber jeder hat von der Dettifoss-Versammlung gehört, oder?"

Bram runzelte die Stirn. „Du meinst die längst eingestampfte Versammlung von Drachenwandlern, die alle zwei Jahre stattgefunden hat? Was hat das mit eurem neuen Clanmitglied zu tun, Finn?"

Finn stand Bram von allen Clanführern am nächsten. Und während er es die meiste Zeit zu seiner Mission machte, den Anführer von Stonefire zu necken, war jetzt nicht der richtige Zeitpunkt dafür. Nicht, wenn Alistairs Leben auf dem Spiel stand. „Ich denke, wir sollten etwas Ähnliches zurückbringen. Im Moment ist es unmöglich, aber wir können unser Bestes tun, indem wir andere Clans vorerst allein kontaktieren." Brams Stirnrunzeln bedeutete, dass er widersprechen würde, also fügte Finn schnell hinzu: „Und bevor ihr protestiert, solltet ihr wissen, dass einer der Menschen hier die MDA-Direktorin kennt und glaubt, sie überzeugen zu können, uns dabei zu helfen. Ich vermute, dass Direktorin Abbott es ignorieren wird, wenn wir irgendwie dabei erwischt werden, dass wir andere Drachenclans kontaktiert haben."

Lorcan grunzte. „Das sagst du, aber wenn du es nicht schriftlich hast, werde ich mich nicht darauf verlassen."

Der walisische Anführer nickte. „Ich gebe es nur ungern zu, aber ich bin deiner Meinung. Abbott ist besser als die früheren Direktoren, aber sie hat sich mein Vertrauen noch nicht verdient."

Finn runzelte innerlich die Stirn. Er war normalerweise besser darin, andere von seiner Denkweise zu überzeugen.

Sein Drache sagte leise: *Du mutest dir jeden Tag mehr zu. Du brauchst Hilfe.*

Bevor er seinem Tier sagen konnte, es solle still sein – selbst, wenn es die Wahrheit sagte – warf Bram ein: „Vergesst die Direktorin für eine Minute. Da gibt es etwas Wichtiges, das du uns nicht erzählst, Finn. Wer ist diese mysteriöse Person mit Verbindungen zum MDA, und warum will sie Alistair so unbedingt helfen?"

Er zuckte die Schultern. Es hatte keinen Sinn, diese Information hinauszuzögern. „Ich habe es nicht verheimlicht. Ich bin nur noch nicht zu diesem Punkt gekommen." Bram seufzte, und Finn ignorierte es. „Der Mensch ist Dr. Kiyana Barnes. Sie ist Anthropologin und arbeitet für das MDA. Und sie ist Alistairs wahre Gefährtin."

Lorcan stieß einen Pfiff aus. „Bitte sag mir, dass er den Rausch schon durchgemacht hat, bevor er dieser mysteriösen Droge ausgesetzt wurde."

Finn schüttelte den Kopf. „Ich fürchte nicht."

Skyhunters anderer Anführer, Asher, sprach zum ersten Mal. „Lass mich raten – du weißt nicht mal, wo er im Moment ist, oder?"

„Nein", antwortete Finn.

Alle redeten gleichzeitig, sogar sein Drache. *Du musst die Kontrolle über das Meeting übernehmen. So schnell werden wir Alistair nie helfen können.*

Menschliche Hälften verkomplizieren die Dinge. Das weißt du.

Sein Tier grunzte. *Und es ist nervig.*

184

Finn klatschte in die Hände, bis alle schwiegen. „Nein, es ist nicht ideal. Aber es ist ein Clan-Mitglied und mein Freund, von dem wir reden. Und eine Frau, die ihn kaum kennt, tut alles, was sie kann, um ihm zu helfen. Wir können zumindest dasselbe tun, wenn man bedenkt, dass wir alle Verbündete sein sollten."

Die beiden Skyhunter Anführer sahen einander an, und für einen Moment wünschte er sich, Arabella wäre bei ihm. Sie war viel besser darin, Alphas, sture Drachenmänner, zur Räson zu bringen als er.

Aber das war sie nicht, und er würde seinen Job erledigen. Er sah zu dem nordirischen Drachenanführer. „Lorcan, ich lasse meine Chefärztin ihre Analyse der Droge an dich schicken. Du kannst auch sehen, was Teagan und die anderen Clans in Irland über ein Heilmittel wissen oder nicht. Und bevor du sagst, dass es mit den beiden MDA schwierig ist, wissen wir alle, dass deine Gefährtin hilfreich genug sein sollte, um sich an Glenlough zu wenden."

Lorcan hatte vor kurzem die Mutter von Teagan O'Shea gepaart, Glenloughs Clanführerin, was bedeutete, dass eine direkte Verbindung zwischen den Drachenclans in Nordirland und der Republik Irland bestand. Nicht einmal Lorcan konnte die Verbindung abstreiten.

Lorcan grunzte. „Ich werde sie fragen."

„Gut." Finn wandte sich Rhydian zu. „Mach dasselbe mit allen Verbindungen, die du mit anderen

Drachenclans hast. Ich glaube, du kennst einige in Australien."

Rhydian nickte. „Die Familie meines Großvaters ist da. Und da du uns von Anfang an geholfen hast, wird Snowridge alles tun, um Alistair zu retten."

Zu Beginn ihrer Bekanntschaft hatte Finn an dem walisischen Anführer gezweifelt. Aber mit der Zeit hatte er mehr über ihn erfahren und dachte, eines Tages wäre er ein engerer Verbündeter. „Gut." Finn sah zu dem Skyhunter-Paar. „Ich weiß, dass in letzter Zeit viel passiert ist, und ihr beide führt Skyhunter noch nicht lange an, aber ich weiß auch, dass ihr Verbindungen nach Amerika habt, Honoria. Ihr müsst euch an sie wenden. Und wenn es andere gibt, denen ihr vertraut, dann bittet sie, dasselbe mit so vielen Clans wie möglich zu tun."

Der männliche Skyhunter-Anführer runzelte die Stirn und sprach zuerst. „Wir haben eine lange Liste von Dingen zu tun, um Skyhunter dorthin zu bringen, wo es sein muss, Finn. Und du weißt das auch verdammt gut."

„Aye, aber tu das, und es wird mein Vertrauen in euch beide stärken. Außerdem habe ich zugestimmt, deine Schwester aufzunehmen, Asher. Du kannst wenigstens das für mich tun."

Ashers Schwester hatte einen schweigenden Drachen. Die Hintergrundgeschichte war lang, aber alles, was zählte, war, dass Arabella dem Mädel helfen wollte. Finn hätte sie so oder so aufgenommen, aber es war auch nützlich, neuen Anführern einen kleinen Anstoß zu geben.

Die Skyhunter-Anführerin antwortete: „Ich werde es tun. Und auch nicht nur, weil du Aimee aufnimmst. Wenn wir eines Tages einen Gefallen brauchen, hoffe ich, dass du auch hilfst."

„Ich werde es versuchen, obwohl ich keine Wunder versprechen kann." Finn sah den letzten Anführer an und damit einen, den er einen Freund nannte – Bram. „Ich weiß bereits, dass du helfen wirst. Halte mich einfach auf dem Laufenden, aye?"

„Natürlich."

Finn sah jeden Anführer der Reihe nach an. „Eine letzte Sache. Sobald dieses Problem gelöst ist, möchte ich mehr über eine Dettifoss-ähnliche Versammlung sprechen. Vielleicht sollten wir zu zweiwöchentlichen Treffen übergehen, um uns besser kennenzulernen und Bündnisse zu stärken."

Das war ein Schritt, den er vorher mit Bram besprochen hatte, aber nicht mit den anderen. Finn wusste nicht, was er zu erwarten hatte.

Der walisische Anführer nickte. „Für mich in Ordnung. Vielleicht brauche ich auch bald Hilfe bei etwas. Und je mehr Verbündete mein Clan hat, desto besser." Finn öffnete den Mund, um zu fragen, was, aber Rhydian fuhr fort. „Darüber müssen wir uns jetzt noch keine Sorgen machen. Ich würde es jedenfalls nicht als Notfall einstufen. Suchen wir zuerst einen Weg, um Alistair zu finden und hoffentlich zu retten."

Lorcan meldete sich als Nächster. „Sobald meine Gefährtin hört, was los ist, wird sie helfen wollen. Setzt einfach nicht wieder zu viel voraus, aye? Ich weiß, dass du und Bram versucht, etwas zu ändern, aber ich habe viel mehr Erfahrung mit bestimmten Dingen. Vergesst das nicht!"

Lorcan regierte Northcastle schon seit Jahrzehnten. Obwohl Finn wusste, dass Lorcan daran dachte, bald in den Ruhestand zu gehen, wollte er das nicht ansprechen. „Verstanden." Er sah zu dem Skyhunter-Paar. „Und ihr zwei? Bereit, euren ersten guten Willen für eine zukünftige Allianz zu zeigen?"

Die Frau meldete sich zu Wort. „Wie gesagt, wir werden helfen. Obwohl ich nichts versprechen kann, da ich nicht alle Clans in Amerika kenne."

„Das erwarte ich auch nicht, Honoria. Danke!" Er sah jeden Anführer noch einmal an und sagte: „Ich werde mein Handy jederzeit bei mir haben. Ruft mich an, wann immer es nötig ist, selbst mit dem kleinsten Update. Und im Ernst, ich schätze eure Mitarbeit."

Die Anführer verabschiedeten sich, und der Bildschirm wurde dunkel.

Finn stieß ein Seufzen aus und erhob sich. Als er sich jedoch umdrehte, stand Arabella bereits in der Tür. „Du bist umwerfend, Finn. Und nein, tu das nicht ab."

Er ging zu ihr und berührte Arabellas Wange. „Hoffen wir, dass es ausreicht, um Alistair zu helfen."

Sie küsste ihn schnell und bemerkte dann: „Kiyana ist bereit, mit der MDA-Direktorin zu sprechen. Sie will dich in der Nähe haben, damit sie dich in das Meeting miteinbeziehen kann, wenn es gut läuft."

Nachdem er Arabellas Wange ein paarmal gestreichelt hatte, nickte er. „Aye, das ist möglich. Obwohl du mein Handy bei dir behalten musst, falls jemand anruft. Ich möchte nichts verpassen."

„Keine Sorge. Mein Dad hilft, auf die Kinder aufzupassen, zusammen mit Tante Lorna und Ross. Wir müssen uns also keine Gedanken darüber machen, dass kleine Drachen versuchen, ein bisschen aus dem Fenster zu springen."

Er lächelte. „Eigentlich freue ich mich wieder darauf. Also lass uns dieses Problem lösen, aye? Und dann kann ich unsere Tochter verwöhnen und mich dafür von dir tadeln lassen."

Sie versetzte ihm einen Klaps auf die Brust. „Du bist der Schlimmste."

„Aye, aber du liebst mich trotzdem."

Nachdem Finn seiner Gefährtin einen weiteren schnellen Kuss gegeben hatte, folgte er Arabella in die Küche. Es war an der Zeit, den nächsten Punkt seiner unendlichen Aufgabenliste anzugehen.

Kapitel Elf

Alistair hatte vor langer Zeit aufgehört, einen Fluchtversuch aus seinem mentalen Gefängnis zu unternehmen, und stattdessen unzählige Stunden damit verbracht, alles über innere Drachen, den Rausch und sogar boshafte Drachen zu durchdenken. Obwohl eine geringe Chance bestand, dass die Wirkung der Droge von allein nachließe, konnte er sich nicht darauf verlassen. In etwas mehr als fünf Tagen würden seine Knochen heilen, und sein Tier ginge dann auf die Suche nach Kiyana.

Aye, Finn würde sein Bestes tun, um die Frau zu beschützen. Aber mit einem unberechenbaren Drachen, der durch den Einfluss einer unbekannten Substanz noch gefährlicher gemacht worden war, reichte es vielleicht nicht aus.

Dank der zusätzlichen Mauern, die er um seine eigene geistige Präsenz herum gebaut hatte, konnte

Alistair denken, ohne dass sein Drache es hörte. Hin und wieder sickerten die Gefühle seines Tiers durch, die Lust und Dominanz, aber nicht genug, um ihn in den Wahnsinn zu treiben.

Zum ersten Mal, seit sein Drache mit ihm gesprochen hatte, als er sechs Jahre alt gewesen war, musste Alistair allein denken und planen.

Es war seltsam und gab ihm einen Einblick in das, womit Menschen zu kämpfen hatten. Aber trotzdem würde er es irgendwie so gut wie möglich machen.

Es musste etwas geben, das er im Laufe der Jahre gelesen hatte, das ihm helfen könnte. Seit die Drachenritter begonnen hatten, verschiedene Drogen gegen Drachenwandler einzusetzen, hatte Alistair alles getan, um die Auswirkungen und Heilmittel zu verfolgen. Obwohl er kein Biologe oder Chemiker war, hatte er genug davon studiert, um die Grundlagen zu verstehen und eigene Theorien darüber zu entwickeln, was helfen könnte.

Das Moos aus Wales hatte den weiblichen Drachen geheilt, und es gab noch etwas aus dem Amazonas-Regenwald, das den Kindern in Wales geholfen hatte. Er versuchte und versagte darin, sich an die chemischen Zusammensetzungen zu erinnern und was an ihnen ähnlich war.

Die neueste Runde der Lust und des Verlangens seines Tiers drang in seinen mentalen Raum, und Alistair tat sein Bestes, um alle Risse zu flicken. Dabei erinnerte er sich an die Wirkung der Drogen und wie sie in jemandes Zellen eingedrungen waren.

Oder besser gesagt, bestimmte Zelltypen. Da die Drachenritter-Drogen nicht bei Menschen wirkten, beschränkte sich die Wirkung auf drachenwandler-spezifische Gene und Marker.

Er hielt inne. Was wäre, wenn das Einbringen von menschlichem Blut in einen Drachenwandler dazu beitrug, die Wirkung der Droge zu verwässern?

Alistair erinnerte sich nicht daran, jemals von einer solchen Bluttransfusion gehört zu haben. Normalerweise wollten Menschen Drachenwandler-blut, um Krankheiten zu heilen. Wenn es jedoch jemand schon einmal umgekehrt versucht hatte, wäre es ohne Zweifel im Kriegsfall gewesen, als es keine andere Möglichkeit gegeben hatte, als eine Bluttransfusion von Mensch zu Drachen zu versuchen.

Was bedeutete, dass er mit Rafe Hartley und Nikki Gray in Stonefire reden musste. Beide hatten in der Armee gedient – ein Mensch und ein Drachenwandler – und kannten wahrscheinlich andere, die sich auch an ihre Kontakte wenden konn-ten. Sie könnten Licht auf die Angelegenheit werfen.

Natürlich konnte er nicht einfach nach Stonefire fliegen und sich lang und gemütlich unterhalten. Er musste sich einen Weg überlegen, seine Informa-tionen zu bekommen, damit Finn und die anderen es untersuchen konnten.

Die einzige Frage war, wie.

Selbst wenn er es schaffte, lange genug die Kontrolle zu erkämpfen, um einen Anruf zu tätigen, seine Beine waren gebrochen, und er konnte nicht laufen oder springen, um in die Luft zu kommen.

Die einzige Option – und das war eine winzige – war, seine Kraft zu sparen und einen Weg zu finden, die Kontrolle zu übernehmen, sobald seine Wunden geheilt waren. Nun, geheilt, so gut sie konnten, ohne dass ein Arzt seine Knochen wieder in Position gebracht hatte.

Alistair war ziemlich sicher, dass er den Rest seines Lebens hinken würde.

Aber er würde das Hinken vorziehen, wenn er sich dafür nicht umbringen musste. Er hoffte nur, dass Kiyana nicht die Art von Frau wäre, die es sich wegen einer solchen Veränderung anders überlegen würde.

Nein. Er dachte nicht, dass sie so wäre.

Um sie zu erreichen, musste er seinen Plan verfeinern. Er konzentrierte sich auf das, was er tun musste, wenn er wieder laufen konnte, und ging jede Technik durch, die er kannte, wenn es darum ging, einen inneren Drachen einzudämmen.

Schließlich könnte Alistair mit dem derzeitigen Temperament seines Drachen nicht lange die Kontrolle übernehmen. Er brauchte keine Stunden, nur lang genug, um Lochguard anzurufen, bevor er einen Weg fand, sich selbst bewusstlos zu schlagen, damit die anderen ihn finden konnten.

Ihn finden, um ihm entweder irgendeine Art

Heilmittel zu verabreichen oder ihn zu töten, um alle zu beschützen.

Alistair hasste die Variablen in seiner Gleichung, aber im Moment war es alles, was er hatte.

Er würde natürlich weiter darüber nachdenken. Doch er würde es aus der winzigen Ecke seines Geistes tun, mit so wenig Energie wie möglich. Auf diese Weise wäre er bereit an dem Tag, an dem er wieder laufen konnte.

Kiyana tat ihr Bestes, um gleichmäßig zu atmen, als die britische Direktorin des MDA, Rosalind Abbott, auf dem Bildschirm erschien.

Die dunkelhaarige Frau lächelte oft, aber ähnlich wie Lochguards Anführer, war es normalerweise, um ein falsches Gefühl von Sicherheit und Leichtigkeit zu schaffen. Keiner von ihnen wollte jemandem wehtun, aber beide verstanden, wie Machtspiele funktionierten, besonders wenn es darum ging, sich von anderen unterschätzen zu lassen. Auf diese Weise erwartete niemand, dass man zuschlug.

Kiyana schob all die Jahre, in denen sie das faszinierende Thema Macht und Kontrolle studiert hatte, beiseite und gab ihr Bestes, Direktorin Abbott anzulächeln. Die ältere Frau sprach endlich. „Angesichts des Inhalts Ihrer Nachricht wissen wir beide, dass dies keine Routine-Aktualisierung ist. Also, was ist das für eine Idee, die Sie da angedeutet haben?"

„Es hat mit einer weltweiten Zusammenarbeit zu tun."

„Sie gehen gleich in die Vollen, nicht wahr, Dr. Barnes?"

„Sie ja auch, Direktorin."

Rosalind lächelte ein paar Sekunden lang aufrichtig. „Das stimmt. Also erzählen Sie mir im Detail von dieser Idee und warum es so wichtig für mich war, sie jetzt zu hören, anstatt erst in ein paar Tagen."

Kiyana hatte vor dem Treffen beschlossen, sich unkompliziert mit der MDA-Direktorin zu unterhalten. „Die Dringlichkeit besteht deshalb, weil ich einem von Lochguards Clan-Mitgliedern helfen will." Sie gab ihr Bestes, die Ereignisse zu erzählen, und ließ einige Details darüber aus, wie schlecht Alistairs Zustand wirklich war – sie wollte nicht, dass das MDA eine Bedrohung spürte und sich daran machte, diese zu beseitigen, bis es absolut notwendig war.

Am Ende ihres Berichts fügte sie hinzu: „Sie sehen also, um ihm zu helfen, brauchen wir Wissen, das niemand in Lochguard zu besitzen scheint."

„Ich schätze zwar eine dramatische, ausschweifende Vorrede genauso wie jeder andere, aber ich kann das nur für eine kurze Zeit unter Verschluss halten, und die Uhr tickt. Spucken Sie Ihre Idee aus, Dr. Barnes."

Eine Spur Erleichterung flutete ihren Körper, weil die Direktorin immer noch ihre Bitte hören wollte, aber Kiyana wusste, dass sie noch nicht aus dem Schlimmsten raus war. „Wir versuchen, ein Heilmittel zu finden, um ihm zu helfen, wie ich bereits sagte. Wenn wir jedoch möglichst viele Leute wegen eventueller Gegenmittel kontaktieren könnten, würde dies die Chance auf ein glückliches Ende erheblich erhöhen. Und da kommen Sie ins Spiel, mit Ihren Verbindungen zu anderen Drachenwandler-Aufsichtskomitees."

„Ich arbeite nicht wirklich auf ein Happy End hin, sondern eher für annehmbare Lösungen. Ich glaube, ich weiß, was Sie wollen, aber fragen Sie mich deutlich, Dr. Barnes. Ich will nicht, dass irgendwelche Unklarheiten mein Urteilsvermögen oder meine Handlungen beeinträchtigen, was den Drachenwandlern noch mehr schaden könnte, selbst wenn es unbeabsichtigt wäre."

Die Medien stellten Rosalind Abbott immer als eine Politikerin dar, die sich mehr um formale Beziehungen kümmerte als um Drachenwandler. Aber Kiyana wusste es besser. Die Frau war insgeheim fasziniert von ihnen. Nur wenige würden die Punkte jemals verbinden, aber Kiyana hatte ein scharfes Auge für solche Dinge.

Wäre Rosalind Abbott fünfundzwanzig Jahre jünger, würde sie sicherlich am Opferprogramm teilnehmen wollen.

Doch wenn sie die Hilfe der Frau wollte, war es jetzt an der Zeit, Klartext zu reden. „Ich weiß, dass Sie mit anderen Abteilungen für Drachenaufsicht in verschiedenen Ländern zusammengearbeitet haben. Ich hoffe, Sie haben die Möglichkeit, sich an sie zu wenden, natürlich im Stillen, und sehen, ob sie dabei helfen können, ein Heilmittel zu finden."

Direktorin Abbott sah ihr in die Augen. „Es gibt kein Gesetz, das mir erlaubt, so etwas zu tun, wie Sie sehr wohl wissen."

Sie nickte. „Ja, das tue ich. Und ich habe sogar eine Idee, wie man das, sobald das alles vorüber ist, mit einer internationalen Organisation von Aufsichtsbeamten beheben kann. Das ist die Idee, die ich angedeutet habe, um dieses Treffen zu erreichen. Aber im Moment brauche ich Ihre Hilfe. Und ich bin es, Kiyana, die MDA-Mitarbeiterin, die darum bittet. Kein Drachenwandler, was bedeutet, dass Sie nicht dem einen Clan einen Gefallen tun und dem anderen nicht."

Die Direktorin hob eine Augenbraue. „Sie könnten Politikerin werden, wenn Sie wollten, Dr. Barnes."

„Das überlasse ich Ihnen. Also, werden Sie mir helfen?"

Fünfzehn Sekunden lang sagte die MDA-Direktorin kein Wort. Und mit jeder Sekunde schlug Kiyanas Herz kräftiger.

Die Direktorin erwiderte schließlich: „Ich werde sehen, wie ich Ihnen helfen kann, Dr. Barnes, als Mensch und Kollegin. Ich rufe zurück, wenn ich Ihnen etwas melden kann oder etwas von Ihnen brauche." Sie erwartete, dass der Bildschirm leer würde, aber die Direktorin fügte leise hinzu: „Und ich möchte einen ausführlicheren Bericht über die Idee, die Sie erwähnt haben, über eine internationale Organisation, sobald Sie das hinbekommen."

Der Bildschirm wurde dunkel, und Kiyana sackte in ihrem Stuhl zusammen. Sie war sich nicht hundertprozentig sicher gewesen, dass die Direktorin helfen würde, aber es schien, als würde sie es tun.

Finns Stimme kam von der Tür. „Ich schätze, du hast mich doch nicht gebraucht."

Sie sah zu Lochguards Anführer. „Tut mir leid! Mir fiel erst ein, als ich schon mit ihr sprach, dass, wenn du um Hilfe bitten würdest, sie damit einem Clan mehr Gunst zeigen würde als einem anderen. Wenn es um etwas Geringeres gegangen wäre, wäre es nicht wichtig gewesen. Aber sie hat recht – es gibt kein Gesetz, das es ihr erlaubt, frei, geschweige denn heimlich, mit anderen Aufsichtsabteilungen zu kommunizieren. Auf diese Weise hilft sie nur mir. Das sollte nicht so viele Kopfschmerzen verursachen, wenn jemand entdeckt, was sie macht."

Und angesichts der Dinge, die Kiyana in den letzten Monaten über die MDA-Direktorin erfahren hatte, dachte sie nicht, dass es ein Problem wäre. Andere Abteilungen der britischen Regierung schenkten ihr kaum Aufmerksamkeit, und nicht einmal der MI5 war sich dessen bewusst, was im Ministerium für Drachenangelegenheiten vor sich ging, aufgrund verschiedener Gesetze, die im Laufe der Jahre erlassen worden waren.

Gesetze, die sich angesichts des Skandals des ehemaligen Direktors bald ändern könnten, aber noch nicht.

Finn antwortete: „Nein, du hast es gut gemacht, Mädel. Je mehr Leute wir nach einer Lösung suchen lassen, desto besser sind die Chancen, Alistair zu retten." Er deutete zur Tür hinaus. „Jetzt lass uns dir etwas zu essen besorgen, bevor du mir noch ohnmächtig wirst. Ara sagte, du hattest nur Schokolade zum Frühstück, und du brauchst deine Kraft, um weiter so hart zu kämpfen."

Sie lächelte ein wenig. „Es war sicherlich eine andere Erfahrung, als ich in meinen sechs Monaten hier erwartet hatte."

„Aye, nun, Lochguard ist nie langweilig. Aber mein Ziel ist es, das Leben so langweilig zu machen, dass die Leute um Tumult betteln."

Kiyana wusste, dass Lochguard und Stonefire ihren Anteil an Ärger gehabt hatten. Und sie hoffte, dass sie in naher Zukunft Frieden finden würden. Sie hatten es beide verdient.

Sie stand auf und folgte Finn aus dem Raum. „Angesichts der, ähm, einzigartigen Umstände eurer Tochter, glaube ich nicht, dass ihr jemals ein langweiliges Leben haben werdet."

Finn schmunzelte. „Ich vermute, du hast recht. Aber wenn das einzige Problem, mit dem ich zu tun habe, meine Familie ist, werde ich ein wirklich glücklicher Mann sein." Er zog einen Stuhl am Tisch in der Küche heraus. „Jetzt setz dich. Während du isst, bringen wir Max hierher. Er kann dir helfen, herauszufinden, was du brauchst, während wir anderen all unsere Verbindungen nach Informationen durchsuchen, um Alistair zu retten. Denn wenn etwas existiert, werden wir es finden, Mädel. Das verspreche ich dir."

Kiyana nickte, setzte sich und schloss für einen Moment die Augen. Nicht, weil sie müde war, sondern vielmehr, weil Finns Worte Tränen hervorgerufen hatten, die jetzt in ihren Augen kitzelten.

Obwohl es nicht absichtlich gewesen war, hatte er gesagt: „Wenn etwas existiert", was bedeutete, dass Alistair trotz all ihrer harten Arbeit und Mühe immer noch gejagt und am Ende erschossen werden konnte.

Und obwohl sie immer mit den Drachen hatte leben und sie besser studieren wollen, war ihre aktuelle Situation nicht das, was sie im Sinn gehabt hatte. Auch sie wollte das langweilige Leben, von dem Finn gesprochen hatte. Ein routinemäßiges mit Alistair und den neuen Freunden, die sie gerade fand.

Sie atmete tief durch, öffnete blinzelnd die Augen und verdrängte ihre Tränen. Sie hatte Arbeit zu erledigen, und Weinen würde nicht helfen.

Kapitel Zwölf

Nach sechs Tagen des Denkens und Planens, in denen er sein Bestes getan hatte, um die Benommenheit zu ignorieren, die durch Mangel an Nahrung und wenig Wasser hervorgerufen wurde, war es Zeit für Alistair zu handeln.

Er hatte alle Energie für diesen Moment gespeichert, in dem sein Drache seine Beine testete, sich genug bewegte, um ein Schaf zu fangen und zu essen, und dann schlief, um seine Kraft wiederherzustellen. Sein Tier war nicht so geschickt darin, seine Gedanken für sich zu behalten. Und wenn sein Drache sich an den Plan hielt, den er gemacht hatte, um sicherzustellen, dass er seine Gefährtin ordentlich beanspruchen konnte, würde er noch einmal jagen, bevor er zurück nach Lochguard ging.

Oder wo auch immer Kiyana gelandet war.

Angesichts seiner Situation würde er es ihr nicht

verübeln, wenn sie auf einen anderen Kontinent gezogen wäre, um sich von ihm fernzuhalten.

Unabhängig davon, ob Kiyana noch in Lochguard war oder nicht, wollte Alistair noch eine Sache versuchen, um am Leben zu bleiben, bevor er auf die letzte mögliche Lösung zurückgriff. Und das zu tun, bedeutete, die Kontrolle von seinem Drachen zu erkämpfen.

Aye, es wäre vielleicht besser gewesen zu warten, bis sie wieder gegessen hatten, aber er konnte das nicht riskieren. Sein Tier dachte schon lange, Alistair hätte nachgegeben und würde es nicht bekämpfen.

Es irrte sich.

Auch wenn Drachenwandler keine super mentalen Fähigkeiten hatten, bestand das einzige Arsenal, auf das er zurückgreifen konnte, aus unsichtbaren Kräften im Geist. So hatte sein Drache ihn überhaupt in die Ecke drängen können. Alistair musste nur den Spieß umdrehen und seinen Drachen für eine Weile zurückhalten.

Kein Zögern mehr, es war Zeit.

Er dachte an Kiyana und seine Familie und Freunde in Lochguard und stieß mit allem, was er hatte, gegen seine mentale Wand. Sein Tier hatte die Wucht nicht erwartet – besonders, weil es schlief –, und Alistair schaffte es, ihre Positionen zu vertauschen und seinen Drachen in eine Ecke seines Geistes zu zwingen.

Nun vollkommen wach, brüllte sein Tier, krallte und warf sich gegen die Barriere. Auch wenn seine

Worte schwach waren, hörte Alistair sie. *Nein, nein, wir sind so nah dran. Ich brauche sie, sie braucht uns, die Welt wird sie wegnehmen. Ich muss sie haben. Warte nicht, lass nicht die anderen sie in unserer Abwesenheit ficken.*

Zu argumentieren würde nichts bewirken. Auch wenn sein Tier etwas weniger wild war als noch vor einer Woche, machte die geheimnisvolle Substanz seinen Drachen immer noch instabil und ließ ihn sich auf eine Weise nach Gewalt sehnen, wie er es noch nie zuvor getan hatte.

Alistair stand in seiner Drachengestalt auf, testete seine Beine – sie trugen ihn zwar, aber ein Ziepen schoss ihm sofort den Rücken hoch –, und leicht hinkend trat er aus der Höhle hinaus und auf die Lichtung. In der Nähe war ein Dorf, in dem es noch eine rote Telefonzelle gab. Wenn er die erreichte, könnte er ein R-Gespräch an die Lochguard Beschützer anmelden, die noch normale Telefonleitungen hatten.

Er sprang in den Himmel, kam kaum hoch genug, um mit den Flügeln zu flattern, und machte sich auf den Weg zum Dorf. Da es Nacht und eine ländliche Gegend war, gab es nicht so viele Lichter, die von seinen roten Schuppen reflektiert wurden.

Fast im Dorf landete Alistair und kämpfte darum zu wandeln. Die Proteste seines Tiers verschärften sich nur noch mehr, als er sich vorstellte, dass seine Schnauze in eine Nase schrumpfte, seine Flügel sich in seinen Rücken zurückzogen und seine Gliedmaßen sich wieder in menschliche verwandelten.

Als er fertig war, tat er sein Bestes, um die Schmerzensschübe zu ignorieren, während er so gut lief, wie er es schaffte. Er mochte sich noch weiter dadurch schaden, aber das war egal. Das war seine einzige Chance, seinem Drachen zu helfen und zu entkommen.

Er erreichte die Telefonzelle, immer noch froh, dass niemand unterwegs war und seinen nackten Körper sehen konnte, und machte sich an den mühsamen Prozess, ein R-Gespräch zu tätigen. Jede Sekunde, die verging, machte seinen Drachen nur unberechenbarer, und es würde nicht lange dauern, bis sein Tier die Kontrolle übernahm und Alistair nie wieder entkommen konnte.

Das Telefon klingelte, und endlich ging jemand ran. Es war schwer, sich zu konzentrieren, da das Brüllen seines Tiers hektischer wurde, aber er sagte schnell: „Hier ist Alistair Boyd. Ich bin in Tongue Village." Der Beschützer versuchte, etwas zu sagen, aber er ließ ihn nicht. „Ich habe nicht viel Zeit. Ihr müsst überprüfen, ob es jemals eine Bluttransfusion von Mensch zu Drachen gab. Das könnte ein Weg sein, mich zu retten. Frag Nikki und Rafe. Beeil dich, ich werde hier bewusstlos auf euch warten."

Der Unterarm seines Drachen brach durch das Gefängnis, was bedeutete, dass Alistair noch weniger als eine Minute hatte.

Er ließ den Hörer fallen und suchte, bis er eine

Straßenlaterne fand. Er musste den letzten Teil seines Plans abschließen.

Selbst wenn es ihn am Ende töten könnte.

Die andere Vordergliedmaße seines Drachen brach sich frei. Alistair schluckte seine Furcht herunter und rannte auf den Pfahl zu. Er musste hart genug gegen den Kopf schlagen, um sich selbst auszuknocken, wollte aber keinen dauerhaften Schaden anrichten.

Er war jedoch kein Arzt. Es bestand die Möglichkeit, dass er umkommen könnte.

Gerade als sein Drache durchbrach, hielt er an der Stange an, drehte seinen Kopf in einen guten Winkel, ging ein paar Schritte zurück und rammte dann seinen Kopf gegen die Straßenlaterne.

Die Welt verstummte glückselig. Und sein letzter Gedanke war, dass er hoffte, es wäre nicht zum letzten Mal.

Kiyana saß mit Dr. Layla MacFie zusammen, als sie den Stonefire-Ärzten zuhörten, die ihre neuesten Erkenntnisse berichteten.

Der Großteil der medizinischen Inhalte überstieg Kiyanas Verständnis, aber sie war verzweifelt bemüht, etwas zu hören.

Selbst nachdem sie die chemische Zusammensetzung und die Daten der Substanz, die Alistair beeinflusst hatte, an so viele Clanärzte geschickt hatten, wie sie erreichen konnten, hatte noch niemand ein Heilmittel gefunden. In den kürzlich erworbenen Informationen der Drachenritter war etwas zu finden, aber alle Formeln waren in irgendeiner Art Code geschrieben.

Keiner der Stonefire-Ärzte und deren Mitarbeiter war in der Lage gewesen, ihn zu knacken.

Finn stürmte in den Raum, blickte zwischen Layla und den Stonefire-Ärzten hin und her und platzte heraus: „Bluttransfusionen. Gab es jemals welche von Menschen zu Drachen?"

Dr. Sid, die Chefärztin von Stonefire, antwortete sofort. „Davon habe ich noch nie gehört. Was Sinn ergibt, wenn man bedenkt, dass menschliches Blut normalerweise nicht gut von unserem Körper aufgenommen wird, obwohl es andersherum gut geht. Es ist im Laufe der Jahrhunderte zu einem Tabu geworden, aber in einigen Ländern ist es auch illegal."

Finn zögerte nicht. „Frag Rafe und Nikki, ob die Armee es jemals versucht hat. Alistair hat die Beschützer angerufen und gesagt, eine Transfusion könnte helfen, da die Drogen keinen Einfluss auf Menschen haben. Wahrscheinlich meinte er etwas Bestimmtes, aber er hatte keine Zeit, es zu sagen, und ich konnte nicht erraten, was es sein könnte."

Layla meldete sich zu Wort. „Auch wenn ich das nur vom Hörensagen weiß, dachte ich, das könnte das innere Tier eines Drachenwandlers beeinflussen?"

Finn schüttelte den Kopf. „Das ist kein guter

Grund, sich nicht mit der Sache zu befassen. Vor allem, weil ich Leute in das Dorf geschickt habe, aus dem Alistair angerufen hat, um zu sehen, ob sie ihn finden können. Du musst mitkommen, Layla, und ein paar Drachen-Schweigedrogen zur Hand haben, falls sie ihn herbringen."

Layla stand auf. „Wir wissen nicht, wie sich das auf ihn auswirken wird, wenn man seinen aktuellen Zustand bedenkt."

Finn grunzte. „Das ist ein Risiko, das wir wohl eingehen müssen. Es ist eine Woche her, und wenn sein Tier so schlau war, die Fesseln und seine Knochen zu brechen, werden sie geheilt sein oder fast. Das ist vielleicht unsere einzige Chance, ihn vor dem speziellen Drachenoperationsteam des MDA zu retten."

Eine Million Gedanken rasten Kiyana durch den Kopf. Aber Dr. Sid sprach, bevor sie ihren Mund zum Funktionieren bringen konnte. „Ich werde mit Rafe und Nikki sprechen. Ich vermute, dass, wenn es schon einmal gemacht wurde, dann in der Armee während des Krieges, als es keine andere Wahl gab. Das war schlau von Alistair, daran zu denken. Und ... Moment mal!" Sid sah sich etwas an, wahrscheinlich auf einem Tablet vor sich, und dann zurück auf den Bildschirm. „Das könnte erklären, warum wir den Code für die Formeln nicht knacken konnten, wenn es auf menschliches Blut als Teil des Gegenmittels verweist. Lasst mich und die anderen Ärzte einen Blick darauf werfen, aber unternehmt nichts, bis ihr wieder von mir hört. Ich weiß, ich bin nicht die Ärztin eures Clans, aber Lochguard ist Gregors Familie, und ich will Alistair retten."

Gregor war Sids Gefährte und ehemaliger Arzt von Lochguard. Kiyanas Mund funktionierte endlich wieder. „Glaubst du wirklich, dass es helfen könnte?"

„Ich weiß es nicht", sagte Sid. „Ich rufe so schnell wie möglich zurück."

Der Bildschirm wurde schwarz, und Kiyana gab ihr Bestes, ihr pochendes Herz zu zähmen.

Wieder typisch Alistair, so unkonventionell zu denken und damit vielleicht einen Weg zu finden, sich selbst zu retten.

Da kam der Rest von Finns Aussage, dass er nach Lochguard gebracht wurde, bei ihr an. Sie wandte sich Lochguards Anführer zu. „Kann ich ihn sehen?"

„Tut mir leid, Mädel, aber nein, wir dürfen nicht riskieren, dass sein Drache aufwacht oder gegen die Medikamente ankämpft, um dich zu beanspruchen. Du musst hierbleiben und auf eingehende Videoanrufe warten, da dies eine von nur zwei gesicherten Stationen ist. Alle möglichen Leute könnten sich jetzt an uns wenden, und wenn irgendwer es tut, ruf mein Handy an." Finn deutete auf die Tür. „Komm, Layla. Wir müssen gehen."

Die beiden gingen, und Kiyana ballte die Hände zu Fäusten. Sie wollte etwas tun, irgendwas, um zu helfen. Und doch wusste sie, dass sie keine Ärztin oder medizinische Wissenschaftlerin war und nur im Weg stehen würde.

Arabellas Stimme erreichte ihre Ohren, zusammen mit einem quietschenden Schrei. „Wir sind hier, um dir Gesellschaft zu leisten."

Die kleine Freya eilte in ihrer winzigen Drachengestalt herbei und sprang hoch. Kiyana kannte das schon, fing sie mit Leichtigkeit auf und setzte sich dann hin, damit Freya sich in ihrem Schoß niederlassen konnte. Als sie den Rücken des Babydrachen streichelte, sah sie Arabella an. Sie versuchte, diese enorme Situation mit Humor zu nehmen. „Du willst nur einen Ort ohne großes Fenster, aus dem Freya springen kann."

Arabella sah sich in Finns Büro um und lächelte. „Das stimmt zwar, aber das war nicht der Grund. Ich weiß, wie es ist, sich um seinen Mann zu sorgen und ob ihm etwas zustoßen wird oder nicht. Finn hat vielleicht nie unter dem Einfluss von irgendwelchen Drachenritter-Drogen gestanden, aber er war schon in gefährlichen Situationen. Und es hat eine Weile gedauert, bis mir klar wurde, wie sehr es das Warten ein wenig besser macht, wenn man Gesellschaft hat."

Kiyana konzentrierte sich auf Freya und sah, wie sie den Kopf hob, um sich das Kinn kraulen zu lassen. Während sie es tat, murmelte sie: „Danke."

Und obwohl sie schweigend dasaßen, nur mit einem gelegentlichen Quietschen von Freya, hatte Arabella recht. Das machte das Warten auf ihre Zukunft ein wenig erträglicher. Nicht viel, aber genug, um sie stark zu halten und nicht zusammenbrechen zu lassen.

Layla MacFie hatte vor langer Zeit gelernt, sich auf das zu konzentrieren, was sie tun konnte, um ein Problem zu lösen, anstatt auf die Person, an der sie arbeitete.

Als also die Monitore piepten und Alistairs Herz einmal aussetzte, tat sie, was sie musste, um ihn wiederzubeleben, und machte sich dann erneut daran, den Druck der Schwellung auf sein Gehirn zu lindern.

Sich ihr OP-Besteck geben zu lassen, es zu benutzen, die Krankenschwester um Unterstützung beim Säubern des Bereichs zu bitten, das Wissen zu nutzen, das sie im Medizinstudium erlangt hatte und aufbauend auf ihrer Erfahrung in Lochguard zu versuchen, eines ihrer Clanmitglieder zu retten – das waren die einzigen Dinge, die wichtig waren.

Stunden vergingen, während sie arbeitete, Adrenalin trieb sie an. Als sie fertig war, murmelte sie ihr übliches „Na also" und machte sich ans Aufräumen. Die Worte waren mehr für sie als für den Patienten, aber irgendwie halfen sie, die nächsten Schritte zu bewältigen.

Nämlich mit Freunden und Familie über die Operation und die möglichen Ergebnisse zu sprechen.

Als sie sich wusch, ging sie in Gedanken durch, was sie sagen würde. Da Lochguard eine enge Gemeinschaft war, war es schwieriger, über ihre Patienten zu berichten, als wenn sie in einem großen, öffentlichen Krankenhaus arbeiten würde. Sie musste bei ihrer Wortwahl vorsichtiger sein, vor allem, um niemandes inneren Drachen aufzuregen.

Sobald sie sich umgezogen und schnell einen Kaffee runtergekippt hatte, ging sie in den privaten Warteraum. Finn war dort, wie auch Alistairs Mutter und Brüder. Meg Boyd stand auf. „Und? Wie geht's ihm?"

„Die Operation ist gut gelaufen, obwohl es zu früh ist, um zu sagen, ob es einen bleibenden Hirnschaden geben wird." Meg öffnete den Mund, aber Layla kam ihr zuvor. „Sobald ich etwas weiß, wirst du es auch erfahren, Meg."

„Wann kann ich ihn sehen?", forderte die ältere Drachenfrau zu erfahren.

Layla antwortete ruhig: „Am Morgen. Er wird über Nacht überwacht."

Denn wenn er die Nacht überstand, würde Alistair leben. In dieser Hinsicht hatten Drachenwandler Glück. Sie heilten schnell, starben aber auch schnell. Es gab keine Grauzone.

Sie sah Finn an. „Gibt es irgendwas von Stonefire, das ich mir ansehen muss?"

Finn legte eine Hand auf ihre Schulter und drehte sie um. „Noch nicht. Also geh und mach ein

Nickerchen, Layla. Du warst heute mehr als zwölf Stunden auf den Beinen. Geh nach Hause."

Wenn sie in der letzten Woche nicht so lange gearbeitet hätte, um den Stonefire-Ärzten und anderen zu helfen, ein Heilmittel zu finden, hätte sie vielleicht protestiert.

Aber Finn hatte recht – sie brauchte den Schlaf. Sonst wäre sie niemandem von Nutzen.

Ihr Drache erwachte aus seinem üblichen Schlaf – ihr Tier kümmerte sich nicht um Operationen und langweilte sich dabei – und sagte: *Wir würden tiefer schlafen, wenn du einen Mann finden und ihn hart reiten würdest.*

Es gibt wichtigere Dinge, über die wir uns Sorgen machen müssen.

Ich glaube nicht. Außerdem gibt es einen Mann, der gern unser Bett teilen würde. Lass ihn rein.

Nein.

Sie ignorierte ihren Drachen, beantwortete ein paar technischere Fragen von Meg und ihren Söhnen und trottete dann aus dem Wartezimmer in die hinteren Räume.

Sobald ihr Juniorarzt alle Informationen hatte, die sie brauchte, verließ Layla das Gebäude und machte sich auf den Weg zu ihrem Cottage.

Sie überlegte, im Restaurant des Clans noch was zu essen, ließ es dann aber. Schlaf war wichtiger.

Layla betrat ihr Cottage und erstarrte. Aus ihrer Küche war ein Rascheln zu hören.

Ihre Familie kam nie rein, ohne dass sie da war,

also ging sie leise auf Zehenspitzen, um zu sehen, wer es war. Die Beschützer beobachteten die Ländereien des Clans genau, sodass es höchstwahrscheinlich ein Kind oder ein Teenager war, der nach Essen suchte, eine Mutprobe erfüllte oder so etwas Ähnliches.

Sie spähte um die Tür und blinzelte.

Ihr Tisch in der Essecke war gedeckt, und das Essen wurde gerade von einem Mann, den sie kannte, auf einen Teller gegeben.

Chase McFarland.

„Was machst du in meiner Küche?", fragte sie.

Chase drehte sich um, warf ihr ein Schmunzeln mit Grübchen zu, das ihr Herz pochen ließ, und deutete auf das Essen. „Das hier kommt mit Komplimenten von deinen Mitarbeitern!"

Ihr Drache wurde munter. *Er ist in unserer Küche. Küss ihn, fick ihn, iss, und dann machen wir ein gutes Nickerchen.*

Sie war gut darin, ihren Drachen zu ignorieren. Alle Ärzte perfektionierten diese Fähigkeit schon früh. „Ich dachte nicht, dass du Essen lieferst."

Er zuckte die Schultern. „Normalerweise tue ich das nicht. Aber Logan ist ein Freund von mir, und ich hab ihm was geschuldet."

Logan war einer ihrer besten Pfleger. Und wenn Chase nicht ständig in der Klinik auftauchte und ihr Essen oder was zu trinken brachte, hätte sie ihm vielleicht geglaubt. „Ist wohl eher so, dass du und Logan einen Plan habt, von dem ich nichts wissen will."

Er zuckte mit einer Achsel, und sie tat ihr Bestes, seinen straffen Bizeps oder seine breiten Schultern zu ignorieren.

Schultern, die sie nicht bemerken sollte, da er über ein Jahrzehnt jünger war als sie.

Chase antwortete: „Jemand muss sich um dich kümmern, Layla, da du anscheinend nicht auf dich selbst aufpasst."

Wenn sie mehr Energie gehabt hätte, würde sie etwas dagegen einwenden. Oder vielleicht sogar schimpfen. Sie hatte seine Verliebtheit lange genug andauern lassen.

Doch mit den Düften von Pasta und Brot, die durch die Luft waberten, konnte sie nur daran denken, wie hungrig sie war. „Danke für das Essen. Du kannst jetzt gehen."

Er schüttelte den Kopf und setzte sich ihr gegenüber. „Ich habe Logan versprochen, zu bleiben und dafür zu sorgen, dass du zuerst isst."

Sie sagte gedehnt: „Das hier ist mein Haus, weißt du."

„Ich weiß, aber du hast auch jeden Tag mit Drachenmenschen zu tun. Wenn einer ein Versprechen macht, glaubst du, sie brechen es so einfach?"

„Nein", sagte sie. „Und ich würde das nie für eine negative Eigenschaft halten."

Sie glitt in den Stuhl und nahm eine Gabel. Je schneller sie aß, desto eher würde Chase gehen.

Ihr Drache meldete sich wieder zu Wort.

Warum? Seine Augen blitzen. Er ist interessiert. Warum nimmst du nicht, was er anbietet?

Weil er wahrscheinlich mehr will, als ich ihm geben kann, und das weißt du. Clan-Ärzte haben selten Gefährten, es sei denn, ihr Gefährte ist auch Arzt, der die langen Stunden versteht. Chase ist Elektriker, und es würde nie funktionieren.

Woher weißt du das?

Im Moment bin ich zu müde zum Reden. Lass mich in Ruhe!

Mit einem Schnauben rollte sich ihr Drache zu einer Kugel zusammen und ignorierte sie.

Nach ein paar Bissen blickte sie auf. Chase beobachtete sie.

Er sagte: „Selbst mit Nudelsauce am Kinn bist du schön, Mädel."

Sie nahm eine Serviette und wischte sich das Gesicht ab. Genug! Sie hatte täglich mit den hartnäckigsten Drachenmännern zu tun. Sie würde sich mit dem befassen, der gerade in ihrer Küche war. „Chase, du wirst heute Abend nicht flachgelegt, also spar dir deine Zeit und geh nach Hause."

Seine Pupillen wurden zu Schlitzen und wieder rund. „Aye, nun, ich kann warten. Du bist es wert."

Zum ersten Mal hielt sie Chase nicht für den jüngeren, leicht beeindruckbaren Mann. Nein, seine Worte waren voller Versprechen und Entschlossenheit.

Die Zeit floss langsamer, als sie einander anstarrten, und ein Rausch der Begierde überflutete ihren

Körper bei dem Bild von Chase, der sie so ansah, wenn er sie beanspruchte.

Ihr Drache meldete sich zu Wort. *Du hattest noch nie eine wilde Nacht in deinem Leben. Nimm sie. Er will uns. Es wird gut sein.*

Die Worte ihres Tiers ließen sie aufstehen und zurückweichen. *Nein, ich kann nicht. Alistair könnte uns vielleicht brauchen, und Finn zählt auch auf uns.*

Das ist eine Ausrede, und das weißt du auch.

Chase stellte sich vor sie. Sie musste ein paar Zentimeter nach oben schauen, um seinem Blick zu begegnen, und tat ihr Bestes, um die Hitze zu ignorieren, die von seinem Körper ausstrahlte. „Ich bin geduldig, Layla. Denk daran."

Sie erwartete halb, dass er sie küsste, sie berührte oder sie vielleicht sogar gegen die Theke drängte und sie hochhob.

Aber alles, was er tat, war zu zwinkern und zur Tür zu gehen.

Als sie hörte, wie die Haustür geschlossen wurde, glitt sie langsam auf den Boden und legte den Kopf auf die Knie.

Nicht, weil sie traurig war, dass Chase gegangen war, obwohl das ein bisschen stimmte. Nein, mehr, weil sie für den Bruchteil einer Sekunde die Frauen beneidet hatte, die nicht sechzig, achtzig oder mehr Stunden die Woche einsetzen mussten, um den Clan gesund zu halten. Frauen, die Zeit für Männer, Dating und sogar Familien hatten.

Aber Layla wäre wahrscheinlich nie eine dieser Frauen.

Medizin war nun schon so lange ihr Leben, und sie konnte es nie aufgeben. Und da Drachenwandler-Ärzte knapp waren, wäre sie für immer ein Workaholic.

Vor fünfzehn Minuten noch war das nicht wichtig gewesen. Aber jetzt war eine andere Geschichte.

Jetzt wollte sie weinen.

Sie atmete tief ein und zwang sich, das, was von ihrem Abendessen übrig war, zu essen und nach oben zu gehen. Sie war erschöpft, das war alles. Vier Stunden Schlaf würden Wunder für ihren Geisteszustand bewirken, und sie würde aufhören, so albern zu sein.

Layla war Ärztin und würde immer eine sein. Der Clan kam zuerst, egal was passierte. Das war das Leben, für das sie sich angemeldet hatte, und daran sollte sie sich besser erinnern.

Kapitel Dreizehn

Eine vertraute Kadenz drang in Alistairs Ohren, eine, die er liebte und fürchtete.

Die seiner Mutter.

Er konnte die Worte nicht ganz verstehen. Ein Nebel hatte sich über ihn niedergelassen, einer, der seine Augenlider oder jeden anderen Teil seines Körpers davon abhielt zu funktionieren.

Obwohl die Stille in seinem Kopf bedeutete, dass seinem Drachen etwas passiert war.

Sein erster Instinkt war Panik – so sehr sein Drache auch nervig sein konnte, der Gedanke, nie wieder mit ihm zu sprechen, war undenkbar.

Irgendein Teil seines Körpers musste sich bewegt haben, weil jemand seine Hand nahm und sie sanft drückte. Die Worte waren undeutlich, aber langsam konnte er sie verstehen. „Alistair, Junge, bist du wach? Komm, mach die Augen auf, auch wenn es nur ein kleines bisschen ist, und lass deine Mutter wissen, dass es dir gut geht. Du willst nicht noch mehr Jahre von meinem Leben nehmen, aye?"

Wieder typisch seine Mutter, sich um ihn zu sorgen und ihm gleichzeitig Schuldgefühle einzureden.

Aber das tröstete ihn in gewisser Weise. Genug, um seine Panik zu unterdrücken, bis er eine Erklärung hörte. Weil es sicherlich eine gab, sonst wäre er nicht am Leben.

Eine andere vertraute Stimme erfüllte den Raum, die von Dr. Layla MacFie. „Alistair, wenn du wach bist, grunze oder bewege einen Finger."

Sein verdammter Finger wollte sich nicht bewegen, also tat er sein Bestes, um zu grunzen. Auch wenn es kaum zu hören war, reichte es für Layla, um zu befehlen: „Meg, du musst draußen warten. Logan, gut, dass du da bist. Stell dich in die Startlöcher, für den Fall, dass wir seinen Drachen wieder bändigen müssen."

Er wollte fragen, was schiefgehen könnte und was sie mit „sich in die Startlöcher stellen" meinte. Auch wenn Alistair zuvor bereit gewesen war, früher zu sterben, um Kiyana zu beschützen, lebte er jetzt und hatte es nicht in sich, sich noch einmal zu opfern.

Kiyana. Er wollte fragen, wo sie war, aber egal, wie sehr er sich bemühte, er konnte nicht sprechen.

Layla fuhr fort: „Ich weiß, dass du Fragen hast,

Alistair. Wer hätte das nicht? Aber im Moment muss ich deine Situation beurteilen. Und um das zu tun, möchte ich, dass du etwas Einfaches ausprobierst, wie zum Beispiel deine Augen zu öffnen. Wenn du bereit bist, es zu versuchen, mach wieder ein Geräusch."

Da er Layla vertraute, tat er, worum sie bat, weil sie alles tun würde, um ihn so schnell wie möglich zu heilen, auch wenn er es nicht langsam und einfach angehen wollte.

Nachdem er wieder versucht hatte zu grunzen, konzentrierte er sich auf seine Augenlider. Sie waren so verdammt schwer, als wären sie aus Blei.

Aber wenn er Antworten wollte, musste er es versuchen.

Nach gefühlten Stunden schaffte er es, ein wenig zu blinzeln. Das Licht blendete ihn zuerst, aber Laylas Gesicht rückte langsam in den Fokus. Als gute Ärztin hielt sie ihren Ausdruck herzlich und frei von allem Negativen.

Manchmal fragte er sich, ob Layla Beschützerin und nicht Ärztin hätte sein sollen, da sie ihre Gedanken besser für sich behalten konnte als fast jeder andere, den er kannte.

Sie machte etwas mit seinen Augen und einer kleinen Taschenlampe. Normalerweise hätte er gewusst, wie man das nannte, aber er war erschöpft und nicht in seiner besten Form.

Layla steckte ihre Taschenlampe weg und nickte. „Du wirst wieder. Die anfängliche Gefahr ist vorbei, aber ich werde ehrlich sein – ich weiß nicht, welche Nebenwirkungen auftreten werden, sobald du geheilt bist."

Er krächzte: „Warum?"

„Aye, nun, die Operation war nur der erste Schritt. Sobald du dich davon erholt hast, müssen wir deine Optionen besprechen."

Er tat sein Bestes und fragte: „Kiyana?"

„Sie ist in Sicherheit. Und, nein, du kannst sie nicht sehen. Ich möchte, dass deine Gesundheit sich ein bisschen verbessert, und dann können wir mehr über deine Zukunft reden. Je nachdem, welchen Weg du wählst, wird das bestimmen, ob du sie siehst oder nicht."

Er bemühte sich, nicht die Stirn zu runzeln. Alles, was Alistair wollte, war die volle Wahrheit, und doch hatte es ihn erschöpft, zwei Worte zu sprechen.

Trotzdem musste er noch eins sagen. „Drache?"

Laylas Ausdruck änderte sich nicht, was bedeutete, dass er ihre Gefühle oder Gedanken nicht einschätzen konnte. „Noch eine Sache, die warten muss. Er schweigt vorerst, aber wahrscheinlich nicht für immer. Ich wünschte, ich könnte dir eine klarere Antwort geben, aber das ist das Beste, was ich im Moment tun kann."

Seine Augenlider wurden wieder schwer, aber Alistair kämpfte dagegen an. „Wahrheit."

„Ich habe nur die Wahrheit gesagt, Alistair. Je schneller du heilst, desto eher können wir Optionen besprechen und über deine Zukunft nachdenken. Und da du versuchen wirst, dich zu wehren, werde ich dich zwingen, etwas länger zu schlafen." Sie sah weg und wieder zurück. „Wir reden mehr, sobald du wieder aufwachst."

Eine Schwere legte sich über Alistair, und seine Augenlider offen zu halten, war zu viel Arbeit. Als sie sich schlossen, wollte er nach der vollen Wahrheit fragen, einschließlich der negativen Ergebnisse, die Layla verschwieg. Außerdem musste er wissen, was mit Kiyana passiert war.

Und dann war da noch das wichtigste Problem – ob es möglich wäre, seinen Drachen für immer wiederzuhaben, sobald es ihm besser ging.

Doch keine dieser Fragen war beantwortet worden, und er konnte sie auch nicht stellen. Stattdessen kroch die Dunkelheit wieder über ihn, und die Welt verstummte.

Kiyana half dabei, Finns und Arabellas Zwillingsjungen zu wickeln, als es an der Haustür klopfte.

Arabella, die gerade Freya in ihrer menschlichen Babygestalt stillte, sah sie an. „Kannst du gehen? Ich fürchte, wenn ich mich bewege, wird Freya aufhören zu essen, sich wandeln und weglaufen. Und sie muss heute mindestens zweimal in ihrer menschlichen Gestalt essen."

Als sie mit Declans Windel fertig war, legte sie ihn in seine Babywippe und befestigte den Gurt. „Klar doch."

Da Kiyana sich nur in Finns Haus oder in den Archiven aufhalten durfte, half es, sie von Alistair abzulenken, wenn sie mit anderen zu tun hatte. Schon wieder musste sie abgelenkt werden!

Auch davon, sich Sorgen darüber zu machen, dass sie der MDA-Direktorin bald ihre Idee zu einer Drachenversammlung vortragen musste. Sie hatte die Versammlung vielleicht noch nicht angesprochen, aber sie hoffte, sie in die nächste Videokonferenz mit der MDA-Direktorin einbringen zu können.

Als sie die Tür öffnete, sah sie Layla auf der Treppe. Kiyanas Magen schlingerte nach oben. „Ist alles in Ordnung?"

„Die beste Nachricht ist, dass er lebt. Aber es gibt da etwas, das ich mit dir besprechen möchte, sofort und unter vier Augen."

Kiyana hatte genug mit Layla zu tun gehabt, um zu wissen, dass sie keine Details preisgeben würde, bis sie allein waren, also führte sie sie in Finns Büro, das in den letzten Tagen allmählich ihres geworden war.

Sie rief in Richtung Küche: „Ich bin für eine Weile mit Layla im Büro, Ara!", bevor sie die Tür schloss.

Der Raum war schallisoliert, sodass niemand wissen konnte, was darin passierte, außer ihr und

Layla. „Gut, dann sag mir, was los ist. Und je konkreter du bist, desto besser."

Layla nickte. „Mir gefällt, dass du nicht als Erstes gefragt hast, wann du ihn wiedersehen kannst. Also überspringe ich den Teil und komme zur Sache. Alistair ist für eine Weile aufgewacht."

Kiyana keuchte. „Geht's ihm gut?"

„Soweit wir es sagen können, ist seine menschliche Hälfte intakt. Es waren nur ein paar Minuten, also konnte ich seinen Geisteszustand nicht vollständig einschätzen. Aber angesichts seiner Fragen denke ich, dass er keinen nennenswerten Gehirnschaden erlitten hat."

Kiyanas Herzschlag beschleunigte sich. Alistair war endlich aufgewacht, und nach dem, was ihr alle gesagt hatten, war das der wichtigste Schritt für einen Drachenwandler. Es bedeutete fast immer, dass er überleben würde.

Dennoch wollte sie sich nicht zu große Hoffnungen machen. Laylas Gesicht war immer noch neutral, und sie spürte, dass mehr hinter der Geschichte steckte. „Das macht mich zwar glücklicher als du ahnst, aber ich spüre, dass es nicht das ist, was du mir sagen wolltest."

Layla schüttelte den Kopf. „Nein, ist es nicht. Sid und die anderen Ärzte erforschen Bluttransfusionen und tun ihr Bestes, um die Daten der Drachenritter zu entschlüsseln. Auch wenn es zu diesem Zeitpunkt hauptsächlich Anekdoten darüber gibt, was mit einem Drachenwandler passiert, dem

Blut von einem Menschen zugeführt wird, haben sie alle eine Gemeinsamkeit, die ich nicht ignorieren kann. Eine, die alles kompliziert macht."

Sie seufzte. „Layla, meine ganze Situation hier ist kompliziert. Das ist nicht neu und kann mir kaum Angst machen."

„Vielleicht, vielleicht auch nicht. Aber die Gemeinsamkeit? Jeder Drachenwandler, der eine Bluttransfusion von einem Menschen erhalten hat, ist zeugungsunfähig geworden."

„Zeugungsunfähig?", wiederholte sie. Von all den Möglichkeiten war das keine gewesen, an die sie gedacht hatte.

Layla nickte. „Aye. Es sind weitere Untersuchungen erforderlich, um sicherzustellen, dass dies universell wahr ist, aber es ist eine so große Sache, dass ich dieses Ergebnis mit dir besprechen musste."

Sie fing an, alles zusammenzusetzen. „Wenn Alistairs Drache aufwacht und immer noch einen Rausch will, wird er ihn nie vollenden können und wahrscheinlich am Ende durchdrehen."

„Unglücklicherweise ist das eine reale Möglichkeit. Es gibt jedoch eine Option, diese Situation vielleicht zu vermeiden."

„Wenn du jetzt sagst, dass du mich wegzuschicken und Alistair betäuben willst, bis der Rausch vorbei ist, dann werde ich, so wahr mir Gott helfe, anfangen, zu schreien."

Layla lächelte. „Nein, das ist es nicht." Ihr Gesicht nahm wieder seinen ruhigen, gefassten

Ausdruck an. „Vielleicht weißt du es oder auch nicht, dass Drachenwandlersperma das Einfrieren nicht überlebt. Wenn du also bleibst und mit Alistair zusammen sein willst, müssen wir dich künstlich befruchten. Korrektur, wir müssen es versuchen, denn künstliche Befruchtung hat eine sehr, sehr geringe Erfolgsrate bei Drachen."

Kiyana erinnerte sich daran, dass sie in ihren frühen Tagen im Ministerium für Drachenangelegenheiten davon gehört hatte, und das war der Grund, warum Menschen tatsächlich Sex mit einem Drachenwandler im Opferprogramm haben mussten, anstatt außerhalb des Clanlands befruchtet zu werden. „Und wenn es funktioniert, was passiert dann danach?"

„Danach, wenn es erfolgreich ist und wir sicher sein können, dass sein Drache ruhig sein wird, wenn er zurückkehrt, können wir versuchen, Alistair mit den Daten zu retten, die wir haben finden können. Aber die Uhr tickt. Wegen der fremden Chemikalien in seinem Körper, die scheinbar nicht durch normale Stoffwechselprozesse verschwinden, ist jede Gabe der Drachenschlafdroge gefährlich. Es könnte seinen Drachen für immer zum Schweigen bringen."

Kiyana verschränkte die Arme vor der Brust. „Also muss ich mich bald entscheiden, ist es das, was du sagst?"

Layla nickte. „Aye, ich fürchte schon."

Wenn man sich überlegte, dass Kiyana sich ein paar faule Tage vorgestellt hatte, um Alistair kennenzulernen, bevor sie an dem Rausch teilnahm! Sie hatte sich bereits darauf vorbereitet, schwanger zu werden, und auf alle Risiken – einschließlich des Todes –, die damit einhergingen für Menschen, die Halbdrachenwandler-Kinder trugen.

Aber jetzt konnte sie nicht mal mit Alistair reden. Und wenn sie einem möglicherweise langen, langwierigen künstlichen Befruchtungsprozess nicht zustimmte, konnte sie das vielleicht nie tun.

Manche hätten sie vielleicht für verrückt gehalten, wenn man bedachte, wie lange sie den Drachenmann erst kannte, aber sie hatte noch nicht aufgegeben und wollte es auch jetzt nicht tun.

Trotzdem brauchte sie so viele Informationen, wie sie bekommen konnte. „Meine Hauptfrage ist, ob damit, dass ich schwanger bin, das Verlangen seines Drachen, mich zu beanspruchen, befriedigt sein wird. Denn da scheint das Problem zu liegen, dass Alistair mir, um den Rausch zu vollenden, wehtun wird, wenn er wach und sein Drache anwesend ist."

Layla steckte die Hände in die Taschen ihres Laborkittels. „Wenn ich wetten müsste, denke ich, dass es genug sein sollte. Schließlich wirst du Alistairs Duft tragen, und das sollte sein inneres Tier besänftigen." Layla streckte eine Hand aus und drückte sanft Kiyanas Oberarm. „Ich weiß, dass es nicht ideal ist, und wahrscheinlich nicht, wie du es dir vorgestellt hast, Alistairs wahre Gefährtin zu sein, aber es ist das Beste, was ich tun kann."

Sie wollte nervös lachen, aber biss sich stattdessen auf die Lippe. Kiyanas rosige Träume, dass Alistair sie ins Bett trug, dass sie seinen Drachen im Rausch sehen und den Drachenmann besser kennenlernen konnte, bevor sie schwanger wurde, waren verschwunden.

Und doch, nachdem sie fast zwei Wochen in Lochguard verbracht hatte, wurde es allmählich zu ihrem Zuhause. Manche mochten sagen, dass sie übertrieb, wenn es um ihre Gefühle für Alistair ging, aber sie hatte nie dieselbe Verbindung zu irgendeinem anderen Mann empfunden, wie die zu Alistair.

Selbst wenn sie sich noch nicht ineinander verliebt hatten, glaubte sie, dass sie es eines Tages könnten.

Und Laylas Vorschlag war vielleicht der einzige Weg, wie sie mit dem Drachenmann, mit dem sie eine Zukunft wollte, je ein Kind bekommen konnte.

Sie öffnete die verschränkten Arme und richtete sich auf. „Die künstliche Befruchtung ist für mich in Ordnung. Aber Alistair sollte auch mitreden können. Das ist eine zu wichtige Entscheidung, um sie ohne ihn zu treffen."

„Aye, ich weiß. Und ich habe vor, ihn zu fragen. Ich wollte nur zuerst mit dir reden. Das wird nicht nur dein Leben für immer verändern, sondern dich auch auf einen Weg bringen, den du nicht ändern kannst, Kiyana. Sobald du das Kind eines Drachenwandlers trägst, wirst du in der menschlichen Welt immer stigmatisiert sein, was bedeutet, dass, wenn es mit Alistair nicht klappt, du vielleicht kein zweites Happy End bekommst."

Sie hob eine Hand. „Sag das nicht. Wahre Gefährten sollten die beste Chance eines Drachenwandlers auf Glück sein, oder? Außerdem ist Alistair freundlich, fürsorglich und ehrlicher als viele Menschen, die ich in der Vergangenheit gekannt habe. Dann kommt noch hinzu, dass er mich beschützen will – so sehr ich mir auch gewünscht hätte, dass er mich bei seinem Problem um Hilfe gebeten hätte – jedenfalls deutet alles auf einen Mann hin, den ich will."

„Gut, dann werde ich mit ihm reden. Wir müssen dich auch auf Hormone setzen, um hoffentlich die Befruchtung zu erleichtern. Es wird aber nicht einfach sein, also bereite dich vor."

Sie ignorierte das Flimmern der Sorge in ihrem Bauch. „Ich komme schon klar damit."

„Dann bin ich jetzt weg, um alles vorzubereiten. Sobald Alistair wach ist, werde ich mit ihm darüber reden."

Layla ging zur Tür, aber Kiyana fragte: „Kann ich ihn wenigstens einmal sehen? Du weißt schon, bevor ich versuche, sein Kind zu empfangen?"

„Ich will dich nicht anlügen – ich weiß es nicht. Ich darf nicht riskieren, dass sein Drache aufwacht und die Kontrolle übernimmt."

Ihr Herz wurde schwer. „Ich verstehe."

„Es tut mir leid, Kiyana. Ich wünschte, es müsste nicht so sein. Aber eins sollst du wissen: Ich werde für jede Unterstützung kämpfen, die du brauchst, und ich werde Finn sogar davon überzeugen, deine Liste sicherer Orte zu erweitern, damit du einige der anderen Menschen in Lochguard sehen kannst, bis Alistair wieder gesund und munter ist. Vor allem, weil dir ein Gespräch mit Gina und Holly helfen wird, denke ich, da sie beide die Schwangerschaft und die Entbindung von ihren Halbdrachenwandler-Kindern überlebt haben."

Die menschliche Sterblichkeitsrate lag höher, als es irgendwem gefiel, wenn ein Mensch das Kind eines Drachenwandlers austrug. Kiyana wusste jedoch, dass Lochguard im letzten Jahr viel weniger Komplikationen hatte als die anderen Clans. Sie vermutete, es gäbe einen Grund dafür, aber einen, nach dem sie später fragen würde, sobald Alistair die Gefahrenzone hinter sich hatte.

Sie deutete auf die Tür. „Dann geh und mach alles fertig. Ich bin hier, wenn du mich brauchst."

Nachdem Layla ihr einen mitleidigen Blick zugeworfen hatte, verließ sie das Büro.

Kiyana setzte sich sofort auf den Stuhl und atmete tief durch. Ohne jemals mehr getan zu haben, als Alistair zu küssen, könnte Kiyana bald sein Kind tragen.

Es sollte keine Tränen in ihren Augen prickeln lassen, aber das tat es. Nicht, weil sie bald schwanger wäre. Nein, weil sie Alistair immer noch verlieren könnte – oder einen Teil von ihm, wenn sein Drache für immer schweigen würde.

Sie war fast zwei Wochen stark gewesen, aber genau hier und jetzt wollte sie, dass ihre Mutter aus dem Süden kam und sie tröstete.

Sie glaubte jedoch nicht, dass das möglich war. Also müsste sie einfach Laylas Angebot annehmen, mit den anderen Menschen zu sprechen, die sich mit Drachenwandlern in Lochguard gepaart hatten.

Kapitel Vierzehn

Einige Tage später lag Alistair in seinem Bett, immer noch in der Chirurgie, starrte Finns Gesicht an und dachte darüber nach, wie er auf das antworten konnte, was er gerade gehört hatte.

Eine Transfusion menschlichen Bluts war wahrscheinlich seine beste Chance auf Genesung, aber dadurch würde er möglicherweise am Ende zeugungsunfähig sein.

Und die Ärzte waren sich nicht vollkommen sicher, ob die Lösung funktionieren würde.

Alistair fragte: „Warum sollte Kiyana dem zustimmen?"

Finn zuckte die Schultern. „Dem Mädel liegt etwas an dir. Aye, es ist keine Liebe. Aber ich glaube, das kann es eines Tages sein. Und das ist vielleicht die einzige Chance für dich, ein Kind zu bekommen, Alistair. Und selbst dann besteht keine Garantie."

Hätte er die Kraft gehabt, hätte er seine Hände gehoben und sein Gesicht gerieben. Doch allein der Versuch, wach zu bleiben, raubte ihm jede Energie, also gab er sich mit einem Seufzen zufrieden. „Und ich kann nicht einmal mit ihr reden, bevor ich eine Entscheidung treffe, aye?"

„Nein, Layla denkt, es wird dein inneres Tier aufrütteln, und sie will dir nicht mehr Medikamente geben als unbedingt nötig."

Es war eine vernünftige Entscheidung. Alistair war jedoch an einer wichtigen Gabelung in seinem Leben, und er wollte nicht nur mit der möglichen Mutter seines zukünftigen Kindes sprechen, sondern auch die Meinung seines Drachen hören.

Und doch würde er keins von beiden haben können. Was bedeutete, dass er selbst entscheiden musste, was zu tun war.

Die Menschen hatten es definitiv schwerer, das verstand er jetzt, wenn es darum ging, das Leben allein zu leben.

Alistair hatte mehr Fragen, als er jemals beantwortet bekäme, aber er konzentrierte sich auf die wichtigeren. „Versteht Kiyana die Gefahren, wenn sie schwanger wird?"

„Aye, natürlich. Sie hat sowohl mit Layla als auch mit Frasers und Fergus' Gefährtinnen geredet."

Die Gefährtinnen der MacKenzie-Zwillinge waren auch Menschen. „Das könnte ihr ein falsches Gefühl von Sicherheit geben, wenn es darum geht, ein Drachenwandler-Kind zu bekommen, Finn, und das weißt du. Sie haben beide leicht überlebt."

„Und du kennst auch den Grund dafür. Infusionen mit Drachenwandlerblut scheinen die Überlebenschancen eines Menschen bei der Entbindung zu verbessern. Kiyana wird dasselbe bekommen. Nicht deins, fürchte ich, da es zu stark mit Drogen versetzt ist. Aber deine beiden Brüder haben sich freiwillig gemeldet, um sicherzustellen, dass es aus demselben Genpool wie euer Kind stammt, was bisher die besten Ergebnisse erzielt hat."

Er liebte seine Brüder die meiste Zeit, aber hasste den Gedanken, dass sie Kiyana retten könnten, wenn er nicht dazu imstande war.

Da er nicht bei negativen Gedanken verweilen wollte, konzentrierte er sich auf die eigentliche Frage. Würde er Kiyana erlauben, sein Kind durch künstliche Befruchtung zu empfangen oder nicht?

Selbst ohne sein Tier schickte das Bild von Kiyana, die ihr Baby hielt und das Kleine anlächelte, ein Verlangen durch seinen Körper. Jahrelang hatte er den Gedanken an eine Familie oder an die Zukunft aufgeschoben. Aber Kiyana hatte ihn wieder dazu gebracht, alles zu wollen, und mehr.

Wenn das die einzige Möglichkeit wäre, es zu schaffen, dann müsste es so sein.

„Aye, ich stimme zu. Aber ich will es wissen, sobald sie schwanger ist. Ich will keine verdammten Ausreden hören, dass es mein Tier triggert oder irgendwas anderes."

Finn streckte die Hand aus, um seine Schulter zu drücken. „Du hast mein Wort, Alistair." Der Drachenmann ließ seinen Griff los. „Ich hoffe, du bist stark genug, um den Samen zu bekommen, den deine Frau braucht. Sonst werde ich dich jahrzehntelang damit aufziehen, dass du Hilfe gebraucht hast. Bei den meisten Gelegenheiten ist es zwar okay, um Hilfe zu bitten; aber irgendeinen Pfleger, der mir den Schwanz reibt? Och, das will ich nicht."

Alistair wusste, dass Finn versuchte, die Stimmung zu verbessern, aber diesmal würde es nicht funktionieren. „Mir wird es schon gut gehen. Schick die Ärztin so bald wie möglich. Ich will Kiyana nicht warten und Vermutungen anstellen lassen."

Finn ging zur Tür. „Ich weiß, dass du sie nicht sehen oder mit ihr reden kannst, aber soll ich ihr was ausrichten?"

Was sollte man zu einer Frau sagen, die sich so sehr bemüht hatte, einen zu retten, und sogar bereit war, die Funktionsweise der gesamten Welt zu verändern und ein Kind zu gebären, ohne einen Kuss oder Zärtlichkeit, um die Erfahrung zu versüßen? Alistair hatte keine verdammte Idee.

Also antwortete er nur: „Sag ihr danke."

Finn musterte Alistair eine Sekunde lang, bevor er nickte. „Aye, das werde ich. Aber ich hoffe, du weißt, dass das nicht der richtige Weg ist, um das Herz eines Mädels zu umwerben. Du wirst dich mehr bemühen müssen, wenn du draußen bist und es dir wieder gut geht."

Alistair grunzte. Er wollte im Moment keine Ratschläge von Finn, wie man ein Mädel umwarb. „Aye, ich weiß das."

Das war tatsächlich alles, was er sagen konnte. Obwohl, wenn er am Ende ohne seinen Drachen überleben würde, Alistair vielleicht nicht im besten Geisteszustand war, jemanden zu umwerben.

Nein! Er durfte so nicht denken. Kiyana hatte Besseres verdient. Selbst ohne sein Tier müsste er alles tun, um sie glücklich zu machen. Nicht nur, weil er dankbar war, sondern weil er der Mann sein wollte, den Kiyana verdiente.

Finn sagte: „Alles wird gut, Alistair. Du wirst schon sehen."

Diesmal grunzte er lauter, und Finn ließ ihn in Ruhe.

Am Ende mochte nicht alles in Ordnung sein – Alistair kannte Schmerz und Tragödien besser als die meisten anderen –, aber er würde das Leben, das er wollte, nicht aufgeben, nur weil er am Ende nur noch ein halber Mann wäre.

Nein, selbst wenn er als Mensch leben müsste und nie wieder in der Lage wäre, sich zu wandeln, würde er es tun. Weil bald mehr von ihm abhängen würde als nur sein eigenes Dasein. Bald, wenn er einmal eine Pause in seinem Leben hätte, hätte er auch eine Gefährtin und ein Kind.

Und für einen Drachenwandler mit irgendeinem Sinn für Ehre, lohnte es sich, dafür gegen jedes Hindernis zu kämpfen.

Kapitel Fünfzehn

Kiyana saß auf einem Stuhl in einem der Räume von Lochguards Krankenstation und konnte nicht anders, als mit ihren Fingern auf den Oberschenkel zu trommeln.

Nach drei langen Monaten war es das. Wenn ihr Schwangerschaftstest negativ war, gab es keine Chancen mehr. Alistairs Gesundheit hatte sich so stark verschlechtert, dass er am Tag zuvor seine Bluttransfusion bekommen hatte. Obwohl eine geringe Chance bestand, dass er nicht zeugungsunfähig wurde, setzte niemand seine Hoffnungen darauf.

Nicht, dass sie es irgendwie anders haben wollte. Dass Alistair lebte, war ihr wichtiger als seine Fähigkeit, ihr ein Kind zu schenken. Die Ärzte wollten nichts riskieren, falls der Eingriff nicht erfolgreich gewesen war, und ließen keine Besucher zu ihm. Sonst wäre sie jetzt an seiner Seite, statt in einem leeren Raum.

Die Stille hier machte sie jedoch nur ängstlicher.

Layla kam herein, und Kiyana setzte sich aufrechter hin. Das war es – ein Teil ihrer Zukunft würde hier entschieden.

Layla setzte sich ihr gegenüber. Wie immer war das Gesicht der Ärztin ruhig und größtenteils unleserlich. Ihr erster Instinkt sagte, die Befruchtung hatte nicht stattgefunden. Wieder nicht.

Doch sie wollte es nicht heraufbeschwören. „Und? Was sagt das Ergebnis?"

Layla lächelte, und das Brennen in ihrem Magen ließ etwas nach. „Herzlichen Glückwunsch, du bist schwanger!"

Kiyana starrte auf ihren Unterbauch. Nach drei Monaten Hormonspritzen und zwei Fehlschlägen hatte sie es geschafft. Sie trug ihr und Alistairs Baby.

Es kamen eine Flut der Erleichterung und ein kleines Glücksgefühl in ihr auf. Aber nach so langer Zeit ohne ein paar Worte mit Alistair war es schwieriger, sich zu freuen, als sie gedacht hatte.

Nein, sie dachte nicht, dass es ein Fehler war. Schließlich hatte sie wochenlang mit ihrer Mutter darüber gesprochen, die nach Lochguard kommen war und bei ihr bleiben durfte.

Aber sie und Alistair waren im Grunde Fremde.

Es war nicht so, wie sie sich vorgestellt hatte, ein Baby zu bekommen.

Layla berührte ihre Hand. Kiyana begegnete erneut dem Blick der Ärztin, und deren Lächeln half, ein wenig von ihrer Angst zu lindern. Layla sagte leise: „Es wird alles gut, also versuch nicht, dir Sorgen zu machen. Solange du die geplanten Drachenblut-Injektionen von den Boyd-Brüdern erhältst, solltest du überleben. Egal, was passiert, ich werde immer für dich kämpfen, Kiyana."

Tränen stachen in ihren Augen. „Das ist es nicht. Ich, nun, was ist, wenn meine Erinnerung an Alistair genau das ist – eine Erinnerung? Vielleicht wird er das hier bereuen."

Die Drachenfrau antwortete: „Nein, wird er nicht. Er strahlt bei jeder Nachricht über dich. Er will dein Gefährte sein, Kiyana. Er ist ein guter Mann. Sobald er aufwacht, werde ich ihn zum letzten Mal untersuchen, um sicherzustellen, dass du ihn sehen kannst. Und dann sorge ich dafür, dass ihr etwas Privatsphäre bekommt, und wenn ich Meg Boyd selbst an einen Stuhl binden muss."

Ihre Lippen zuckten bei der Vorstellung. „Ich denke, jeder würde dafür bezahlen, das zu sehen."

Layla schnaubte. „Das ist die Kiyana, die ich kenne. Ich vermute, all diese Hormone haben verheerende Auswirkungen auf deine Emotionen, ganz zu schweigen von deinem Körper. Sprich mit Alistair, bevor du dich zu sehr in die Frage ‚was wäre wenn' verbeißt, aye?"

Kiyana atmete einmal tief durch und nickte. „Aber erzähl es niemandem, bis ich es Alistair gesagt habe, okay? Er verdient es, es zuerst zu erfahren."

Nachdem Layla ihre Hand gedrückt hatte, zog sie sie zurück und setzte sich gerade auf. „Aye, natürlich." Etwas piepte in Laylas Tasche. Die Ärztin nahm ihr Handy heraus, warf einen Blick darauf und steckte es wieder weg. „Alistair ist wach, also könnt ihr euch vielleicht früher treffen, als du denkst. Bleib hier, aye? Logan soll nach dir sehen und dir Bescheid sagen, wenn du zu Alistair kannst."

Sie hoffte mit ihrem ganzen Sein, sie könnte es. Ihr Leben war in den letzten drei Monaten unvollständig gewesen. Sicher, sie hatte Freunde gefunden und sogar zugesehen, wie eine der Frauen einen Lochguard-Drachenmann zum Gefährten genommen hatte. Ganz zu schweigen davon, dass sie ihr Bestes gegeben hatte, um den anderen Frauen zu helfen, die noch keinen eigenen Drachen gefunden hatten. Es war jedoch schwer, eine Zukunft schaffen zu wollen, wenn die einzige Person, die darin sein sollte, von einem weggesperrt war.

Nicht, dass das zu ihrem Ungunsten getan worden war. Aber trotzdem.

Kiyana nickte. „Ich warte hier. Auch wenn etwas Tee und Schokolade schön wären, um meine Nerven zu beruhigen."

Layla stand auf. „Logan wird gleich was bringen. Er ist der Einzige andere, der von deiner Schwangerschaft weiß, und das ist gut für dich. Nun, fürs Erste. Drachenwandlermänner werden sogar noch fürsorglicher, wenn eine Frau schwanger ist. Wünsch dir den Mond, und irgendeiner von ihnen wird ihn holen."

Sie lächelte. „Das gibt mir etwas Macht."

Layla zwinkerte. „Das tut es. Bis du es satt hast und sie anschreien musst, sie sollen dich in Ruhe lassen. Und scheu dich nicht, das zu tun." Die Ärztin ging zur Tür. „Ich lasse dich über Alistair wissen, sobald ich es kann."

Und dann war Kiyana wieder allein. Nicht wirklich, als sie eine Hand auf ihren Unterleib legte und sich an das Baby erinnerte, das dort wuchs.

Mein Kind. Selbst wenn es für sie am Ende nicht perfekt gelaufen wäre, würde sie immer noch ihr Baby bekommen. Und da er oder sie halb Drachenwandler war, machte sie das nur entschlossener, die Wissenslücke zwischen Menschen und Drachen zu schließen. Schließlich wollte sie nicht, dass die Leute Angst vor ihrem Baby hatten. Und im Idealfall wollte sie, dass er oder sie sowohl menschliche als auch Drachenwandler Freunde und -Familie hatte.

Natürlich war das Kind nicht nur ihres. Und sie musste es dem Vater bald erzählen.

Sie begann, über Möglichkeiten nachzudenken, Alistair die Nachricht zu übermitteln, als Logan mit einer Tasse Tee und drei verschiedenen Arten von Schokolade hereinkam. Während der Mann noch darüber plapperte, ihr auch sonst alles bringen zu können, was sie brauchte, schlürfte Kiyana an ihrem Tee und lächelte, weil Logan sich so verbog, um sie glücklich zu machen.

Sie mochte die zusätzliche Aufmerksamkeit irgendwann satthaben, aber im Moment war es genau das, was sie brauchte, um all die negativen

Möglichkeiten für ihre Zukunft zu vergessen und sich auf die positiven zu konzentrieren.

Alistair hatte gelernt, die weiße Decke über seinem Bett zu lieben und zu hassen.

Drei lange Monate hatte er darauf starren müssen. Aye, sie hatten einen Fernseher gebracht und Karten, die von seinen Schülern und seinen Neffen gemacht worden waren, zierten jetzt die Wände. Die Decke war jedoch leer.

Und manchmal mochte er ihre Ruhe. Andere Male erinnerte es ihn nur an das, was fehlte – nämlich sich in einen Drachen verwandeln und in den Himmel springen zu können.

Er war noch nicht verrückt geworden, was gut war. Aber wochenlang allein in seinem Kopf zu sein, war einsam. So viel einsamer, als er sich je hätte vorstellen können.

Einsamer noch, da er genauso lange nicht mit Kiyana gesprochen hatte.

Wenigstens war er von der Transfusion aufgewacht und hatte sich stärker gefühlt. Die massiven Dosen verschiedener Medikamente hatten ihren Tribut gefordert – ganz zu schweigen von der Operation, in der seine gebrochenen Knochen, so gut Layla konnte, repariert worden waren –, und seine Gesundheit hatte ein paar Tage zuvor fast versagt. Obwohl er sich freuen würde, endlich auf dem Weg der Genesung zu sein, bedeutete die Prozedur wahrscheinlich, dass er jetzt zeugungsunfähig war.

Wenn der letzte Versuch mit Kiyana gescheitert war, dann war's das. Alistair hätte nie eigene Kinder. Und wenn man überlegte, wie schwer es für Drachenwandler war, überhaupt eine große Anzahl von Kindern zu haben, dann konnte er vielleicht auch nie adoptieren.

Er füllte fast die Stille mit dem, was sein Drache seiner Meinung nach sagen würde, aber die Tür öffnete sich, und Layla kam zu seinem Bett. „Lass die Einzelheiten über Langeweile und Unruhe aus und sag mir, wie du dich fühlst."

So dringend, wie sie auf den Punkt kommen wollte, antwortete er gleich: „Nicht so müde wie zuvor. Aber mein Drache ist nicht zurückgekehrt."

„Darüber würde ich mir noch keine Gedanken machen. Er wurde vielleicht durch den Langzeitkonsum der Drachenschlafdroge in eine Art Koma versetzt. Die Wirkung sollte in wenigen Tagen nachlassen, und wir werden sicher wissen, wie es ihm geht."

Keine tröstenden Worte von Layla. Das war eines der Dinge, die er an ihr hasste und liebte, ebenso wie alle Clanmitglieder. „Und Kiyana? Kann ich sie endlich sehen?"

„Ich muss erst ein paar Dinge überprüfen, aye? Dann kann ich es dir sagen."

Als Layla ihre Untersuchung durchführte und er ihre Fragen ehrlich beantwortete, widersetzte er sich dem Drang zu fragen, ob es ihr gut ging. Es war über drei verdammte Monate her, seit er die Frau gesehen, geschweige denn mit ihr gesprochen hatte, die seine wahre Gefährtin war. Obwohl er sie nicht lange gekannt hatte, bevor all die Schwierigkeiten in sein Leben fielen, vermisste er sie. Vermisste ihren Humor, ihre Intelligenz, verdammt, wie sie sich einfach wie die Liebhaberin und Freundin anfühlte, die er immer hatte haben sollen.

Er würde Rachel nie vergessen und sie immer lieben, aber Kiyana war jetzt seine Zukunft.

Zumindest hoffte er das. Wenn die Befruchtung nicht geklappt hatte, dann konnte sie jederzeit gehen.

Und wenn sein Drache nicht zurückkehrte, dann würde sie es vielleicht tun, unfähig, mit den Veränderungen umzugehen, die ohne Zweifel aufgrund der Abwesenheit kommen würden.

Seine Gedanken bewegten sich zu dem, was er tun konnte, um sicherzustellen, dass Kiyana blieb, als Layla fertig war und die Hände in die Taschen ihres Laborkittels steckte. „All deine Vitalparameter sind stärker, und dein Verstand scheint auch gut zu sein."

Hoffnung sprudelte in seiner Brust auf, und er platzte hervor: „Heißt das, dass ich sie endlich sehen kann?"

„Unter einer Bedingung: Ich möchte hier sein, wenn du sie zum ersten Mal siehst und mit ihr redest, nur um sicherzustellen, dass dein Drache sich nicht aufführt."

Sein Glück ließ nach. Ihre Worte mussten eines bedeuten. „Dann hat die Befruchtung nicht geklappt?"

Layla hob die Augenbrauen. „Und wenn nicht?"

Alistair knurrte. „Spiel nicht mit mir, Layla."

„Beantworte die Frage."

Er wollte sture Ärzte verfluchen. Wenn sie nicht eine so verdammt gute gewesen wäre, hätte er es vielleicht getan.

Stattdessen antwortete er: „Ich will sie immer noch sehen, ihre Stimme hören und ihre Hand in meiner spüren. Mit oder ohne das Kleine, sie ist meine wahre Gefährtin, Layla. Selbst ohne meinen Drachen fühlt sich die Welt heller an, wenn sie in der Nähe ist. Ich will, nein ... brauche sie."

Layla nickte. „Gute Antwort." Er öffnete den Mund, doch sie kam ihm zuvor. „Lass mich dir helfen, dich aufzusetzen, und dann hole ich sie."

Auch wenn vielleicht nur eine Minute verging, in der Layla ihm half, sich aufzusetzen, und sie die Kissen hinter seinen Rücken steckte, schienen es Stunden zu sein.

Dann ging sie, und Alistairs Herzfrequenz stieg an. Nach so langer Zeit würde er Kiyana endlich wiedersehen! Er hoffte, es wäre nicht irgendwie unangenehm.

Aber selbst, wenn es so wäre, würde er von vorn anfangen und daran arbeiten, wieder dorthin zu gelangen, wo sie gewesen waren.

Die Tür öffnete sich und enthüllte Kiyanas

dunkle Augen und ihr lockiges Haar. Als ihr Blick seinem begegnete, vergaß er seine Sorgen und all die schrecklichen Dinge, die sich in den letzten drei Monaten ereignet hatten.

Seine wahre Gefährtin war hier, und die Welt fühlte sich heller an.

Aye, es war poetisch, aber wahr. Er murmelte: „Kiyana."

Sie lächelte, und Alistair fühlte sich so stark wie seit Tagen nicht. Jeder Schritt, den sie auf ihn zuging, geschah in Zeitlupe, aber sie erreichte schließlich seine Seite. Er nahm ihre Hand, brachte sie an seine Lippen und küsste sie. Atmete ihren Duft ein – denjenigen, der ihn in seinen Träumen so oft besucht hatte – und erstarrte. Es war nicht nur ihr Duft. Nein, es war auch seiner.

Was nur eines bedeuten konnte.

Er sah ihr in die Augen und fragte: „Ist es wahr? Bist du schwanger?"

Sobald seine Worte draußen waren, fühlte er, wie sich etwas in seinem Hinterkopf regte. Es schien, als würde er schon bald etwas mehr über sein Kind und den Zustand seines Drachen erfahren.

Kiyana erinnerte sich nicht an den Weg zu Alistairs Zimmer. Aber als sie sein blasses Gesicht und einen Körper betrachtete, der viel dünner war als zuvor, zog sich ihr Herz zusammen. Ihr starker, gesunder Drachenmann sah schwach aus.

Aber dann fand sein Blick ihren, und das Glück in seinen nicht übereinstimmenden Augen wusch ihre Sorgen beiseite. Alistair hatte eine schwierige Genesung vor sich, aber er war immer noch hier. Und alles, was sie tun wollte, war, zu ihm zu eilen und in seine Arme zu springen.

Layla hatte jedoch dazu ermahnt, das erste Treffen langsam anzugehen. Erst wenn die Ärztin sicher war, dass Alistairs Drache sich nicht aufführte, würde sie sie in Ruhe lassen.

Sie brachte ihre Füße dazu zu arbeiten, durchquerte den Raum und nahm ihren Blick nicht von Alistair. Als sie ihn schließlich erreichte und er ihre Hand nahm, lief bei seiner Berührung ein Stromstoß an ihrem Arm hoch. Und dann küsste er ihre Hand, und sie seufzte vor Glück. Seine Berührung ließ den Großteil ihrer Befürchtungen und Ängste schmelzen.

Alistair sah sie jedoch neugierig an, während seine Pupillen für den Bruchteil einer Sekunde blitzten. „Ist es wahr? Bist du schwanger?"

Bevor sie antworten konnte, war Layla da und verlangte zu erfahren: „Ist dein Drache wach? Führt er sich auf?"

Alistair wandte den Blick nicht ab, als er antwortete: „Er ist da, aber er hat nichts gesagt. Wenn es dir nichts ausmacht, möchte ich jetzt gern wissen, ob meine Gefährtin schwanger ist."

Kiyana ergriff das Wort. „Zukünftige Gefährtin, erinnerst du dich?"

Sorge huschte über sein Gesicht, und Kiyana fühlte sich, als wäre sie zehn Zentimeter groß. Sie wollte nicht mit Alistair spielen, ihn nur necken.

Es schien, als würde das Necken erst mit der Zeit wieder natürlich werden.

Sie fuhr schnell fort: „Keine Sorge, ich ziehe mich nicht zurück. Ich bin noch hier, oder etwa nicht?"

Er ließ ihre Hand nicht los. „Und gibt es ein Kleines?"

Unsicher, was sie sagen sollte, nickte sie.

Alistair küsste ihre Hand noch einmal und schloss die Augen. „Danke, Kiyana. Ich weiß, es muss die Hölle gewesen sein, aber danke. Ich werde der beste Vater der Welt sein, aye? Ich schwöre es."

Sie sollte glücklich sein, aber Wut schoss durch sie. „Ich bin durch die Hölle gegangen? Wir hätten dich fast verloren, Alistair, und mehr als einmal. Du bist fast gestorben für die Möglichkeit, vielleicht ein Kind zu bekommen. Sei nur froh, dass du nicht gestorben bist, weil ich dich sonst zurückgeholt hätte, um dich selbst zu töten."

Er begegnete erneut ihrem Blick. „Ich bin noch hier, aye?"

Sie konnte nicht anders, als ihn anzulächeln, weil er ihre eigenen Worte wiederholte. „Ich denke, dass wir in Zukunft an der Kommunikation arbeiten müssen. Da es keine Einschränkungen mehr gibt, dich zu sehen, sollten wir es aber hinbekommen."

Layla bemerkte: „Das muss ich noch entscheiden, um ehrlich zu sein."

Kiyana runzelte die Stirn und blickte endlich von Alistair zur Ärztin. „Was meinst du damit?"

Layla deutete mit der Hand auf Alistair. „Sein Drache rührt sich, aye? Seine Pupillen wechseln nicht vollständig, aber sie flackern ab und zu. Ich bin mir nicht sicher, ob ich dich mit ihm allein lassen will, bis ich weiß, dass sein inneres Tier keine Bedrohung ist."

Alistair knurrte, und sie blickte auf sein Gesicht zurück, als ihr Drachenmann sagte: „Ich würde Kiyana nie in Gefahr bringen."

Layla antwortete: „Nicht absichtlich. Aber es ist immer noch eine Möglichkeit. Ich mache nur meinen Job, wie du verdammt gut weißt."

Aus Angst, seine Hand loszulassen und vielleicht gezwungen zu werden zu gehen, hielt Kiyana sie noch fester. „Andere können reinkommen, aber ich will bleiben. Ich habe jeden Befehl befolgt und getan, was du gesagt hast, seit drei Monaten, Layla. Aber ich werde Alistair nicht wieder im Stich lassen, es sei denn, er ist eine konkrete Bedrohung. Ich glaube, das habe ich mir verdient."

Alistair murmelte: „Kiyana ..."

Sie rutschte noch ein wenig näher an Alistairs Bett. „Ich weiß, das klingt verrückt, aber ich habe dich vermisst. Wer sonst wird mit mir über Jahrhunderte alte Ereignisse diskutieren und sich nicht langweilen?"

„Da wäre noch Max", sagte Layla.

Kiyana widersetzte sich einem Seufzen beim Gedanken an den überaus enthusiastischen Archäologen. „Mit Max ist es nicht gerade eine Diskussion, vielmehr hält er einem einen Vortrag. Versteh mich nicht falsch, ich bin dankbar für seine Begeisterung. Aber nicht viele scheinen bei ihm zu Wort zu kommen."

Layla schnaubte. „Das stimmt."

Alistair sprach noch einmal. „Hol alle, die darauf warten, mich zu sehen, aber lasst euch Zeit. Ich will ein oder zwei Minuten allein mit Kiyana. Und bevor du protestierst, du kannst ja eine Krankenschwester vor der Tür postieren, und Kiyana kann ihre Hand in die Nähe der Ruftaste legen. Aber gib uns nur ein paar Minuten, aye?"

Layla sah zwischen ihnen hin und her, bevor sie die Schultern zuckte. „Gut, ein paar Minuten, aber nicht mehr. Ich lege nicht aus Bosheit Beschränkungen auf, wisst ihr. Aber ich werde keine schwangere Frau in Gefahr bringen, nur weil du denkst, dass es dir gut geht, obwohl es noch ein bisschen unsicher ist, aye?"

Alistair grunzte, und Kiyana entschied sich, dass sie die Ärztin besser aus dem Zimmer bekommen könnte als durch Alistairs knurrende Antwort. „Wir wissen all deine Hilfe zu schätzen, Layla." Sie legte ihre Hand in die Nähe des Rufknopfes. „Siehst du?

Ich lasse sie da. Können wir jetzt ein paar Minuten haben?"

„Aye, aber ich bin in nicht einmal fünf Minuten zurück."

Layla ging, und Kiyana starrte Alistair in die Augen. Es gab so viel, was sie ihm sagen wollte, und doch wusste sie nicht, wo sie anfangen sollte. In den letzten drei Monaten war so viel passiert.

Und nach all den Kämpfen, dem Weinen und der Frustration sollte sie erleichtert sein, dass sich die Dinge beruhigt hatten. Wie auch immer, alles, was in Zukunft passieren würde, würde ihr Leben prägen, und sie wollte die zweite Chance nicht vermasseln.

Bevor sie etwas sagen konnte, flüsterte Alistair: „Küss mich, Kiyana. Es ist viel zu lange her, und ich habe es satt, nur von der Erinnerung zu zehren."

Kiyana nutzte die Gelegenheit, sich wortlos auszudrücken, und zögerte nicht, ihren Kopf zu senken und ihre Lippen auf Alistairs zu legen. Sobald seine warme Haut ihre berührte, seufzte sie, und Alistair wischte sanft seine Zunge zwischen ihre Lippen.

Die letzten drei Monate voller Sorge, Frustration und Wut schmolzen dahin, als er leckte und knabberte, wobei jede Zärtlichkeit ein Feuer in ihrem Unterleib schürte.

Er mochte dünner und schwächer sein, aber sie wollte ihn immer noch mit jeder Faser ihres Seins.

Sie hob eine Hand an seinen Kopf und kratzte mit den Nägeln über seine Haut. Sein Grollen vertiefte sich, und seine Bewegungen wurden verzweifelter, fordernder, einfach mehr alles.

Sie wollte neben ihm liegen, ihr Bein um seine Taille schlingen und spüren, wie sein großer Körper an ihren gepresst war.

Doch Alistair unterbrach den Kuss, hielt aber weiter ihren Hals, um ihr Gesicht nahe an seinem zu haben. Sein Atem tanzte über ihre feuchten Lippen, als er sagte: „Wenn du mich weiter so küsst, werde ich nicht in der Lage sein, den Anweisungen der Ärztin zu folgen, und dich direkt hier in diesem Krankenhausbett nehmen."

Einer ihrer Mundwinkel zuckte hoch. „Ich bin seit Jahren keine Regelbrecherin mehr gewesen, aber du verführst mich, wieder eine zu werden, Alistair Boyd." Sein warmes Lachen hallte durch ihren Körper und machte ihr Herz leichter. Sie konnte nicht anders, als herauszuplatzen: „Es ist gut, dich lachen zu hören."

Er drückte ihr sanft den Nacken. „Ich kann es nicht abwarten, deins wieder zu hören, Mädel."

Sie starrten einander an, sagten nichts und doch alles.

Es war eine seltsame Situation, sowohl unangenehm als auch vertraut. Aber sie war entschlossen, die Unbeholfenheit so schnell wie möglich über Bord zu werfen. „Das sollte einfach sein, da ich bei dir wohnen werde, sobald du die Krankenstation verlassen kannst."

Er sah ihr in die Augen. „Bist du dir sicher,

Kiyana? Manche mögen darüber schwadronieren, dass wir in Nullkommanichts wie eine Seele sind oder so'n Scheiß. Aber es wird schon ein bisschen Zeit dauern, bis wir wieder dahin kommen, wo wir waren, und ich will dich nicht unter Druck setzen."

Sie streichelte sein Kinn. „Ich habe die Entscheidung selbst getroffen. Und es ist nicht ganz selbstlos, versprochen. Meine Mum hatte seltsame Gelüste, als sie mit mir schwanger war, und wir werden sehen, ob das genetisch ist. Und wenn ja, werde ich, sobald du bei voller Gesundheit bist, zu den unmöglichsten Zeiten lauter seltsame Wünsche haben."

„Also soll ich dein Lieferjunge sein? Solange du mir gutes Trinkgeld gibst, macht mir das nichts." Seine Stimme wurde rau. „Und ich bevorzuge mein Trinkgeld im Schlafzimmer."

Sie schnaubte. „Das ist so typisch Mann, das zu sagen. Da muss ich fast an einen wirklich schlechten Porno denken. Ein Mann taucht mit einer Pizza auf, und die Frau hat kein Geld. Also verhandeln sie einen anderen Weg, um ihn zu bezahlen ..."

Alistair grinste – inklusive Grübchen –, und sie hielt den Atem an. Selbst wenn er sich von drei Monaten Hölle erholte, war er immer noch sexy. „Ich bringe besseres Essen als Pizza. Ich hoffe also, dass die Zahlung der Qualität entspricht."

Sie schlug auf seine Schulter. „Da ist wohl jemand etwas vorschnell."

Sein Gesicht wurde ein wenig düsterer. „Die

Zukunft kann uns jederzeit genommen werden, Mädel. Das werde ich nicht nochmal vergessen."

„Alistair", sagte sie.

Kiyana hatte kaum ihre Lippen gegen seine gedrückt, als Finns Stimme den Raum erfüllte. „Och, das hat aber nicht lange gedauert, oder? Ihr beide braucht vielleicht eine Anstandsdame, bis Alistairs Gesundheit vollständig wiederhergestellt ist."

Alistair seufzte, und sie biss sich auf die Lippe, um nicht zu lachen. Nach einer Sekunde drehte sie sich um, um Finn, Arabella, Meg, Kiyanas Mutter und Alistairs zwei Brüder zu sehen.

Von irgendwo hinter ihnen kam Laylas Stimme. „Ich bin in zehn Minuten zurück, und dann werdet ihr gehen. Das waren die Bedingungen, also vergesst sie nicht. Und ja, ich spreche mit dir, Meg Boyd."

Meg wedelte mit einer Hand. „Aye, aye, wir werden deine Regeln befolgen." Die ältere Drachenfrau lächelte sie und Alistair an. „Es ist gut, euch beide wieder zusammen zu sehen."

Meg war in den letzten Monaten nett zu Kiyana gewesen. Auch wenn sie keine Details zu ihrem Auftrag vom Ministerium für Drachenangelegenheiten verraten hatte, war das für Kiyana in Ordnung. Schließlich war es ja nicht so, als wäre Meg eine Auftragskillerin.

Kiyanas Mutter ging an den Drachenwandlern vorbei, die alle mindestens sechs oder mehr Zentimeter größer waren als sie, und stellte sich neben

Kiyana. „Es ist an der Zeit, uns vorzustellen, meinst du nicht?"

Finn schnaubte von der Seite, aber Kiyana konzentrierte sich auf ihre Mutter. „Du bist noch keine Minute hier, Mum. Gib mir etwas Zeit, okay?"

Ihre Mutter hob eine kaum vorhandene blonde Augenbraue und wartete. Mit einem Seufzen deutete sie auf Alistair. „Mum, das ist Alistair Boyd. Alistair, das ist meine Mutter, Carol Barnes."

Trotz allem lächelte Alistair ihre Mutter an. „Ich sehe, woher Kiyana ihren starken Willen hat."

Ihre Mutter lächelte. „Und das ist auch gut so. Ihr Vater und ich waren ziemlich stur, und ein willfähriges Kind hätte die Kindheit vielleicht nicht so gut überstanden."

„Mum", sagte sie.

Alistair wandte den Blick nicht von Kiyanas Mutter ab. „Sie werden mir später mehr erzählen müssen. Ich bin neugierig auf Kiyana als kleines Kind."

Ihre Mutter nickte. „Sobald es Ihnen besser geht, werde ich das. Und falls Sie sich das fragen: Ich wohne im Moment bei Ihrer Mutter, damit ich Sie beide nicht belästigen muss, wenn Sie entlassen werden."

Ihre Mum und Meg tauschten einen Blick aus. Kiyana widerstand einem Seufzer. Die beiden verstanden sich ziemlich gut, zu gut nach Kiyanas Meinung, und wer wusste, was für Streiche folgen würden, wenn Alistair nicht mehr bettlägerig war.

Eine Sekunde lang wünschte sie sich, ihr Vater wäre noch am Leben. Er hätte sich von den Boyds nicht so leicht unterkriegen lassen, und nicht nur, weil er so groß war wie jeder von ihnen. Ihr Vater war die meiste Zeit seines Lebens Manager gewesen und wusste, wie man mit anderen umging. Zweifellos hätte er Meg dazu gebracht, Dinge zu tun, ohne dass sie die Manipulation bemerkt hätte.

Aber er war jetzt schon einige Jahre nicht mehr bei ihnen, und nichts würde ihn zurückbringen.

Alistair nahm ihre Hand, und sie sah ihm wieder in die Augen. Er hob fragend seine Brauen, aber sie schüttelte den Kopf. Jetzt war nicht der Zeitpunkt, ihm mehr über ihren Vater zu erzählen. Zumal ihre Mutter, während sie in der Öffentlichkeit stark war, manchmal immer noch zu Hause weinte und die Liebe ihres Lebens vermisste.

Arabella sprach und drang in Kiyanas Gedanken ein. Und obwohl die Stimme der Drachenfrau nicht die lauteste war, übertönte sie irgendwie die Stimmen aller anderen. „Layla wird jeden Moment zurück sein, also wenn du deinen Sohn Meg umarmen willst, dann solltest du es jetzt tun."

Meg verschwendete keine Zeit damit, auf die andere Seite des Bettes zu gehen und Alistair auf die Wange zu küssen. „Jag mir nie wieder solch einen Schrecken ein, aye? Mein Haar ist schon grau, aber du könntest es mir auch noch ausfallen lassen."

„Ja, Mum", sagte Alistair.

Kiyana tat ihr Bestes, nicht zu lächeln, als Meg so

einen Wirbel um ihren fast dreißigjährigen Sohn machte. Sie beobachtete die beiden so intensiv, dass sie fast zusammenzuckte, als ihre Mutter ihr ins Ohr flüsterte: „Also scheint alles gut zu sein?"

Sie nickte und sah in die haselnussbraunen Augen ihrer Mutter. „Ich glaube schon."

Ihre Mum lächelte. „Das freut mich, Kiki. Deine Sorgen waren vergeblich."

Sie sehnte sich danach, ihrer Mutter von ihrem Geheimnis, dem Baby, zu erzählen, aber sie hatte noch nicht mit Alistair darüber gesprochen, wann sie es sagen sollten.

Dann bemerkte sie Hamish Boyds Gesicht in der Nähe ihrer Schulter, der an ihr schnupperte. Sie blinzelte. „Hamish, was machst du da?"

Er atmete noch einmal tief ein und lächelte dann. Sein Blick fand den seines Bruders. „Gut gemacht, Alistair."

Alistair seufzte. „Du konntest nicht warten, bis wir es allen erzählen?"

Ihre Mutter meldete sich zu Wort. „Uns was erzählen?"

Hamish zögerte nicht. „Kiyana ist schwanger."

Alle redeten auf einmal, aber Finns Pfiff brachte sie endlich zum Schweigen. „Ich bin genauso sehr fürs Feiern wie jeder andere, aber Alistair hat erst gestern eine schwierige Prozedur durchgemacht. Drachenwandler heilen zwar schnell, aber vielleicht nicht ganz so schnell. Lasst uns versuchen, die Aufregung gering zu halten, aye?"

Hamish schüttelte den Kopf. „Und da dachte ich, du wärst der Lustige, Finn. Unser Bruder wird bald eine Gefährtin und ein Kleines haben. Wenn das nicht Grund zu feiern ist, dann weiß ich nicht was."

Laylas Stimme kam von der Tür. „Ihr könnt später feiern. Es ist Zeit für alle außer Kiyana, für den Tag zu gehen." Meg öffnete den Mund, aber Layla kam ihr zuvor. „Und auch keine Proteste. Du hast es versprochen, und wenn du es nicht brechen und Drachenwandler bei Kiyanas Mutter schlecht dastehen lassen willst, ist es Zeit zu gehen."

Während Kiyanas Mum normalerweise kein Problem damit hatte, jemanden von etwas zu überzeugen, hatte sogar sie gelernt, dass, wenn Layla Dominanz in ihre Stimme legte, man gehorchte.

Finn deutete auf den Ausgang. „Aye, lasst uns gehen. Wir können die große Feier für Alistair und Kiyana planen, sobald es ihm gut geht."

Nachdem Kiyana ihre Mutter umarmt hatte, gingen alle außer Layla. Sie führte noch ein paar Tests durch, bevor sie sich wieder Kiyana zuwandte. „Du kannst hierbleiben, solange du willst, vorausgesetzt, du informierst mich über Veränderungen und regst Alistair nicht zu sehr auf, bis ich ihn für gesund erkläre."

Kiyana war froh, dass ihre Wangen nicht so leicht rot wurden. „Natürlich."

„Gut, dann bringt Logan dir gleich ein Bett und ein Abendessen für euch beide. Wir schauen ab und zu vorbei, aber ihr zwei habt größtenteils etwas Zeit, um einfach wieder zu reden. Ihr beide verdient das und noch viel mehr."

Layla war weg, bevor Kiyana mehr tun konnte, als ihren Dank zu murmeln.

Sobald die Tür sich schloss, setzte sie sich auf Alistairs Bett. Als sie wieder seine Wange berührte, verwandelten sich seine Pupillen zu Schlitzen und blieben so. Sie war hin- und hergerissen, Layla zu rufen oder abzuwarten, was passierte. Alistair musste mit seinem Drachen reden, sonst konnte er nie das Terrain sondieren.

Also beobachtete Kiyana ihn genau und wartete darauf, zu sehen, was passierte.

Kapitel Sechzehn

Als er und Kiyana wieder allein waren, hatte sie kaum Alistairs Wange berührt, da wurde aus der aufkeimenden Präsenz eine ausgewachsene, Sprache inklusive. Sein Drache grunzte. *Wo sind wir? Was ist passiert? Warum riecht Kiyana nach uns?*

Wenn man an das letzte Mal dachte, dass sein Tier bei Bewusstsein gewesen war, waren seine Fragen eine große Verbesserung. *Woran erinnerst du dich?*

Ich – ich erinnere mich nicht an viel. Wie wir Kiyana küssen, und der Rest ist leer. Erzähl mir, was passiert ist. Das gefällt mir nicht.

Mit seinem Drachen wieder in seinem Kopf, gab es so viel, was er ihm sagen, ihn fragen, mit ihm besprechen wollte. Aber Alistair musste vorsichtig sein. Niemand wusste, welche Nebenwirkungen es haben würde, menschliches Blut mit seinem eigenen zu vermischen. Ganz zu schweigen davon, dass sie immer noch nicht wussten, ob er vollständig geheilt war.

Er antwortete vorsichtig: *Erinnerst du dich an das Labor und an die Arbeit an dem kleinen Gerät?*

Ja. Nein. Sein Tier zischte. *Ich weiß nicht. Was zum Teufel ist los?*

Bevor ich dir etwas sage, hast du dich unter Kontrolle? Ich will Kiyana nicht in Gefahr bringen.

Ich würde sie niemals *verletzen. Wie kannst du es wagen, das zu denken?*

Er hielt seine Gedanken sorgfältig abgeschirmt und dachte über die Reaktionen seines Drachen nach. Wie konnte sich sein Tier an nichts erinnern? Vor allem daran, dass sein Drache den Menschen hatte festschnallen und brandmarken wollen.

Alistair wollte seinen Drachen testen und seine Grenzen ein wenig überschreiten, aber er musste sicherstellen, dass Kiyana in Sicherheit blieb. Also sagte er laut: „Kiyana, stell dich neben die Tür."

Sie runzelte die Stirn. „Geht's deinem Drachen gut? Soll ich die Ärztin rufen?"

„Noch nicht. Aber stell dich vorsichtshalber da drüben hin."

Sie bewegte sich, während sie antwortete: „Ich werde es vorerst tun, aber nur, weil ich nahe an der Tür sein möchte, um Hilfe zu rufen, wenn du sie brauchst. Nicht, weil ich beim ersten Anblick deines Drachen fliehen will."

Seine Gefährtin war eine entschlossene, und er liebte sie dafür.

Alistair blinzelte fast. Er konnte sie noch nicht lieben. Sie kannten einander kaum.

Doch als sein Drache knurrte und in seinem Kopf hin- und herging, musste er die Gefühle beiseiteschieben und sich auf sein inneres Tier konzentrieren. Er konnte Kiyana nie als seine Gefährtin haben, solange sein Drache unberechenbar war.

Er wandte seine Gedanken seinem Tier zu und sagte: *Was ist damit? Erinnerst du dich daran?*

Alistair hob seinen Arm und zeigte die gezackte Narbe. Während seine Arme dank Laylas Operation wieder perfekt funktionierten, konnte nichts die Narben löschen.

Seine Beine hingegen waren eine andere Geschichte. Aber keine, mit der er sich jetzt auseinandersetzen wollte.

Nach ein paar Sekunden fragte sein Drache: *Wann ist das passiert? Hör mit diesen Spielchen auf, und sag mir einfach die Wahrheit. Du sollst nichts vor mir verbergen.*

Alistair beschloss, ehrlich zu sein und sein Tier weiter zu testen. *Du bist durchgedreht, nachdem wir einigen Chemikalien ausgesetzt waren. So gefährlich, dass wir weglaufen mussten und ich uns angekettet habe.* Er deutete auf die Wunde an seinem Arm. *Das ist das Ergebnis davon, dass du die Ketten und unsere Arme und Beine gebrochen hast und sie unsachgemäß geheilt sind.*

Nein, nein, nein, das würde ich nie tun. Du lügst! Warum solltest du mich anlügen? Ich verstehe das nicht.

Sein Drache tobte, brüllte und zischte, verstand nicht, was passiert war.

Anscheinend erinnerte sich sein Drache nicht an die Ereignisse der letzten paar Monate.

In seine Gedanken vertieft, hatte er nicht bemerkt, dass Kiyana an sein Bett zurückgekehrt war. Er wollte ihr sagen, sie solle zurückgehen, aber sie legte eine Hand auf seine Wange, und sein Drache beruhigte sich sofort und sagte: *Kiyana. Ich weiß nicht, warum, aber ich habe sie vermisst.*

Kiyanas Stimme hinderte Alistair daran zu antworten. „Sag mir, was in deinem Kopf los ist, Alistair. Und warum deine Pupillen erst wieder rund geworden sind, nachdem ich dich berührt habe."

Seine Gefährtin war aufmerksam, sogar unter Druck. Ein weiterer Grund, sie immer an seiner Seite haben zu wollen.

Alastair schüttelte den Kopf. „Ich bin mir nicht sicher, dass ich mich selbst verstehe. Aber mein Drache kann sich nicht an die letzten drei Monate erinnern und ist nicht gut damit fertig geworden. Zumindest, bis du mich berührt hast; dann hat er sich beruhigt."

Natürlich habe ich das. Sie ist unsere Gefährtin. Sie trägt unser Kind. Ich werde sie immer beruhigen und versuchen, sie zu beschützen.

Er wollte seinem Drachen glauben, das tat er

wirklich. Aber zum ersten Mal in seinem Leben zweifelte Alistair an den Worten seines Tiers. *Eine Zeit lang wolltest du ihr wehtun.*

Lügner! Ich würde ihr nie wehtun. Versuchen, sie zu beanspruchen, ja. Aber ihr wehtun? Nein. Sein Drache hielt inne, bevor er fragte: *Warum vertraust du mir nicht? Ich verstehe das nicht. Etwas ist passiert, aber du sagst es mir nicht. Du sollst keine Geheimnisse vor mir haben.*

Er spürte den Schmerz und die Verwirrung seines Drachen. *Vielleicht sollten wir Kiyana wegschicken und das unter vier Augen besprechen.*

Nein, ich möchte, dass Kiyana bleibt. Ich erinnere mich nicht daran, sie beansprucht zu haben, aber ihre Berührung beruhigt mich, genauso wie ihr Geruch. Sie sollte immer an unserer Seite sein.

„Alistair?"

Er blinzelte und sah erneut in Kiyanas Augen. „Tut mir leid! Es ist schwer, die Nachrichten zu überbringen, ohne mich um dich zu sorgen."

Sie schüttelte den Kopf, und ihre dunklen Locken hüpften. „Mach dir um mich keine Sorgen. Der Rufknopf ist genau da, und beim ersten Anzeichen von Ärger werde ich rennen." Sie hielt inne und biss sich auf die Lippe, bevor sie hinzufügte: „Muss er mich beanspruchen, um stabil zu bleiben? Ich weiß, die Ärztin hat gesagt, ich soll dich nicht überfordern, aber wenn ich oben bin, kann ich die Arbeit machen."

Sein Mensch kämpfte wieder für ihn. Er war ein

glücklicher Drachenmann, und er würde das nie vergessen. „Nein, das erste Mal, dass ich dich beanspruche, sollte es gut für dich sein. Kein schneller Versuch, einem Drachen zu gefallen."

Sie hob eine Braue. „Es kann für mich in vielerlei Hinsicht gut sein, Alistair Boyd." Ihre Stimme wurde rau, und jede Silbe schickte einen Hauch von Begehren durch seinen Körper direkt zu seinem Schwanz. „Sag mir, was möchte dein Drache?" Sie fuhr mit einem Finger über seine Brust. „Weil ich keine Frau bin, die sich zurücklehnt und den Mann die ganze Arbeit machen lässt, egal, worum es geht. Wir sind Partner in jeder Hinsicht, auch in dieser."

Sein Drache summte. *Ja, ja, ich will sie! Lass sie uns reiten. Ich will mich daran erinnern, sie beansprucht zu haben. Es wird helfen.*

Alistair hatte keine verdammte Ahnung, ob es seinem Tier helfen würde oder nicht. Er sollte Nein sagen. Das wäre das Ehrenhafte. Kiyana sollte schreien, während er sie mehrmals kommen ließ, bevor er schließlich zwischen ihre Schenkel glitt und ihre süße Pussy mit seinem Schwanz füllte.

Aber sein Drache war unberechenbar. Er durfte das Leben seiner Frau nicht noch einmal riskieren. Vielleicht würde es sein Tier langfristig stabilisieren, wenn er ihr erlaubte, ihn zu beanspruchen.

Doch bevor er etwas sagen konnte, küsste Kiyana ihn, als ihre Hand seinen Schwanz unter dem Laken fand. Als sie ihre Zunge mit seiner spielen ließ, kitzelten ihn ihre weichen, warmen Finger, kratzten und packten ihn.

Sein Drache summte die ganze Zeit und schickte Gedanken, wie er sie von hinten nahm, von Kiyana auf dem Rücken und sogar auf seinem Gesicht.

Alistair war ein Edelmann, aber als Kiyana seinen Schwanz pumpte, trat der Stück für Stück in den Hintergrund, bis er sie sanft auf sich zog.

Er schrie fast, als ihre Hand seinen Schwanz verließ und sie den Kuss unterbrach. Aber als sie sich erhob, seine Decke zurückwarf und unter ihren Rock griff, konnte er nicht wegschauen, als er Stoff reißen hörte.

Heilige Scheiße, seine Gefährtin riss sich ihr eigenes Höschen herunter.

Sie war ein verdammt nochmal wahr gewordener Traum. Was würde er nicht dafür geben, ihren Rock herunterzureißen und endlich ihre erregte Pussy zu sehen, sie zu necken und ihre Klitoris zu reiben, bis sie kam.

Ihre Stimme erfüllte seine Ohren wieder, und er zwang sich, nach oben zu schauen. „Das einzig Gute an all dem ist, dass ich schon schwanger bin, also keine Sorge."

Sie nahm ihre Hand zwischen ihren Beinen weg, und ihre Finger glitzerten im Licht. Er packte ihr Handgelenk und befahl: „Lass mich dich zuerst schmecken."

Sein Drache summte. *Ja, ja, ich will sie auch genießen. Vielleicht hilft es meinem Gedächtnis. Sie kann uns so oft ficken, wie sie will, bis es wieder da ist.*

Er wollte den Moment nicht mit der Wahrheit ruinieren, also ignorierte er sein Tier und nahm die Hand, die Kiyana ihm anbot. Er saugte ihre beiden Finger tief ein und leckte und labte sich an jedem Tropfen ihres süßen Nektars auf ihrer Haut.

Als sie ihre Hand wegzog, wollte er sie zurückfordern. Ihre Finger machten sich jedoch daran, seinen steinharten Schwanz zu streicheln, und er zischte.

Kiyana rutschte ein wenig zurück, sah nach unten und lächelte. „Das ist fast all die verdammten Probleme wert, die wir durchgemacht haben."

Sein Schwanz pulsierte bei ihrem Blick und gab einen Tropfen Vorsamen von sich.

Für den Bruchteil einer Sekunde erinnerte er sich, dass er steril sein und keine weiteren Kinder mehr zeugen könnte.

Aber er schob es beiseite. Seine gesamte Aufmerksamkeit sollte auf Kiyana gerichtet sein. Sie war seine Zukunft, sonst nichts.

Er strich mit einer Hand über ihre Taille, ihre Brust und kniff ihren ohnehin schon harten Nippel durch ihr Oberteil. Sie hielt den Atem an, und er grunzte zustimmend. „Du solltest nackt sein."

„Nein." Er spielte mit ihrem Nippel, und Kiyanas Kopf fiel zurück. Es dauerte eine Sekunde, bis sie mehr sagen konnte. „Das können wir nicht, falls jemand reinkommt."

Sein Drache knurrte. *Sie hat recht. Niemand sonst sollte ihren nackten Körper sehen. Sie ist unsere Gefährtin, unsere. Die von niemandem sonst.*

Alistair wartete darauf, dass sein Drache finster wurde wie zuvor, aber nur Bilder davon, wie er Kiyana fickte, so hart, dass ihre Titten hüpften, während sie schrie und seinen Schwanz umklammerte, erfüllten ihn.

Was würde er nicht dafür geben, genau das in diesem Moment tun zu können.

Kiyana bewegte sich wieder nach vorn, ihre Hüften gehoben und ihre Finger um seinen Schwanz gewickelt, als sie ihn zu ihrem heißen, nassen Eingang führte.

„Kiyana", sprach er irgendwo zwischen Fluch und Lob.

Ihre Hitze war so nah, dass er seine Hüften heben und sie zum Anschlag füllen wollte.

Und doch überstürzte er schon das erste Mal, dass er sie beanspruchte. Alistair würde sich von Kiyana nehmen lassen, wie sie es wollte. Er hätte viele Jahrzehnte, um jede Fantasie zu erfüllen, die er mit seiner schönen Gefährtin hatte.

„Bereit?", fragte Kiyana.

„Ich war schon seit dem ersten Mal, dass ich dich gesehen habe, bereit, Liebes. Und das werde ich immer sein."

„Alistair", sagte sie.

„Es stimmt aber. Ich habe mich dagegen gewehrt, aber jetzt sehe ich, wie nutzlos das war. Ich will dich,

Kiyana. Und ich werde dem Universum jeden verdammten Tag danken, dass du stark genug warst, um zu bleiben und für mich zu kämpfen."

Ohne ein weiteres Wort sank Kiyana auf ihn hinab und beugte sich vor, um seine Lippen zu nehmen.

Er zog ihren Kopf näher, als er knabberte, lutschte und ihren Mund kostete. Gleichzeitig in ihrem Mund und ihrer Pussy zu sein, war das Paradies, und eines, von dem er hoffte, dass es ihm nie genommen würde.

Kiyana war seine Frau, und er würde alles tun, um sie zu behalten.

Dann bewegte sie ihre Hüften, und er konnte nicht anders, als zu stöhnen. Sie war so verdammt eng, und jede Bewegung ihrer Hüften brachte ihn etwas näher an den Rand.

Sein Drache brüllte. *Sie ist perfekt, wird immer perfekt sein, und sie gehört uns! Brandmarke sie, schnell, damit uns niemand sie wegnehmen wird.*

Die Worte kitzelten eine Erinnerung hervor, aber als Kiyana ihre Hüften schneller bewegte, vergaß er alles außer ihrer süßen, heißen Pussy, die ihn packte und streichelte.

Seine Eier zogen sich zusammen, und er wusste, dass es nicht lange dauern würde. Seine Frau war jedoch noch nicht gekommen. Sie sollte zuerst kommen. Sie sollte das immer tun.

Er ließ eine Hand nach unten wandern und streichelte ihre harte kleine Klitoris. Er liebte es, wie ihre Hüften sich bewegten, als er die Kombination aus Druck und Bewegung fand, die ihr am besten gefiel.

Aber dann packte Kiyana ihn noch fester, und es brauchte jede Kraft, die er besaß, um nicht loszulassen und sie mit seinem Samen zu brandmarken.

Schweiß rann ihm den Hals hinunter von der Anstrengung, und er fragte sich, wie lange er noch aushalten konnte.

Aber Kiyanas Pussy griff seinen Schwanz und ließ ihn los, als sie in seinen Mund schrie. Alistair ließ sich endlich gehen und explodierte in seine Frau mit solcher Wucht, dass er nicht mehr tun konnte, als dort zu liegen und es passieren zu lassen.

Als sie jeden Tropfen von ihm empfangen hatte, zog Alistair sie runter und hielt sie an seiner Brust. Sein Drache summte im Hintergrund, ausnahmsweise einmal zu müde, um etwas zu sagen.

Er und Kiyana lagen da und atmeten schwer, bis ihre köstliche Stimme den Raum erfüllte. „Ich sollte wohl besser säubern, bevor Logan mit dem Bett kommt."

Alistair zog Kiyana fester an seine Brust. „Nein. Ich möchte nicht, dass du gehst."

Sie schnaubte. „Wenn ich tagelang so bleibe, kann das nicht hygienisch sein."

Er senkte eine Hand und versetzte ihr einen Klaps auf den Po. „Ich habe nicht tagelang gesagt."

„Bist du dir sicher? Drachenwandler neigen

dazu, ihre Gefährtinnen bei sich zu behalten, nach dem, was ich gesehen habe."

„Aye, aber wir alle müssen unser Leben führen. Und je eher ich dieses Krankenhauszimmer verlasse und mein Leben mit dir beginnen kann, desto besser."

Kiyana hob den Kopf, um seinem Blick zu begegnen. „Macht dich die Sache mit der wahren Gefährtin so sicher?"

Er strich ihr die Haare von der Wange. „Einen wahren Gefährten zu erkennen, ist erst der erste Schritt. Es liegt an mir und meinem Drachen, es funktionieren zu lassen."

„Und was ist mit mir? Ich kann mir nicht vorstellen zu tun, was immer ich will, und dich damit nicht schreiend die Flucht ergreifen zu lassen."

Er streichelte langsam ihren unteren Rücken. „Ich bezweifle irgendwie, dass selbst deine schlimmste Seite so schlimm wäre. Du hast die letzten drei Monate mit dem Versuch verbracht, mir zu helfen. Und nicht nur mir, sondern ich habe auch etwas von den Krankenschwestern über deine Idee mit der MDA-Direktorin gehört."

Sie zuckte die Schultern. „Es gab nicht viel für mich zu tun, um dir zu helfen, also habe ich mich nur auf die Erfüllung deines Traums konzentriert."

Als er in Kiyanas dunkle Augen starrte, fragte er sich, wie sie ihm so schnell so viel bedeuten konnte.

Sein Drache erwachte schließlich aus seinem Dösen. *Du hast alle so lange weggedrängt. Sobald du damit aufhörst, ist es leicht, jemanden zu mögen und zu lieben.*

Was würde er nicht geben, um Kiyana zu sagen, wie er sich fühlte.

Aber es war viel zu früh.

Bevor er darüber nachdenken konnte, wie er das Thema wechseln könnte, sagte sie: „Deine Pupillen haben sich schon wieder verändert. Erzähl mir, was dein Drache gesagt hat."

Gerade als er den Mund öffnete, um das zu tun, kam Logan in den Raum. Der Drachenmann schnalzte mit der Zunge und sagte: „Och, und jetzt muss ich euch beide trennen. Alistair darf noch nicht zu sehr aufgeregt werden."

Er ließ Kiyana nicht los. „Sie ist meine Gefährtin, und sie geht nirgendwo hin."

Logan hob seine Brauen. „Heißt das, ich muss einen Keuschheitsgürtel für dich holen, Alistair?" Er starrte finster, und Logan grinste. „Das ist ein Ja, aye?"

Kiyana lachte und setzte sich auf. Es war wahrscheinlich das einzige Mal in seinem Leben, dass Alistair froh war, dass sie noch angezogen war. Kiyana sagte: „Nein, nein, wir werden uns benehmen. Ich habe nur seinem Drachen geholfen, das ist alles."

Logans Blick schoss direkt zu seinem. „Dein Drache ist wach, und du hast uns nicht gerufen?"

Kiyana zog sein Laken hoch und stieg anmutig von ihm und dem Bett. In der Sekunde, als ihr

Gewicht und ihre Hitze von seinem Körper verschwanden, wollte er sie zurückholen und sich wieder von ihrer heißen Pussy halten lassen.

Doch seine Gefährtin schüttelte den Kopf. „Jetzt nicht mehr. Erzähl Logan von deinem Drachen, während ich mich säubere."

Logan sah aus, als wollte er lachen, aber glücklicherweise tat er es nicht. Und das war auch gut, denn Alistair hätte dann versuchen können, ihn dafür zu schlagen.

Sobald die Badezimmertür sich schloss, sprach Logan wieder. „Ich habe von dir gehört, als du jünger warst, Alistair, dass du viel charmanter und schelmischer warst. Ich habe es nie geglaubt, aber jetzt tue ich es. Du bist nicht so geradlinig, wie du tust."

Die Veränderungen lagen an Kiyana, aber er wollte das nicht mit Logan besprechen und es am Ende zum gesamten Personal durchdringen lassen. „Kannst du dich einfach beeilen und mir medizinische Fragen stellen? Ich beabsichtige voll und ganz, meine Gefährtin heute Nacht an meiner Seite schlafen zu lassen."

Logans Pupillen blitzten. „Ach, tust du das? Ein Wort von mir, und sie geht nach Hause."

„Denk nicht einmal daran."

„Beantworte meine Fragen vollständig, lass nichts aus, und vielleicht werde ich es nicht. Wenn jedoch deine Gesundheit beeinträchtigt wurde, wird nichts meine Meinung ändern, egal, wie viel du knurrst. Zu viele haben darum gekämpft, dein Leben zu retten, Alistair Boyd. Und ich lasse nicht zu, dass dein Schwanz es aus Dummheit riskiert."

Daraufhin verstummte Alistair. Er hatte Kiyana einmal beansprucht, und sie trug bereits sein Kleines. Ein paar Tage mehr, in denen er seine Gefährtin nicht so haben konnte, wie er wollte, würden ihn nicht umbringen.

Es könnte dem nahekommen, aber nicht ganz.

Also antwortete er auf alles, was Logan fragte, und war damit zufrieden, seine Gefährtin an seiner Seite zu halten, während er einschlief.

Kapitel Siebzehn

E twa eine Woche später passte Kiyana ihr Tempo an Alistairs an und ballte die Finger zu einer Faust, um ihm keine Hilfe anzubieten.

Ihr Drachenmann musste sich immer noch daran gewöhnen, einen Stock zu benutzen, und manchmal rutschte er auf dem Boden, und es dauerte einen Moment, bis er sich wieder richtig aufrichten konnte. Nach den ersten paar Stunden außerhalb der Krankenstation hatte Kiyana gelernt, ihm keine Hilfe anzubieten. Zu sagen, dass Drachenwandlermänner stolz waren, war eine Untertreibung.

Alistair fluchte schließlich. „Ich bin mir nicht sicher, wie ich mit dem verdammten Ding irgendwo hinkommen soll."

Sie zuckte die Schultern. „Layla sagte, du würdest es früh genug lernen. Und wenn du mit deiner Physiotherapie Schritt hältst, solltest du ihn bald gar nicht mehr brauchen."

Er grunzte. „Aye, nun, es gefällt mir nicht."

Sie schüttelte den Kopf. Selbst vermeintlich unerschütterliche Drachenwandlermänner verwandelten sich in Kinder, wenn sie krank oder verletzt waren. „Ach, hör doch auf. Du kannst dich immer noch in einen wilden Drachen verwandeln. Und auch ohne Feuer spucken zu können, ist das ziemlich beeindruckend."

Alistairs Pupillen blitzten zu Schlitzen und zurück. Das Phänomen war jetzt häufiger, als zu dem Zeitpunkt, als sein Drache wieder angefangen hatte, mit ihm zu sprechen.

Sein Tier war während ihres ziemlich langen Nickerchens, das eigentlich kein Nickerchen gewesen war, jedoch immer noch nicht rausgekommen. Sie spürte, dass Alistairs Erinnerungen an seinen bösen Drachen ihn immer noch zu einem gewissen Grad verfolgten. Es würde Zeit dauern, ihren Drachenmann wieder ganz zu machen, aber sie war zuversichtlich, dass es passieren würde.

Er hatte sich vorhin nicht zurückgehalten, als sie endlich etwas Zeit allein gehabt hatten, und der anhaltende Schmerz zwischen ihren Schenkeln brachte sie zum Lächeln.

Alistair grunzte wieder. „Wenn wir Feuer spucken könnten, hätten die Menschen uns entweder umgebracht oder wären unsere Untertanen geworden."

„Vielleicht. Aber wer kann schon sagen, ob Drachen vor Tausenden von Jahren nicht doch Feuer spucken konnten? Max meinte, es sei möglich."

Alistair seufzte. „Nicht schon wieder dieser verdammte Max! Bitte sag mir, dass er wieder in den Süden gegangen ist. Ich will nur ein paar friedliche Tage mit meiner Frau."

Kiyana fand Max nicht ganz so nervig wie viele andere in Lochguard es taten, nur exzentrisch. „Er ist gegangen, also mach dir keine Sorgen um ihn. Aber ich bin mir nicht sicher, ob ich ein Abendessen bei deiner Mutter als friedlich bezeichnen würde."

Alistair hob eine Braue. „Nicht zu gehen, wäre um einiges schlimmer gewesen."

Meg Boyds Cottage kam in Sicht. „Vielleicht, aber ich habe deine Mutter in den letzten Monaten gut kennengelernt. Hätte ich sie gebeten, uns einen Tag zu geben, hätte sie das getan. Besonders, wenn ich Archie und Cal vorschlagen würde, sie abzulenken."

„Nein, nein, nein, sprich nicht über die Liebhaber meiner Mum! Ich habe schon genug Wahnsinn in meinem Leben ohne das."

Sie zog ihn nicht wegen dieses Kommentars auf. Es stimmte – Alistair wurde ständig getestet, befragt und sogar zu einigen Erkenntnissen aus dem Datencache konsultiert, den Stonefire über die Drachenritter erworben hatte. „Der Wahnsinn wird bald genug verschwinden. Denk daran, dass sie schon seit

Monaten mit all diesen Daten arbeiten und du das gerade nur aufholen musst."

„Aye, ich weiß das. Aber ich würde lieber wieder unterrichten." Er sah ihr in die Augen. „Es ist sicherer und bedeutet, dass ich für dich und den Kleinen da sein kann."

Selbst nach einer Woche, um sich an die Vorstellung zu gewöhnen, vergaß Kiyana manchmal, dass ein kleiner Halbdrachenwandler in ihr wuchs. Vor allem, da sie bisher keine Schwangerschaftssymptome hatte. Layla war der Meinung, es könnte vielleicht mit den Drachenblut-Injektionen zu tun haben, die Kiyana alle paar Tage erhielt. So oder so hatte die Ärztin ihr mehrmals versichert, dass sie noch schwanger sei.

Kiyana berührte Alistairs Bizeps. „Ich weiß. Und Finn hat versprochen, dass du wieder unterrichten kannst, sobald du ganz gesund bist. Aber das Wissen zu haben und es nicht zu verwenden, scheint mir eine Verschwendung zu sein."

„Ich weiß, ich weiß." Er hielt inne, um ihre Hand zu nehmen. „Ich habe nur so viel verpasst, als ich bewusstlos war, und ich möchte so schnell wie möglich auf den neusten Stand kommen, besonders wenn es dich betrifft, Liebes."

Sie drückte seine Hand. „Und ich bin hier und gehe gern zu deiner ganzen Familie zum Abendessen. Ich denke, das ist eine ziemlich gute Möglichkeit, meinen Gefährten kennenzulernen."

Auch wenn sie noch keine formelle Paarungszeremonie hatten, hatten sie beide es in ihrem Herzen akzeptiert.

Nein, Alistair hatte noch nicht gesagt, dass er sie liebte, aber sie war sicher, dass es mit der Zeit kommen würde. Vor allem, weil sie selbst mehr als auf halbem Weg dorthin war.

Und während manche denken mochten, dass ein Abendessen mit seiner Familie das Gegenteil bewirken könnte, war Kiyana davon überzeugt, dass es sie noch näher an ihren Drachenmann bringen würde.

Die einzige Frage, die sie noch hatte, betraf ihre Mutter. Sie war sich noch nicht sicher, ob sie wollte, dass ihre Mum ganz nach Lochguard zog oder wieder in den Süden ging. Und so sehr sie wollte, dass ihre Mutter blieb, Kiyana würde es nicht für sie entscheiden. Obwohl Kiyanas Elternhaus ihre Mutter an ihren verstorbenen Ehemann erinnerte, lebten ihre Freunde und Familie dort. Ihr Leben zu entwurzeln wäre ein gewaltiger Schritt.

Megs Stimme driftete durch die Luft und unterbrach ihre Gedanken. „Och, jetzt beeilt euch! Alle sind schon hier, und das Essen wird kalt, wenn ihr noch viel länger trödelt."

Alistair sagte: „Wir sind fünfzehn Minuten zu früh."

Meg antwortete, als hätte er es in den Wind geschrien. „Und in unserem Haus ist das so gut wie zu spät. Jetzt kommt schon. Deine arme Mutter wartet darauf, etwas Zeit mit ihrem jüngsten Sohn zu verbringen."

Kiyana gab sich Mühe, nicht zu lachen. Meg hatte ihren Sohn jeden Tag besucht, ohne Ausnahme.

Sie drückte Alistairs Hand und ließ sie dann los. „Wir kommen, Meg."

„Ermutige sie nicht auch noch", murmelte Alistair leise genug, dass nur Kiyana es hören sollte.

„Hey, ich bin der Mensch, der die Höhle des Drachen betritt. Ich muss meine Schlachten sorgfältig wählen, und hier kann ich mich auf die Seite deiner Mutter stellen. Hamish sagte mir, dass das Abendessen bei deiner Mum unterhaltsam ist, und ich freue mich schon darauf, zu sehen, ob er recht hat oder nicht."

Alistair grunzte, als er weiterging. Oder „humpeln" beschrieb es vielleicht besser. „Du redest etwas zu viel über Hamish, und mein Drache mag das nicht."

Sie verdrehte die Augen. „Er ist so freundlich, Blut zu spenden, um mir und dem Baby zu helfen. Ganz zu schweigen davon, dass er glücklich verpaart ist. Hör auf, so albern zu sein."

Alistair verstummte, und sie trat sich innerlich in den Hintern. Die Tests waren immer noch nicht schlüssig, ob Alistair weitere Kinder würde zeugen können oder nicht – sein Körper passte sich noch immer an das fremde Menschenblut an, und Layla wusste nicht genau, was sie zu erwarten hatte. Die einzige Sache, die die Ärztin mit Sicherheit wusste, war, dass Alistairs Blut immer noch zu verunreinigt war, um es Kiyana zu geben und ihre Chance, die Entbindung zu überstehen, zu verbessern.

Als sie spürte, dass ihr Drachenmann launisch werden würde, wenn sie nicht eingriff, fuhr sie fort: „Ich habe dich ausgesucht, Alistair Boyd, und niemanden sonst. Kann das nicht genug sein?"

Er begegnete ihrem Blick, und seine Pupillen blitzten. Allein ihn gewählt zu haben, war nicht genug, selbst für sie, aber sie wollte keine Liebe von ihm erzwingen. Verdammt, Alistair war in den letzten drei Monaten ein paarmal fast gestorben. Seine Gesundheit war wichtiger als ihre Träume von einer soliden, stabilen Beziehung mit einem klaren Happy End in Sicht.

Sie erreichten die Haustür, die noch offen war, und gingen hinein. Aus dem Esszimmer drangen Geräusche, aber nachdem Kiyana die Tür geschlossen hatte, hielt sie Alistair auf und zog seinen Kopf für einen Kuss nach unten.

Bald schon zog sie sich zurück und flüsterte: „Das sollte dich motivieren. Denn wenn das Essen gut geht, werde ich später vielleicht ein paar Überraschungen für dich haben."

Auch er hielt seine Stimme leise. „Aber du bist wund, Liebes."

„Nur ein wenig, aber nicht genug, dass es mich davon abhielte, mehr zu verlangen."

Seine Pupillen blitzten auf, und er küsste sie

wieder. „Ich würde den Mond für dich einfangen, damit du deine Belohnung bekommst. Aber ich kann nicht versprechen, dass ich mich gut benehmen werde. Mein ältester Bruder weiß manchmal, wie er mir unter die Haut gehen kann, ganz zu schweigen von meiner Mutter."

„Ah, aber denk dran, meine Mum ist auch da. Mit ihr und mir ändert das die Dynamik. Vielleicht sogar zu deinen Gunsten."

Er lächelte langsam. „Ich mag diese Möglichkeit."

Sie lachte. „Dachte ich mir. Und jetzt, lass uns gehen."

Alistair führte Kiyana ins Esszimmer und wurde sofort von seinem ältesten Neffen Hugh angegriffen. Obwohl er neun Jahre alt war und deutlich kleiner, riss er Alistair fast von den Füßen.

Irgendwie schaffte er es, sein Gleichgewicht mit seinem Stock zu halten und Hugh mit seiner freien Hand auf den Rücken zu klopfen. „Du wirst jeden Tag stärker, aye? Bevor du weißt, wie dir geschieht, wirst du deine Mum überragen und in den Himmel fliegen."

Hughs braune Augen trafen seine, Enttäuschung deutlich zu sehen. „Du weißt, dass ich mit dem Fliegen nicht anfangen darf, bis ich zehn bin." Er senkte die Stimme. „Vielleicht kannst du mit meiner Mum reden, damit ich es früher versuchen kann?"

Hughs Mutter, Grahams Gefährtin Lesley, schnalzte mit der Zunge. „So etwas wirst du nicht tun, Kumpel. Drachen, die fliegen, bevor sie bereit sind, werden manchmal am Ende vermisst oder landen auf dem Grund eines Sees, und wir wollen doch nicht, dass dir das passiert. Nicht wahr, Graham?"

Alistairs älterer Bruder sagte nie viel und ließ es bei einem Grunzen bewenden.

Hugh ging an die Seite seiner Mutter und versuchte, sie zu überzeugen. Nicht, dass Alistair hören konnte, was geschah, weil seine eigene Mutter jetzt laut sprach, um sicherzustellen, dass alle sie hörten. „Setzt euch um den Tisch. Und Onkel Alistair wird nicht mehr angegriffen, aye? Seine Muskeln sind ein bisschen aus der Übung, und jeder, der ihn zu Boden wirft, bekommt kein Dessert für mindestens zwei Abendessen, vielleicht sogar drei. Verstanden?"

Da Alistairs Brüder alle Söhne hatten – insgesamt fünf –, sagten die drei, die alt genug waren, um zu verstehen und zu antworten: „Ja, Grannie."

Seine Mutter nickte kurz. „Aye, dann setzen wir uns zu einem anständigen Abendessen. Es ist das erste mit allen seit einiger Zeit, ganz zu schweigen vom ersten vollständigen Familienessen mit unserem menschlichen Gast Grannie Carol."

Alistair wartete darauf, ob Kiyanas Mutter

widersprechen würde, eine Grannie genannt zu werden, aber sie lächelte nur und sagte etwas zu Hamishs Gefährtin Alba.

Als er und Kiyana sich hinsetzten, sagte Hamish: „Du willst ja nur den kleinen Roman länger halten, Mum."

Der Blick seiner Mutter schoss zu Hamish. „Natürlich will ich das. Ich muss anfangen, ihn mehr zu verwöhnen, damit er die anderen kleinen Schurken, die um meinen Tisch sitzen, einholt."

Alistair sah zu, wie seine Mutter den neuesten Boyd nahm, nicht einmal sechs Monate alt, und fragte sich, ob er und Kiyana einen Sohn oder eine Tochter haben würden. Die Statistik sagte, sie hätten einen Sohn, da die Drachenwandler-Populationen männlich verzerrt waren, aber eine menschliche Gefährtin zu haben bedeutete, dass alles möglich war.

Nicht, dass es ihm wichtig war, so oder so. Er würde sein Kind lieben, Ende der Geschichte.

Sein Drache brummte, *Das sagst du, aber ich weiß, du willst ein kleines Mädchen.*

Kiyana nahm seine Hand unter dem Tisch und drückte sie. Er begegnete ihrem Blick, und sie bedeutete ihm, näher zu kommen. Sie flüsterte so leise wie möglich in sein Ohr: „Obwohl sie wahrscheinlich alle dank Hamish über das Baby Bescheid wissen, sollten wir es ihnen auch formell sagen, denke ich."

Er hob eine Braue, fragte, ob sie sich sicher sei, und Kiyana nickte.

Er flüsterte zurück: „Gleich. Bei den Nachrichten werden dich die anderen Gefährtinnen wahrscheinlich beiseitenehmen und dir nonstop Ratschläge geben. Ich weiß nicht, wie es dir geht, aber ich bin am Verhungern. Meine Mum hat Shepherd's Pie gemacht, eines meiner Lieblingsessen."

Seine Mutter schnaubte. „Aye, dein Lieblingsessen. Also fang an zu essen." Der kleine Roman ruderte mit den Armen, und sie nahm eine seiner winzigen Hände. „Du hast gerade erst gegessen, Junge. Und glaub mir, ich habe das Alter längst überschritten, dir geben zu können, was du willst."

Hamish verschluckte sich an seinem Essen. Nachdem seine Gefährtin ihm auf den Rücken geklopft hatte, sagte er: „Och, Mum, bring das nicht am Tisch zur Sprache, wenn ich versuche zu essen."

Seine Mutter zuckte die Schultern. „Warum nicht? Etwas Humor hat noch nie geschadet."

„Wenn es nur Humor wäre ...", fing Hamish an und beendete den Satz nicht.

Kiyana sprang ein. „Ich habe die Jungs zwar schon alle einmal getroffen, aber mal sehen, ob ich mich an all eure Namen erinnere."

Wieder typisch seine Gefährtin, die Dinge glätten zu wollen. Sie könnte helfen, Familienessen zu stabilisieren.

Sein Drache schnaubte. *Vorerst. Ich bezweifle, dass es hält.*

Ich nehme es, solange ich kann.

285

Cody, Hamishs ältester Sohn, grinste und fragte: „Was ist mit mir?"

Kiyana tippte sich ans Kinn. „Heißt du nicht Nigel?"

„Nein!"

„Hm, Neville?"

Er verzog das Gesicht. „Das ist wirklich nicht mein Name."

„Ah, ich hab's! Cody!"

Grahams zweiter Sohn winkte mit der Gabel. „Und ich?"

„Jumbalaya?"

„Nein, Dummerchen, ich bin Justin."

„Oh, natürlich!"

Kiyana sah ihn an und zwinkerte.

Sein Drache meldete sich zu Wort. *Sie wird eine erstaunliche Mutter sein.*

Natürlich wird sie das.

Und egal, was du sagst, du hast unsere Familie vermisst.

Alistair sah sich am Esstisch um, all seine Neffen – abgesehen vom kleinen Roman – spielten mit ihrem Essen und schrien sich etwas zu oder machten Geräusche, wenn Kiyana Fragen stellte.

Er antwortete, *Aye, das habe ich. Und auch schon länger als nur die letzten Monate. Ich bereue es nicht, dass ich für Rachel mein Gelübde habe erfüllen wollen, aber wenn Kiyana nicht gekommen wäre, hätte ich das Leben vielleicht noch viel länger verpasst.*

Darin stimmen wir überein.

Er hätte seinem Drachen fast gesagt, wie sehr ihm ihre normalen Gespräche gefehlt hatten. Alles deutete darauf hin, dass sein Drache normal bliebe. Nun, abgesehen von seinem Gedächtnisverlust, der die Zeit betraf, nachdem die Drogen ihn hatten durchdrehen lassen.

In gewisser Weise war er froh. Gleichzeitig machte er sich Sorgen, dass sein Tier eines Tages wieder die dunklere Version werden könnte.

Der kleine Bruce, der gerade mal zwei war, war irgendwie zu ihm herangekrabbelt und tippte Alistair an die Seite. „Hoch, Ali! Hoch!"

Alistair war nicht der einfachste Name für ein Kleinkind, und so war er oft Onkel Ali, obwohl es eher nach Ah-ree klang.

Er rutschte weit genug zurück und setzte Bruce in seinen Schoß. Nachdem Alistair seine Seite kurz gekitzelt hatte, bemerkte er das Schweigen der Erwachsenen. Er sah sich im Raum um und hob seine Augenbrauen. „Was?"

Hamish räusperte sich. „Es ist Jahre her, seit du so unbeschwert mit den Jungs gespielt hast, Alistair. Es ist schön, dich wieder zu haben, auf mehr als eine Art."

Als er von einem zum anderen blickte, verharrte er schließlich bei Kiyana. Er hielt seinen Neffen mit einem Arm an Ort und Stelle, nahm ihre Hand mit seiner freien und brachte sie an seine Lippen.

„Kiyana hat mich wieder zum Leben erweckt. Ihr solltet ihr danken."

Sie strahlte ihn an, und sein Herz hob sich. Verdammt, er liebte sie so sehr! Er wäre nicht der Mann, der er war, ohne sie, und das war nur die Spitze des Eisbergs der Dinge, die er ihr verdankte.

Vielleicht war es zu früh, und vielleicht würden seine Brüder sagen, er sei ein Idiot, aber sobald er und Kiyana später allein wären, wollte er ihr sagen, wie er empfand.

Sie musste seine Liebe noch nicht erwidern, aber sie sollte wissen, dass sie mehr war als nur eine vom Schicksal zufällig gewählte Gefährtin.

Wie auf Stichwort unterbrach seine Mutter das Schweigen. „Aye, nun, ich habe Carol gerade gesagt, wie hübsch ihre Tochter ist. Jetzt kann das auch jemand anderes tun."

Carol lächelte und teilte einen Blick mit Kiyana, als sie sagte: „Ich würde nicht so weit gehen, sie einen Engel zu nennen, aber ich liebe sie."

Kiyana schnaubte. „Wenn ich ein Engel wäre, hättest du nicht gewusst, was du mit mir anfangen sollst."

„Ich schätze schon."

Seine Mutter ergriff das Wort. „Aye, nun, von meinen ist auch keiner ein Engel. Obwohl Graham manchmal alle täuscht, weil er kaum je redet. Aber genug davon. Ich will wissen, wann Kiyana und Alistair ihre Paarungszeremonie haben."

Sein Drache grunzte. *Wir hätten es schon tun sollen.*

Ich wollte es nicht überstürzen, und Kiyana verdient eine schöne.

Kiyanas Antwort hinderte sein Tier daran, mehr zu sagen. „Nicht, bis Alistair mit seiner Physiotherapie weiter ist. Es würde mich nicht stören, wenn er den Rest seines Lebens an einem Stock ginge, aber Drachenmänner sind ein bisschen stolzer als die meisten, und ich weiß, dass er gern ohne Hilfe vor alle treten würde."

Es stimmte, obwohl er das nicht gesagt hatte.

Kiyana kannte ihn bereits so gut, dass er sich nicht vorstellen konnte, wie ihr Leben zehn Jahre später aussehen würde.

Sein Bruder Hamish sprang ein. „Aye, nun, unser Vater hat am Ende einen Stock benutzt. Vielleicht hat es also mehr damit zu tun, obwohl unser Dad bis zum letzten Atemzug stark und stur war."

Alistair hatte seit Jahren nicht mehr über seinen Vater gesprochen. Sie liebten ihn immer noch, aber er war von einigen Menschen schwer verletzt und vergiftet worden. Die Drachenjäger waren vor zehn Jahren nicht so organisiert gewesen, aber das Internet erlaubte Gleichgesinnten, sich zu versammeln und ihre blutigen Taten auszuführen.

Seine Mutter schnaubte. „Natürlich war er das. Nehmt euch drei zusammen, und ihr bekommt eine Vorstellung von der Sturheit eures Vaters. Er hätte wahrscheinlich Clanführer sein können, wenn er es angestrebt hätte, aber er hatte mehr Zeit mit euch drei verbringen wollen und sich damit zufriedengegeben, Bauunternehmer zu sein." Seine Mutter starrte auf den Kleinen in ihren Armen hinunter und sagte leise: „Er war ein guter Mann, der Beste. Und er wäre stolz auf euch alle gewesen."

Schweigen kam auf, und Alistair versuchte, sich etwas einfallen zu lassen, das er sagen konnte. Seine Mutter war seit über einem Jahr nicht mehr so verloren wegen seines Vaters gewesen, dank der alten Verrückten, die sie umwarben.

Er mochte denken, die beiden Männer waren beide ein wenig durchgeknallt im Kopf, aber Archie und Cal hatten seine Mutter wieder glücklich gemacht. Und dafür war er dankbar.

Kiyanas Mutter äußerte sich. „Ich weiß auch, wie das läuft. Ich glaube, dein Mann und mein Mann hätten sich gut verstanden."

Seine Mum sah Carol Barnes in die Augen. „Wahrscheinlich, es sei denn, sie wollten den anderen in ihrer Sturheit übertreffen."

Die beiden älteren Frauen lächelten einander an und zeigten Alistair etwas anderes, das er in den letzten Monaten verpasst hatte. Kiyana hatte gesagt, ihre Mütter seien Freundinnen, aber vielleicht waren sie enger befreundet, als er gedacht hatte.

Sein Drache sagte: *Das ist gut. Sie und Lorna MacKenzie haben einander so nahegestanden, bis etwas passiert ist. Mum brauchte eine neue Freundin, die den Schmerz verstand, einen Gefährten zu verlie-ren, und hat sie in Carol gefunden.*

Der kleine Roman weinte, und seine Mutter gab ihn an Alba zurück. Sobald der Junge gestillt wurde, beruhigte er sich.

Der Anblick erinnerte ihn daran, was er bald selbst sein würde – ein Vater.

Und er hätte nicht ungeduldiger sein können.

Kiyana räusperte sich. „Da Momente der Stille hier selten sind – und ich beschwere mich nicht, sondern spreche nur Tatsachen aus –, es gibt da etwas, das Alistair und ich offiziell mitteilen möch-ten." Sie sah sich am Tisch um. „Obwohl ich glaube, dass es jeder schon weiß, wenn man bedenkt, wie gern Hamish redet."

Hamish sah verlegen drein, aber Alistair konnte nicht sauer auf seinen Bruder sein.

Nachdem sie einen Blick mit ihm ausgetauscht hatte, sagte Kiyana: „Alistair und ich bekommen in etwas mehr als acht Monaten ein Baby."

Grahams Sohn Hugh verzog das Gesicht. „*Noch ein* Cousin? Wir passen bald nicht mehr an den Tisch. Und ich will nicht babysitten."

Alle lachten, aber es war Hamishs Sohn Cody, der auf seinem Stuhl aufsprang und einen Tanz aufführte. „Ich will noch einen Cousin. Er wird jünger und kleiner sein, und ich kann das Sagen übernehmen."

Codys Mutter versuchte, ihn zum Sitzen zu brin-gen, aber da sie immer noch Roman stillte, sprang er vom Stuhl und rannte zu ihm und Kiyana. Der Junge versuchte zu flüstern, aber er schaffte es nicht ganz. „Obwohl, wenn das ein Mädchen ist, werde ich der Beschützer. Bei mir wird sie sicher sein. Niemand wird ihr je wehtun können."

Da Bruce auf seinem Schoß versuchte, den Tanz seines Cousins nachzuahmen, musste Alistair den Jungen erst besser in den Griff bekommen, bevor er Codys Schulter sanft drückte. „Ich weiß, du wirst es gut machen, Cody. Junge oder Mädel, du wirst ein guter Beschützer sein."

Cody sah Kiyana an. „Aber nennt ihn nicht Nigel. Oder Neville. Oder Jumba-irgendwas. Vielleicht sollte ich helfen, ihm einen Namen zu geben. Ich könnte einen besseren aussuchen."

Kiyana lachte. „Wir werden sehen, Cody. Wir werden sehen."

Alistairs Mutter schmalzte mit der Zunge. „Setz dich wieder hin, Junge, und iss dein Abendessen auf. Wir Erwachsenen wollen Kiyanas und Alistairs Neuigkeiten feiern, aber zuerst musst du essen und ins Bett gehen."

Cody ließ die Schultern hängen. „Aber ich will nicht ins Bett gehen. Ich will auch feiern."

Hamish gab seinem Sohn ein Zeichen, auf seinen Platz zu gehen. „Los, Cody. Setz dich, wie deine Grannie dich gebeten hat."

Der Junge schlurfte mit den Füßen, machte es aber schließlich. Und als das Geplapper den Tisch erfüllte, gab Alistair sein Bestes, weiter zu lächeln und seine Ungeduld zu verbergen. Denn er hatte seine Gefährtin so schnell wie möglich wegbringen wollen, um nicht nur mit ihr zu reden, sondern sie noch einmal zu beanspruchen.

Aber wenn seine Mutter es ernst damit meinte, feiern zu wollen, würde er es vielleicht noch stundenlang nicht tun können.

Sein Tier meldete sich zu Wort. *Lass sie feiern. Das gibt unserer Gefährtin Zeit, sich auszuruhen, bevor wir sie wieder nehmen.*

Kiyana lachte über etwas, das jemand gesagt hatte, und er musterte sie. Er konnte nicht anders, als zu lächeln, während seine Familie sie weiterhin unterhielt. Nach allem, was in den letzten Monaten vorgefallen war, verdiente seine Frau die Leichtigkeit. Sie hatten ihr ganzes Leben, auf das sie sich freuen konnten, und er konnte es sich leisten, ein paar Stunden für seine Familie zu erübrigen.

Kapitel Achtzehn

Kiyana hatte von dem Saft, den sie anstelle von Wein trinken musste, einen Zucker-rausch – Meg hatte nur extrem große Gläser, und am Ende hatte sie jeden letzten Tropfen getrunken – und konnte sich nur so gerade zurück-halten, an Alistairs Seite zu zerren und vorzurennen. „Ich denke, wir sollten so oft wie möglich Spazier-gänge im Mondschein machen. Es ist etwas ruhiger, als ich mir Lochguard je vorgestellt hätte."

Einer von Alistairs Mundwinkeln zuckte nach oben. „Das ist nicht immer der Fall, obwohl, wenn die Lage jemals sicher und frei von Sorgen vor unseren Feinden wird, dann werde ich dich nachts auf einen Spaziergang am Loch mitnehmen. Das ist sogar noch schöner. Fast so schön wie du."

Sie hielt inne und drehte sich zu Alistair um. „Der Wein hat dich etwas poetischer als sonst gemacht, oder?"

„Vielleicht ein bisschen, aber das bist alles du, Kiyana." Er sah ihr in die Augen und fügte dann leise hinzu: „Ich liebe dich, Mädel. Und das verändert einen Mann."

Ihr Herz setzte einen Schlag lang aus. „Du liebst mich?"

Er hob eine Hand an ihre Wange und streichelte sie sanft mit dem Daumen. „Aye, das tue ich. Seit Tagen platze ich fast, um es dir zu sagen, und hab mich immer zurückgehalten. Aber nach dem Abendessen mit meiner Familie kann ich es nicht mehr für mich behalten. Ich liebe dich, Kiyana. Und ich hoffe, ich kann der Mann sein, den du verdienst."

Tränen stachen in ihren Augen. „Das bist du schon, Alistair. Du hast so viel getan, um mich zu beschützen, auch wenn es bedeutete, von deinem Zuhause wegzulaufen und von allem, was du kanntest. Ganz zu schweigen davon, dass du dich bis zum Ende für meine Sicherheit eingesetzt hast, selbst wenn du in diesem Dorf hättest umgebracht werden können." Sie trat näher, legte eine Hand an seine Brust. „Du bist bereits ein Mann, zu dem andere aufschauen sollten." Sie hielt inne und überlegte, ob sie die Worte erwidern sollte.

Aber als sie daran dachte, es nicht zu tun, schrie ihr Verstand: „Sag es!"

Kiyana hatte sich seit ihrer Ankunft in Lochguard weit von ihrem Ziel entfernt, Abstand zu wahren, damit sie alle so objektiv wie möglich beobachten konnte.

Sie war so gut wie mit einem Drachenwandler gepaart, den sie bewunderte und liebte, ganz zu schweigen davon, dass ihr sehr viel an seiner Familie lag. Noch dazu hatte sie sich mit Arabella, Holly und Gina angefreundet.

Ihr Leben und ihre Zukunft waren in Lochguard, und das alles wegen des Drachenmannes vor ihr.

Sie beugte sich vor und neigte den Kopf nach oben. „Ich liebe dich auch, Alistair Boyd."

Mit einem Knurren überwand er die Distanz zwischen ihnen und nahm ihre Lippen in einem dringenden Kuss. Sie öffnete sich sofort, streichelte ihre Zunge gegen seine und wollte ihm so nahe wie möglich sein.

Das hier war ihr Gefährte, ihr Freund und der Vater ihres Kindes. Und momentan fühlten sich die Kleider an ihrer Haut wie Betonsteine an, die sie von der Nähe fernhielten, nach der sie sich sehnte.

Sie unterbrach den Kuss und sagte: „Unser Cottage. Lass uns da so schnell wie möglich hin."

Seine Hand wanderte an ihren Po und drückte. „Da ist ja jemand so ungeduldig wie ich."

„Alistair!", schimpfte sie halbherzig.

Er lachte leise. „Aye, Mädel, ich stimme dir zu. Ich möchte der Frau, die ich liebe, gern zeigen, wie viel sie mir bedeutet. Und dein nackter Körper sollte auf jeden Fall nur für meine Augen sein."

Sie sah hinab. „Kannst du versuchen, mit diesem Stock zu rennen?"

„Ich werde es verdammt nochmal versuchen, auch wenn ich wie ein Idiot aussehe, wenn ich das tue."

Als er ihre Hand nahm und sich so schnell wie möglich zu bewegen begann, konnte Kiyana nicht aufhören zu lächeln. Alistair liebte sie, und sie konnte es kaum erwarten zu sehen, wie er es ihr mit seinem Körper sagte.

Und vielleicht, nur vielleicht, ließ er seinen Drachen auch zum Spielen raus.

Alistair würde die Nachwirkungen seines Versuchs zu rennen am nächsten Morgen spüren, aber es war ihm egal. Kiyana liebte ihn, und jede Faser seines Seins drängte ihn, sie auszuziehen, sie langsam mit seinem Mund zu quälen und sie dann zu beanspruchen.

Sein Tier ging in seinem Kopf auf und ab. *Ja, ich will sie auch beanspruchen. Du hast mich noch nicht gelassen. Sie gehört mir, dir, uns.*

Er zögerte und hielt seine Sorge vor seinem Drachen verborgen. *Vielleicht. Du erholst dich noch von den Drogen. Kiyana trägt unser Kleines. Wir dürfen keine Risiken eingehen.*

Sein Tier knurrte. *Ich würde ihr nie wehtun, niemals. Ich will sie. Ich erinnere mich nicht an den Gefährtenrausch. Ich muss sie auch zu der unseren machen.*

Ihr Cottage kam in Sicht. *Vielleicht. Lass mich sie erst langsam necken, und dann sehen wir weiter.*

Das ist keine richtige Antwort.

Aber es ist die, die ich habe.

Er wollte es eigentlich nicht tun, aber er baute ein komplexes Labyrinth in seinem Kopf. Alistair hatte nie zuvor Anlass dafür gehabt, aber Finn und die anderen hatten es ihm während seiner Genesung auf der Krankenstation beigebracht, nur für den Fall.

Sein Tier brüllte, aber die Wände hielten.

Alistair ließ Kiyanas Hand los, um die drei Stufen besser erklimmen zu können und die Tür zu öffnen. Er war kaum eingetreten, als Kiyana die Tür zuschlug und den Abstand zwischen ihnen schloss. „Ich liebe dich."

Die Worte lösten sein aufgestautes Verlangen aus, und er zog sie gegen sich und nahm ihre Lippen in einem groben Kuss.

Er leckte und knabberte, bis sie ihre Lippen für ihn trennte. Alistair wartete nicht, einzutauchen und seine Zunge mit ihrer tanzen zu lassen.

Da Kiyana keine schüchterne, widerstrebende Frau war, kämpfte ihre Zunge mit seiner, jeder versuchte, den anderen zu dominieren. Während ihre Zunge sich bemühte zu gewinnen, bewegte er eine Hand an ihren Po und wiegte sie gegen seinen harten Schwanz.

Sie stöhnte in seinen Mund, und er tat es wieder, wünschte sich, der Stoff unter seinen Fingern würde sofort verschwinden.

Da er versprochen hatte, ihre Kleider nicht mehr zu zerreißen, ohne zu fragen, unterbrach er den Kuss und knurrte: „Ich will dich nackt. Entweder tust du es, oder ich könnte vergessen, dass ich versprochen habe, dich erst zu fragen, bevor ich dein Kleid zerfetze."

Sie lächelte, der Anblick sandte noch mehr Blut in seinen Schwanz. „Ich mag dieses Kleid zu sehr. Also setz dich auf die Couch, und ich ziehe es aus."

Er knurrte noch lauter, aber sie trat zurück und ging ins Wohnzimmer, ihre Hüften wiegten verführerisch und luden ihn ein, ihr zu folgen.

Mehr als begierig, jeden Zentimeter ihrer köstlichen Haut zu sehen, machte er sich auf den Weg zum Sofa und setzte sich. Kiyana wandte ihm den Rücken zu und ließ langsam ihr Kleid fallen, sodass es sich zu ihren Füßen sammelte.

Heilige Scheiße, sie trug einen String und zeigte fast jeden Zentimeter ihrer schönen braunen Haut. Alistair sog den Anblick ein, sicher, dass er nie genug bekäme, und es juckte ihm in den Fingern, an ihr entlang nach vorn zu knabbern. „Mehr, zeig mir mehr. Ich muss dich ganz sehen, Liebes."

Sie schob die Riemen ihres BHs herunter, drehte ihn um, um ihn zu öffnen, und die Spitze fiel, um sich zu dem Kleid am Boden zu gesellen. Sie blickte über ihre Schulter, und ihre Stimme war rau, als sie sagte: „Soll ich die Pumps anlassen oder ausziehen?"

„Anlassen, definitiv anlassen. Aber wenn du den

String nicht in den nächsten Sekunden runterziehst, werde ich ihn mit meinen Zähnen wegreißen."

Er erwartete eine Art Warnung oder Erwiderung. Doch Kiyana wackelte langsam mit der Hüfte, um ihren Tanga fallen zu lassen, segnete ihn mit jeder weichen Kurve und jedem sanften Tal ihres Körpers, und er tat sein Bestes, um es in der Erinnerung festzuhalten.

Nicht, dass er hoffte, sich jemals auf seine Erinnerung verlassen zu müssen. Kiyana war seine Frau, und er würde sie jeden Tag schätzen, wie sie es verdient hatte. Trotzdem wollte er die Bilder festhalten, für eine Zeit, wenn er nicht an ihrer Seite sein konnte.

Sie trat den Stoff beiseite und drehte sich um. Er sah ihr in die Augen, bevor er zu ihren ohnehin schon harten Brustwarzen, ihrem weichen Bauch und hinunter zu ihrem Oberschenkel wanderte.

Ihm lief das Wasser im Mund zusammen, als der Duft ihrer Erregung stärker wurde. „Komm, Liebes. Lass mich dein Jucken lindern."

Ihre Finger bewegten sich zwischen ihre Oberschenkel, und als sie anfing, mit ihrer Pussy und ihrer Klitoris zu spielen, pulsierte sein Schwanz.

Verdammt, seine Frau war perfekt.

Als sie sich schneller rieb und sich in die Lippe biss, konnte er nicht mehr länger dasitzen und zusehen. Alistair senkte sich auf den Boden und kroch hinüber, und es gefiel ihm, wie sie ihre Beine für ihn breiter spreizte, als er sie erreichte. Sanft nahm er ihre Hand, schob sie weg und blickte auf. „Jetzt bin ich dran."

Ihr geschmolzener Blick ließ seinen Drachen noch lauter brüllen, aber das Labyrinth hielt. Sie nickte. „Lass mich schreien, Alistair."

Mit einem Knurren brachte er sich in die beste Position, um ihre Pussy zu lecken, ihr süßer Honig machte ihn noch verrückter.

Als er weiter leckte, sich labte und sie neckte, liebkoste er ihre Klitoris nur alle paar Sekunden mit dem Daumen. Manche Männer mochten den Orgasmus beschleunigen, aber Alistair wusste, dass es sie nur härter kommen ließ, wenn er sie immer weiter erregte.

Und er wollte, dass sie härter als je zuvor kam, seinen Namen schreiend, und dass sie später noch einmal sagte, dass sie ihn liebte.

Allein bei der Erinnerung an die Worte von vorhin, stieß er tiefer. Ihre Hände gingen zu seinem Haar, und sie sagte: „Ja, da. Ich bin so nah dran. Alistair. Bitte!"

Da er seine Gefährtin nie enttäuschen wollte, rieb er ihre Klitoris in schnellen, harten Kreisen. Ihr Stöhnen und Seufzen wurde lauter, als ihre Nägel sich tiefer in seine Kopfhaut gruben.

Er presste ihre Hüften mit seiner freien Hand fester gegen seinen Mund, während er auch hart gegen ihre empfindliche Knospe stieß. Sie schrie seinen Namen, als ihre Nägel tiefer gruben und ihre Pussy sich um seine Zunge zusammenzog.

Selbst als sie sich gegen ihn entspannte, labte er sich weiter, genoss den Geschmack ihres Orgasmus in seinem Mund.

Sein Drache rammte härter gegen die Wände des Labyrinths und erinnerte ihn daran, dass Alistair nicht unbegrenzt Zeit hatte, bis sein Tier die Kontrolle übernehmen könnte.

Er leckte sie ein letztes Mal und begann seine Reise zu ihrem Gesicht. Alistair küsste Kiyanas Bauch – seine Lippen blieben ein paar Sekunden, um das Kind zu ehren, das darin wuchs –, zwischen ihren Brüsten, dort, wo ihr Hals auf ihre Schultern traf, und nahm schließlich ihre Lippen in einem langsamen, anhaltenden Kuss. Sie seufzte in seinen Mund, während ihre Hand zwischen sie lief, um seinen harten Schwanz durch den Stoff seiner Hose zu streicheln.

Er stöhnte unter dem Druck ihrer Finger, und Kiyana unterbrach den Kuss, um zu murmeln: „Jetzt bist du dran. Ich muss dich sehen, fühlen, dich in mir haben." Sie sah für eine Sekunde in seine Augen, bevor sie hinzufügte: „Ich will dich diesmal ganz, Alistair. Zeig mir deinen Drachen. Ich habe keine Angst."

Sein Tier brüllte, und Alistair zögerte eine Sekunde.

Und doch wusste er, dass, wenn er seinen Drachen weiter versteckte und ihn nie rauslassen würde, das nicht nur ihn und sein Tier belasten, sondern auch Kiyana sogar vielleicht wegstoßen würde.

Er berührte ihre Wange, bevor er antwortete: „Wir versuchen es. Aber wenn irgendwas passiert, versprich mir, dass du in Sicherheit rennst."

„Ich glaube an deinen Drachen, Alistair." Er grunzte, und sie hob die Augenbrauen. „Das tue ich. Ich liebe dich ganz, aber wenn du ein Versprechen brauchst, dann ja, ich verspreche zu laufen, wenn ich mich bedroht fühle."

Er nickte und streichelte ein letztes Mal ihre Wange, bevor er zurücktrat und sich auszog. Er schuf eine kleine Öffnung im Labyrinth und sprach über das Brüllen seines Drachen. *Wir werden teilen. Aber zuerst beruhige dich verdammt nochmal.*

Zu seiner Überraschung ließ sich sein Drache nieder und grunzte. *Beeil dich! Ich will sie, ich brauche sie, sie gehört uns.*

Da er keine Bosheit spürte, riss Alistair langsam das Labyrinth nieder und ließ seinen Drachen heraus.

Er hoffte mit allem, was er hatte, dass er keinen Fehler machte. Alistair zog sich in den Hinterkopf zurück und wartete darauf, wie sein Tier reagieren würde.

Kiyanas Lustschleier hob sich einen Bruchteil, als

Alistairs Pupillen sich zu Schlitzen verwandelten und so blieben.

Sein Drache war endlich zum Spielen rausgekommen.

Alistairs Stimme war etwas tiefer, als er sagte: „Du bist meine Gefährtin. Ich will dich. Jetzt!"

Der Befehlston wirkte bei ihr nicht, und sie ging zu ihm. Anstatt ihn jedoch zu küssen, nahm sie seinen Schwanz in die Hand und drückte ihn. „Dann nimm mich."

Mit einem Knurren schlug Alistairs Drache ihre Hand weg, drehte sie um und legte ihre Hände auf die Rückseite des Sofas. „So. Ich will dich so."

Alistairs menschliche Hälfte hätte ihr den Rücken geküsst, ihre Haut zärtlich gestreichelt und sich Zeit genommen, in sie einzudringen.

Doch sein Drache spreizte ihre Beine, positionierte seinen Schwanz an ihrer Öffnung und stieß tief hinein.

Immer noch empfindlich von ihrem Orgasmus, stöhnte Kiyana. Sie wollte Alistairs menschliche Hälfte nicht erschrecken, bog ihren Rücken, und sein Drache verstand den Hinweis, zog sich heraus und rammte wieder hinein, immer und immer wieder, und ließ ihre Brüste zu seinen Bewegungen wippen.

Er legte eine Hand über ihren Bauch. Aber ob es war, um sie zu beruhigen oder ihr Baby anzuerkennen, hatte sie keine Ahnung. Alistairs Drachenstimme seufzte immer wieder: „Meine, du gehörst mir. Meine Gefährtin. Immer. Immer."

„Ja, eure. Ich gehöre euch beiden. Ich liebe euch."

Bei ihren letzten drei Worten brüllte Alistairs Drache und bewegte sich schneller, während seine Finger ihre Klitoris fanden. Sie ließ den Kopf fallen, jeder Stoß baute Spannung auf.

Irgendwo in ihrem benebelten Verstand wusste sie, dass das wichtig war. Weil Alistairs Sperma ihren Orgasmus automatisch verursachte, und doch versuchte sein Drache, sie vorher kommen zu lassen.

Sicher war sein Drache zu seinem normalen Selbst zurückgekehrt.

Dann drückten Alistairs warme Finger fester, und Lichter explodierten vor ihren Augen, als sein Drache in ihr innehielt. Sie spürte den Moment, als er kam, weil ihr Orgasmus wieder anstieg und Welle um Welle der Lust durch ihren Körper schickte.

Als sich ihr Körper endlich beruhigte, drohten Kiyanas Knie nachzugeben.

Doch bevor sie etwas sagen konnte, zog sich Alistairs Drache heraus, drehte sie herum und führte sie zur nächsten Wand. Er schlang ihr Bein um seine Taille, positionierte seinen Schwanz an ihrem Eingang und sagte: „Nochmal."

Alistairs Drache hatte Dominanz in seine Stimme gelegt, aber sie wollte nicht zulassen, dass es sie beeinflussen würde. Vor allem, weil sie gelesen hatte, dass die erste Interaktion mit einem Drachen bestimmen könnte, wie die Beziehung für den Rest der Zeit verlaufen würde. „Noch einmal, und dann ist Alistair wieder dran."

„Aber ich will dich oft. Du bist unsere Gefährtin. Ich erinnere mich nicht an den Rausch, also muss ich neue Erinnerungen schaffen."

Alistair hatte seinem Drachen immer noch nicht die ganze Wahrheit gesagt. Vielleicht gab es einen Grund dafür, und sie müsste ihn später fragen.

Sie wandte den Blick nicht von Alistairs geschlitzten Pupillen ab und sagte: „Noch einmal, und dann ist Alistair dran. Du kannst morgen wieder spielen."

Seine Pupillen blitzten eine Sekunde auf und blieben dann wieder Schlitze. Alistairs Drache nickte. „Noch einmal. Alistair hat versprochen, dass wir jede Nacht teilen können. Morgen bin ich der erste."

Sie nickte und wollte zeigen, dass sie sowohl Alistairs menschliche als auch seine Drachenhälfte akzeptierte.

Sein Drache wartete nicht, positionierte seinen Schwanz und stieß zu.

Kiyana stöhnte und grub ihre Nägel in Alistairs Rücken. Sein Drache befahl: „Härter! Halte mich fester."

Sie brauchte keine weitere Ermutigung und hing an ihrem Drachenmann, als die Drachenhälfte sie wieder nahm, genauso schnell und hart wie beim ersten Mal.

Und nachdem sie seinen Namen geschrien hatte und gegen seine Brust gesunken war, füllte Alistairs normale Stimme ihre Ohren: „Du bist so ein tapferes Mädel. Ich liebe dich."

Sie kuschelte sich an seine Brust und lächelte. „Ich bin mir nicht sicher, ob tapfer das Wort ist, das ich verwenden würde. Schließlich genießt diese Frau manchmal eine schnelle, harte Nummer."

Er schnaubte und neigte ihren Kopf nach oben, bis sie ihm wieder in die Augen sah, seine Pupillen jetzt rund. „Das wird ihn nur ermutigen."

Sie hob eine Hand und strich über sein hartes Kinn. „Ist denn das so schlimm? Ich liebe und will dich ganz, Alistair Boyd. Das bedeutet auch deinen Drachen."

Seine Pupillen blitzten erneut auf, bevor er antwortete: „Ich bin immer noch nicht sicher, wie ich dich verdiene, aber egoistischer Bastard, der ich nun mal bin, werde ich dich behalten."

„Mich behalten, was?"

Er zog sie fester an seinen Körper. „So gut ich kann. Aber das funktioniert in beide Richtungen – du kannst mich auch behalten."

„Dann besiegeln wir die Sache mit einem weiteren Kuss, und dann ist Schlafenszeit."

Sorge erfüllte seine Augen. „Geht's dir gut? Ist es das Kleine?"

Sie schüttelte den Kopf. „Mir geht's gut, bin nur müde. Deine Familie ist brillant, aber es braucht viel Energie, um mit allen Schritt zu halten."

„Mehr als mit meinem Drachen?"

Einer ihrer Mundwinkel hob sich. „Das, mein lieber Drachenmann, ist etwas, das wir bestimmen müssen, nachdem ich mehr Daten gesammelt habe."

Er knurrte. „Führe mich nicht in Versuchung, Mädel. Es wird schwer genug sein, dich nicht gleich wieder zu beanspruchen."

Sie zwinkerte. „Keine Sorge, ich sehe in unserer Zukunft viele Sitzungen zur Datenerfassung. Aber heute Abend musst du dich mit Kuscheln begnügen."

Er küsste sie sanft. „Gut, denn ich habe vor, dich in der Nähe zu halten und nie loszulassen."

Bevor sie erwähnen konnte, dass seine romantische Seite wieder rausgekommen war, schaffte er es, sie auf die Arme zu heben und sich langsam auf den Weg ins Schlafzimmer zu machen.

Sie sollte ihn wirklich dafür tadeln, wenn man bedachte, dass er sich noch erholte. Sie spürte jedoch, dass Alistair sie in diesem Moment zu ihrem Bett tragen musste. Und so ließ sie ihn, zufrieden, seinen Herzschlag unter ihrem Ohr zu hören, ohne sich darum zu kümmern, wie lange er brauchte.

Und als sie im Bett waren, Alistair in Löffelchenstellung an ihrem Rücken lag, schlief Kiyana mit einem Lächeln im Gesicht schnell ein.

Kapitel Neunzehn

Ein paar Tage später schrieb Kiyana ihren Abschlussbericht für das Ministerium für Drachenangelegenheiten, als jemand an die Haustür klopfte. Da Alistair mit etwas im Hauptsicherheitsgebäude der Beschützer half, ging sie, um aufzumachen und, blinzelte Meg Boyd an. „Ich dachte, du kommst später zum Abendessen rüber?"

Die ältere Drachenfrau winkte ab und marschierte hinein. Kiyana schloss die Tür, und folgte ihr in die Küche. Meg antwortete: „Aye, das tue ich immer noch. Aber es gibt eine Sache, die wir besprechen müssen, eine, die Alistair nicht hören soll."

Diese Worte weckten ihr Interesse. „Ich habe keine Geheimnisse vor Alistair, Meg. Also bitte mich nicht darum, es sei denn, es ist etwas auf der Ebene einer Überraschungsparty oder so."

Meg kannte das Cottage gut und machte sich daran, Tee zuzubereiten. „Das hat mit der Direktorin des MDA zu tun, ebenso wie mit meiner Rolle hier. Je weniger Leute wissen, was ich tue, desto besser, aye? Und da du genau genommen immer noch Mitarbeiterin des MDA bist, musst du das vertraulich behandeln."

Kiyana mochte es nicht, dass Meg MDA-Protokolle zitierte, und doch brannte ihre Neugier, um zu erfahren, was Meg genau für das MDA machte.

Es stimmte, sie hatte keine Geheimnisse vor Alistair. Aber auch er hatte Dinge, an denen er arbeitete und von denen sie noch nichts wusste. Mit dieser Begründung nickte sie. „Okay, ich kann ein MDA-Geheimnis für mich behalten, vorausgesetzt, dass es nicht Alistair selbst betrifft."

„Och, nein, es geht nicht um meinen Jungen. Das würde ich nicht von dir verlangen." Der Wasserkocher ging los, und sie goss das Wasser ein. „Um ehrlich zu sein, geht's hier mehr um dich als um jeden anderen, sogar mich."

Sie widersetzte sich einem Knurren, obwohl sie begann zu verstehen, warum Alistair es manchmal bei seiner Mutter tat. „Dann erzähl mir endlich, was du sagen wolltest. Du magst es auch nicht, wenn Leute um den heißen Brei herumreden, und du solltest mir die gleiche Höflichkeit zugestehen."

Meg schnaubte. „Du wirst hier gut zurechtkommen, Mädel. Aye, das wirst du." Kiyana hob die Augenbrauen, um an ihre Frage zu erinnern, und

Meg fuhr fort: „Zuerst werde ich dir sagen, was ich tue, und dann komme ich zu dem Teil, was du tun kannst, um zu helfen."

Sie widerstand einem Seufzer. Kein bisschen Tyrannisieren würde Meg antreiben, also setzte sich Kiyana an den Tisch in der Essecke. „Dann erzähl es mir. Bei der Geschwindigkeit wird Alistair zurück sein und du verlierst deine Chance."

Die ältere Drachenfrau nahm ihre Tasse Tee und setzte sich Kiyana gegenüber. „Ich wache hauptsächlich über die Menschen, die jetzt hier leben, und berichte der MDA-Direktorin darüber, wie es ihnen geht."

Kiyana runzelte die Stirn. „Ich bin mir nicht sicher, ob Holly, Gina oder ganz zu schweigen von Ross es zu schätzen wüssten, dass du sie ausspionicrst."

„Vielleicht nicht, aber Rosalind Abbott wird nicht zulassen, dass irgendein Mensch insgeheim leidet, wie es zu viele in der Vergangenheit getan haben. Und da ich schon fast alles weiß, was im Clan vor sich geht, hat mich Finn dazu gebracht."

„Finn?"

„Aye. Man sollte meinen, er würde seine eigene Tante nominieren, wenn man bedenkt, dass sie immer mehr weiß als ich, aber aus welchem Grund auch immer, hat er sich an mich gewandt. Und da ich dem Clan genauso helfen will wie jeder andere, habe ich zugestimmt."

Kiyana dachte nicht, dass Finns Tante Lorna die

Wahrheit gern hören würde, aber es war nicht Kiyanas Aufgabe, Einwände zu erheben. Schließlich war sie erst seit ein paar Monaten in Lochguard, und Finn hatte sein ganzes Leben hier verbracht. Er würde wissen, was am besten ist.

Sie fragte: „Wie soll ich dann helfen? Ich bin nicht groß darin, Leute heimlich auszuspionieren oder Gerüchte zu durchstöbern. Nichts für ungut, aber das ist einfach nicht, wer ich bin. Wenn ich jemanden beobachte, weiß er das und ist normalerweise zu einem gewissen Grad ein Teilnehmer."

„Alles gut, Mädel. Nein, die Direktorin hat größere Dinge für dich geplant – vor allem möchte sie, dass du die Dettifoss-Versammlung weiter recherchierst und weiterhin Pläne und Ideen entwickelst, um in den nächsten Jahren eine neue zu schaffen."

Für ein paar Sekunden starrte Kiyana Meg nur an. Für viele mochten ein paar Jahre eine lange Zeit erscheinen, um eine Veranstaltung auf die Beine zu stellen. Aber es hatte Jahrzehnte oder sogar ein Jahrhundert gedauert, bis die Drachenwandler endlich zum ersten Mal eine Einigung erzielen konnten.

Ganz zu schweigen davon, dass sie bald ihr Baby bekommen würde, und ihre Freizeit etwas weniger wäre als die, die sie jetzt hatte.

Als ob Meg ihre Gedanken spürte, sprach sie wieder. „Keine Sorge, du wirst nicht allein arbeiten. Dieser Junge, Max, wird helfen, wie auch andere. Rosalind sondiert das Terrain bei ihren Kontakten und bittet sie, auch Kandidaten für die Forschung und Planung der Veranstaltung zu nominieren."

Auch wenn Kiyana normalerweise gefragt hätte, warum Meg immer so salopp über die MDA-Direktorin sprach, gab es größere Dinge, um die sie sich Sorgen machen musste. „Sie meint es also ernst damit, ein ähnliches Treffen zusammenstellen zu wollen. Ich dachte nicht, dass es so einen hohen Stellenwert in ihren Prioritäten hätte."

Meg nippte an dem Tee. „Aye, das ist eine ihrer obersten Prioritäten. Sie hat geschworen, die Dinge zum Besseren zu ändern, als sie ihre Position antrat, und sie tut ihr Bestes, um das zu erfüllen, und sie unternimmt sogar Schritte, um sicherzustellen, dass ihre Vision fortgeführt werden kann, wenn ihr etwas zustößt. Also, wirst du helfen, Mädel? Ich bin sicher, wenn du zustimmst und alle erforderlichen Unterlagen ausfüllst, kannst du sie davon überzeugen, einige ausgewählte Lochguard-Mitarbeiter über dein Projekt zu informieren, einschließlich Alistair."

Die Bitte war riesig. Es würde viel Arbeit und Koordination erfordern, ganz zu schweigen davon, dass Kiyana alle anderen Projekte wie das Schreiben von Büchern oder Aufsätzen aufgeben müsste.

Und doch, dabei zu helfen, dass etwas so Historisches Realität wurde, hätte eine länger anhaltende Wirkung als alles, was sie allein tun könnte. Es war unmöglich für sie, abzulehnen.

Sie antwortete: „Vorausgesetzt, ich kann mit Alistair aushandeln, dass er mir manchmal hilft, dann ja, ich bin dabei."

Meg griff hinüber und nahm ihre Hand. „Ich wusste es, Mädel. Mütter, sogar werdende Mütter, tun oft alles, was sie können, um die Zukunft für ihre Kinder zu verbessern."

Obwohl sie wusste, dass nicht alle Mütter so hingebungsvoll waren wie Meg oder ihre eigene, war Kiyana entschlossen, eine zu sein. Ihr kleines Halbdrachenwandlerbaby verdiente jede Chance auf Glück, was bedeutete, ein Leben mit weniger Angst zu führen. Schließlich könnten die Drachenwandler, wenn sie zusammenarbeiteten, in der Lage sein, die Drachenjäger und Drachenritter fast auszurotten. Sicher, das Internet würde immer existieren und Drachenhasser einen Ort zum Austausch geben, aber sie würden viel weniger Schaden und Schmerz mit weniger Ressourcen anrichten.

Ganz zu schweigen davon, dass ohne eine vollwertige Organisation mit starken Führungskräften die meisten Pläne und Bedrohungen nie ans Tageslicht kommen würden.

Kiyana legte ihre freie Hand an ihren Unterleib. „Es wird nicht nur meinem Baby helfen, sondern auch vielen anderen."

Alistair hatte seiner Familie noch nicht die Details über Rachel und ihre Krankheit erzählt, geschweige denn von seinem Gelübde, die Kommunikationsbeziehungen zwischen den Clans zu stärken, aber es war auch wahr, dass eine Versammlung ähnlich der in Dettifoss jedem Drachenwandler auf dem Planeten helfen konnte.

Allein, wenn sie an die Menge an Informationen dachte, die ausgetauscht werden könnten, wurde ihr ganz schwindelig. „Wann werden die Papiere kommen? Ich werde mehr Zeit haben, bevor das Baby da ist, also möchte ich sofort anfangen."

Meg schnalzte mit der Zunge. „Ich habe sie nach eurer Paarungszeremonie. Rosalind möchte sicherstellen, dass du legal mit Alistair verbunden bist, bevor sie weitere Grenzen überschreitet."

Ihre und Alistairs Paarungszeremonie war noch eine Woche entfernt. Enttäuschung flackerte auf, aber sie zwang sie zur Seite. Sieben Tage waren nicht sehr lang. Ganz zu schweigen davon, dass sie noch ihren Abschlussbericht über die Gruppe von Menschen fertigstellen musste, die als potenzielle Gefährtinnen nach Lochguard gekommen waren.

Sie nickte. „Ich werde bald danach bereit sein, da ich Alistair versprochen habe, ein paar Tage allein mit ihm zu verbringen."

Viele verbrachten nach einer Paarungszeremonie Zeit auf Lochguards Land auf der Isle of Skye, aber Alistair hatte sich geweigert. Sein Drache hatte sich nicht aufgeführt, aber er wollte vorsichtig sein. Also blieben sie auf dem Land des Clans und hofften, sie könnten unerwünschte Besucher fernhalten.

Meg trank den Tee zu Ende. „Aye, aye, ich weiß. Ich darf euch mindestens zwei Tage nach der Zeremonie nicht besuchen. Es wird schwer, denn ich will ja nur meine neue Schwiegertochter kennenlernen, aber irgendwie finde ich die Stärke."

Kiyana tat ihr Bestes, nicht über Megs Versuch, ihr ein schlechtes Gewissen einzureden, zu lächeln. „Ich bin mir sicher, das wirst du."

Meg stand auf und stellte ihren Becher in das Spülbecken. „Nun, dann gehe ich am besten und lasse Rosalind von deiner Entscheidung wissen." Sie ging einen Schritt und hielt dann inne. „Es wird ein undankbarer Job sein, also möchte ich als Erste sagen, dass ich deine Bemühungen zu schätzen weiß. Wenn wir Glück haben, wird die Versammlung noch in meinem Leben stattfinden."

„Du wirst uns noch alle überleben, Meg, also bin ich sicher."

„So eine Schmeichlerin."

Es war nicht so sehr Schmeichelei, sondern die Wahrheit. Kiyana hoffte nur, dass sie so spritzig sein könnte wie Meg Boyd, wenn sie in ihrem Alter war.

Die Augen der Drachenfrau weiteten sich. „Ach, das hätte ich fast vergessen. Als Teil des Deals wird es deiner Mutter immer offenstehen, hier dauerhaft zu leben. Ich weiß, sie überlegt es sich noch, aber es sollte dich beruhigen zu wissen, dass sie hier leben kann, wenn sie will."

Sie fragte sich, ob Meg an diesem Ergebnis beteiligt gewesen war, da sie mit Kiyanas Mutter befreundet war. „Danke!"

Meg winkte das mit einer Hand ab. „Du musst mir nicht danken. Du kannst Rosalind danken, indem du dein Möglichstes gibst und diesen Max-Jungen auf dem Laufenden hältst."

Sie seufzte. „Das wird eine ganz schöne Aufgabe sein, aber ich kenne jemanden, der dabei helfen kann. Und nein, ich werde es niemandem sagen, der nicht die Freigabe hat, es zu erfahren, aber ein Auge auf einen Besucher zu behalten, ist doch immer noch das Standardprotokoll."

„Tu, was du tun musst, halte ihn einfach beschäftigt. Ich bin mir nicht sicher, ob ich seine Vorträge jeden Tag ertragen kann, solange es dauert, bis das wichtige Treffen Wirklichkeit wird."

„Ich versuche es."

„Gut." Meg blickte wieder zur Tür. „Dann bin ich weg. Ich schicke dir alle Details, sobald ich sie habe."

Die ältere Drachenfrau war fast aus der Küche, als Kiyana herausplatzte: „Warum willst du nicht allen sagen, was du tust? Über die Menschen zu wachen, ist doch nicht skandalös."

„Nein, aber Rosalind hat Angst, dass noch Feinde im Clan leben. Meine Identität geheim zu halten, bedeutet also, dass ich zusehen und ich selbst sein kann, ohne dass jemand sich anders verhält."

Sie blinzelte. „Feinde?"

„Frag Finn, er hat seinen eigenen Verdacht."

Damit ging Meg und ließ Kiyana sich fragen, vor welchen anderen Gefahren sie ihr Baby würde beschützen müssen.

Ihre Sorge würde nicht so weit gehen, dass sie

Angst vor dem Leben hatte, aber sie wäre von jetzt an vorsichtig. Eines der besten Dinge war, sich auf ihr bevorstehendes Projekt zu konzentrieren. Wer wusste schließlich, welche Informationen andere Clans über Feinde oder potenzielle Bedrohungen besaßen.

Ja, je mehr Informationen sie erhalten konnten, desto besser. Allerdings musste sie zuerst ihre aktuelle Arbeit beenden. Und so machte Kiyana sich wieder ans Werk.

Layla MacFie runzelte die Stirn, als sie zum dritten Mal ihre Vorräte überprüfte. Doch egal, wie oft sie nachzählte, es änderte nichts an der Tatsache, dass einige ihrer liebsten Medikamente – vor allem eins, das speziell für innere Drachen verwendet wurde – fehlten.

Es war auch nicht das erste Mal, dass das passiert war. In den letzten sechs Monaten waren verschiedene Dinge verschwunden, von Medikamenten über medizinische Instrumente sogar bis hin zu einigen älteren Vitalparameter-Monitoren.

Ihr Drache schnaubte. *Wirst du jetzt auf mich hören und eine Überwachungskamera installieren?*

Das haben wir schon getan, aber wer auch immer klaut, weiß, wo sie ist.

Dann bring eine geheime an.

Ich habe nicht die leiseste Ahnung, wie man sowas installiert.

Du nicht, aber Chase schon.

Chase McFarland hatte erst im letzten Jahr seine vollständige Zertifizierung als Elektriker erworben, aber allem Anschein nach wusste er, was er tat, und er tat es gut.

Natürlich brachte sie der Gedanke an Chase zu dem Abend zurück, als er ihr gesagt hatte, dass er geduldig sei und dass sie es wert sei, auf sie zu warten.

Sie wollte sich nicht an die Hitze in seinen Augen erinnern oder wie sie danach auf den Boden gesunken war, und antwortete ihrem Tier, *Ich würde ihn privat fragen und Geheimhaltung versprechen müssen, und das ist keine gute Idee.*

Nur weil du Angst hast, mit ihm allein zu sein.

Ich habe keine Angst.

Lügnerin! Wir teilen die gleichen Träume. Und du willst ihn.

Ihr Drache hatte recht. Laylas Träume konzentrierten sich eher auf Chase als auf jeden anderen Mann. Und ihn nach einigen ihrer ziemlich expliziten Fantasien wiederzusehen, könnte letztlich ihre Entschlossenheit brechen.

Ihr Drache knurrte. *Dann mach es.*

Er wird mehr wollen, und wir können es nicht geben. Vor allem, wenn wir einen Dieb hier in der Krankenstation haben, der Finn übergeben wird, sobald wir ihn geschnappt haben. Weil ich das Gefühl habe, dass es ein Mitarbeiter ist, und dann werden wir noch weniger Personal haben.

Hör auf, dir Ausreden einfallen zu lassen. Sag ihm ganz klar, dass du keine Beziehung willst. So einfach ist das.

Aye, weil du dich ja auch so schnell damit zufriedengeben wirst.

Ihr Drache verstummte und erzählte Layla alles, was sie wissen wollte.

Was bedeutete, dass ihr inneres Tier Chase für mehr als nur für eine Nacht wollte.

Das war verrückt, wenn man bedachte, dass sie den Mann kaum kannten. Klar, er war aufmerksam, charmant und hatte sie sogar ein- oder zweimal zum Lachen gebracht. Aber das war nicht genug, um eine Beziehung zum Laufen zu bringen, besonders in ihrem Beruf.

Er musste tabu bleiben, egal was geschah.

Mit einem Seufzen verließ Layla den Vorratsraum und ging in ihr Büro. Sie müsste einen guten Moment abpassen, um Chase zu bitten, die versteckte Kamera als persönlichen Gefallen zu installieren, und hoffen, dass er ein Geheimnis bewahren konnte. Die beste Zeit, um zu fragen, wäre, wenn sie allein sein könnten und doch nicht in einem ihrer Cottages waren.

Dann traf es sie – Alistairs und Kiyanas Paarungszeremonie stand bevor. Sie könnte ihn suchen, allein in einem Raum mit ihm reden und zurück zur Versammlung gehen.

Zufrieden mit ihrem Plan und wie sie ihn umsetzen könnte, ohne dass sie am Ende nackt wäre und Chase in ihr, notierte Layla die Unstimmigkeiten in ihrem kleinen Notizbuch, das sie bei sich trug, und ging zu dem Stapel voller Papiere, den sie abarbeiten musste, bevor sie für den Tag gehen konnte.

Kapitel Zwanzig

Alistair justierte den dunkelblauen Stoff, der über seiner Schulter lag, und drehte sich dann zur Tür.

Es war Zeit. Er würde Kiyana endlich vor dem ganzen Clan als seine Gefährtin annehmen.

Sein Drache meldete sich zu Wort. *Ich verstehe nicht, warum das nötig ist. Sie gehört uns, und wir gehören ihr. Ein paar Worte werden keine Rolle spielen.*

Das sagst du, aber natürlich ist es wichtig. Und nicht nur, weil es einen legalen Vertrag gibt, sondern einen, den das MDA anerkennen wird, damit Kiyana hier dauerhaft leben kann.

Ich würde gern sehen, wie sie versuchen, sie von unserer Seite zu zwingen.

Er lächelte. *Stimmt, aber mir wäre es lieber, dass sie ihr Feuer und ihre Sturheit für etwas Wertvolleres aufbewahrt. Vor allem, weil eine Zeremonie uns allen den Ärger eines weiteren Streits erspart.*

Sein Drache grunzte. *Schätze schon. Beeilen wir uns. Je eher wir anfangen, desto eher können wir alle begrüßen und dann unsere Frau nach Hause bringen.*

Alistair öffnete die Tür und blinzelte, als seine Mutter ihm gegenüberstand. „Mum, kann das nicht warten? Du kannst mich nach der Zeremonie sehen."

„Unsinn." Sie schob ihn sanft zurück in den Raum. „Ich habe ein Geschenk für dich."

Alistair bemühte sich, nicht das Gesicht zu verziehen, schloss die Tür und fragte: „Was ist es?"

Seine Mutter holte etwas aus ihrer Tasche, eingewickelt in ein weißes Tuch. „Es ist etwas von deinem Vater. Er hat kleine Geschenke für jeden seiner Söhne hinterlassen und wollte, dass ich dir deins an deinem Paarungstag gebe. Um ehrlich zu sein, war ich mir nicht sicher, ob ich jemals die Chance hätte, es dir zu geben."

Er hielt seine Stimme unbeschwert und frei von Zorn. „Aye, nun, ich werde bald gepaart, also kannst du es mir jetzt geben."

„Ich werde deinen Ton für den Moment ignorieren und ihn auf deinen Eifer, deine Frau wiederzusehen, zurückführen."

Seine Mutter hatte darauf bestanden, dass sie die Nacht getrennt verbrachten, wie es bei vielen Drachenwandlerfamilien üblich war. „Aye, das tue ich, also lassen wir Kiyana nicht warten."

Seine Mutter wickelte den Stoff aus, um eine

silberne Brosche zu enthüllen, die Art, die sein Clan an den Schulterstoffstreifen ihrer traditionellen Kleidung steckte.

Der gewundene Kreis zeigte einen Drachenflügel, der die Mitte kreuzte.

Etwas aus seiner Kindheit tanzte am Rande seiner Erinnerung, aber er konnte es nicht ganz platzieren.

Sein Drache meldete sich zu Wort. *Dad hat sie bei unserem ersten Flug getragen.*

Das erste Mal, dass ein junger Drachenwandler seine neuerworbenen Flugfähigkeiten zeigte, wurde in Lochguard gefeiert. Und auch wenn sich nicht jeder für die Veranstaltung rausputzte, hatten seine Eltern das getan.

Selbst wenn es dem zehnjährigen Alistair damals peinlich gewesen war, erinnerte er sich jetzt liebevoll daran.

Seine Mutter steckte sie an den Stoff über seinem Brustkorb. „Du hast sie dir als Junge immer angesehen, und dein Dad hat sich daran erinnert." Sie tätschelte sanft die Brosche. „Und sie steht dir, Alistair. Trag sie unbedingt zur ersten Flugvorstellung deines Kindes, um die Tradition fortzusetzen."

Auch wenn er sonst viele Bitten seiner Mutter zurückwies, stimmte er dieser zu. „Aye, natürlich. Danke, Mum."

Er umarmte seine Mutter und sie antwortete: „Ich habe mir so viele Jahre Sorgen um dich gemacht, Alistair. Aber jetzt hast du eine gute

Gefährtin, und ich weiß, dass du glücklich sein wirst." Sie löste sich von ihm. „Versuch, mir einfach eine Enkelin zu schenken, aye?"

Einer seiner Mundwinkel zuckte hoch. „Ich bin mir nicht sicher, dass ich das garantieren kann."

„Dann versucht es weiter, bis du es tust."

Alistairs Tests zeigten, dass er nicht ganz unfruchtbar war, sondern nur eine geringe Spermienzahl hatte. Es war möglich, wenn auch extrem schwierig, dass er weitere Kinder zeugen konnte.

Nicht, dass es wichtig war. Er und Kiyana würden immer das Kind lieben, das gerade im Schoß seiner Gefährtin wuchs. Und wenn das ihr einziges Kleines bliebe, wäre er immer noch dankbar. „Wir werden sehen, Mum. Wenn du Kiyana nicht warten lassen willst, muss ich jetzt gehen."

Sie tätschelte ihm ein letztes Mal die Wange, bevor sie zurücktrat. „Aye, geh und beanspruche deine Gefährtin, Alistair. Sie ist keine, die du dir entgehen lassen willst."

„Nein, niemals."

Als er den Raum verließ, ergriff sein Drache wieder das Wort. *Geh schneller. Wir sind spät dran.*

Ich werde mein Bestes geben, Drache.

Er hatte beschlossen, zumindest für die Anfangszeremonie ohne Stock zu gehen.

Er tat trotzdem sein Bestes, die Tür, die zum Podest des Palas führte, in Rekordzeit zu erreichen.

Er hatte Glück, eine Frau wie Kiyana gefunden zu haben – besonders angesichts dessen, dass er noch vor ein paar Jahren gedacht hatte, nie eine andere Frau zu finden, die er lieben würde – und die Welt sollte wissen, dass sie seine Gefährtin war.

Kiyana stand neben Finn, der auf Alistair wartete, bevor er die Bühne betrat, um sie vorzustellen.

Es war seltsam für Lochguards Anführer, so still zu sein, und doch verstand sie den Grund dahinter. Finn hatte nach ihrer Paarungszeremonie eine Ankündigung zu machen, von der Arabella angedeutet hatte, sie sei riesig, aber eine, die zu verraten sie sich geweigert hatte.

Kiyana sollte sich mehr dafür interessieren, was es sein könnte, wenn man bedachte, dass Lochguard jetzt ihr Zuhause war. Sie schaffte es jedoch kaum, nicht immer wieder mit der Hand gegen ihre Seite zu trommeln, ungeduldig, mit ihrer Paarungszeremonie zu beginnen.

Nicht, dass sie sich Sorgen darum machte, dass Alistair kalte Füße bekommen haben könnte oder so was. Nein, sie wollte einfach ihre Verbindung offiziell machen. Denn sobald sie das tat, konnte sie ihm von ihrer neuen MDA-Aufgabe erzählen, ohne gegen die Regeln zu verstoßen.

Sie hatte so das Gefühl, dass es Alistair nicht gefallen würde, Max öfter in Lochguard zu haben. Er würde ihr dennoch gern helfen, denn es förderte seinen Traum, die Kommunikation zwischen den Drachenclans zu verbessern.

Finns Stimme unterbrach ihre Gedanken. „Aye, nun, es ist Zeit, anzufangen."

Er lächelte sie an und ging, und Kiyana versuchte, auf das zu achten, was er sagte. Aber seine Worte erreichten nicht ihr Gehirn, und sie achtete kaum auf die Menge. Sie konnte fast nichts hören, so laut schlug ihr Herz.

Beruhige dich, Kiyana. Er wird es gut machen.

Alistair wollte ohne seinen Stock rauskommen, obwohl er ihn noch benutzen sollte. Eine gehässigere Person hätte vielleicht gewollt, dass er auf die Nase fiel, um seine Lektion zu lernen, aber sie wollte das diesmal nicht. Wenn es ihm mehr das Gefühl gab, ein richtiger Drachenmann zu sein, wenn er an seinem besonderen Tag ohne Hilfe lief, dann sollte es eben so sein.

Finn rief ihren und Alistairs Namen und erregte erneut ihre Aufmerksamkeit. Kiyana ging auf das Podest. Sie hatte kaum einen Blick auf den über-füllten Saal geworfen, bevor ihre Augen auf Alistairs hohe Gestalt fielen, in Dunkelblau gekleidet, seine ausgeprägten Brustmuskeln ließen ihren Mund trocken werden.

Auch wenn sie ihn schon öfter nackt gesehen hatte, als sie zählen konnte, hörte ihr Gehirn dennoch einige Sekunden lang auf zu funktionieren.

Als hätte er ihre Gedanken gelesen, zwinkerte er. Die Aktion brach den Zauber, und sie schüttelte den

Kopf, bevor sie hinausging, um sich ihm in der Mitte des Podests anzuschließen. Aus ihrem Augenwinkel sah sie zu, um sicherzugehen, dass er nicht strauchelte oder stolperte, aber auch wenn er ein wenig langsam war, machte er es gut.

Finn stieg die Stufen hinab, um in der ersten Reihe neben Arabella und den übrigen Boyds Platz zu nehmen. Paarungszeremonien waren immer eine Sache zwischen zwei Personen und niemandem sonst.

Kiyana hatte das immer für schön gehalten, hätte aber nie gedacht, dass sie es selbst erleben würde.

Alistair nahm eine ihrer Hände, und ihre Augen fanden sofort wieder seine. Da sie noch nie bei einer Drachenpaarungszeremonie gewesen war, hatten sie vereinbart, dass er anfangen sollte.

Für ein paar Sekunden jedoch starrten sie einander nur in die Augen, während der Rest der Welt dahinschmolz.

Selbst in einem überfüllten Saal würde er ihr immer ins Auge fallen.

Seine Pupillen flackerten und erinnerten sie daran, dass drei Persönlichkeiten in dieser Beziehung involviert waren. Und sie war froh, dass auch sein Drache hier war, auch wenn er nicht sprechen würde.

Alistairs tiefe Stimme füllte schließlich den Raum. „Dr. Kiyana Barnes, du bist alles, was ich an einer Frau bewundere. Intelligent, hingebungsvoll, entschlossen und immer bereit für ein Lächeln oder eine Erwiderung. Natürlich ist der größte Bonus, dass du die schönste Frau auf der Welt bist." Er nahm ihre Hand und hob sie an seine Lippen, bevor er fortfuhr: „Du hast mich nicht nur in das Leben zurückgebracht, sondern auch in meine Familie und den Clan. Nachdem ich vor drei Jahren eine Frau verloren hatte, die ich liebte, hätte ich nie gedacht, dass ich wieder glücklich wäre. Aber du hast mich nicht nur glücklich gemacht, sondern auch zu einem besseren Mann, als ich ohne dich gewesen wäre. Ich liebe dich, Kiyana. Darf ich dich als meine Gefährtin beanspruchen?"

Sie nickte und bemühte sich, nicht zu weinen. Es wären Freudentränen, aber trotzdem. Sie wollte stark genug sein, um sie zurückzuhalten.

Alistair griff hinter sich, um den breiten silbernen Armreif zu nehmen, in den sein Name in der alten Sprache eingraviert war. Er küsste ihren Bizeps, bevor er das kühle Material um ihre Haut legte.

Obwohl das nur in ihrem Kopf war, schien das Metall mit etwas aufgeladen zu sein, das ihr Herz noch mehr mit Liebe zu Alistair füllte als noch vor ein paar Sekunden.

Sobald er fertig war, atmete sie einmal tief durch. Das Letzte, was sie brauchte, war, dass ihre Stimme brach oder schwankte. Sie wollte, dass ihr Anspruch perfekt war.

Kiyana nahm Alistairs Hand und ahmte ihn nach. Sie küsste seinen Handrücken, bevor sie ihre

Stimme für alle erhob. „Alistair Boyd, du bist klug, liebevoll, intelligent und manchmal lustig." Ein paar Leute lachten, bevor sie hinzufügte: „Aber du bist auch gütig und wirst alles riskieren, um mich zu beschützen. Ich habe noch nie einen Mann wie dich getroffen, und ich zweifele, dass ich das jemals werde. Wenn du jedoch versuchen könntest, in den nächsten Monaten – oder vielleicht sogar Jahren – nicht zu sterben, wäre das noch besser." Er lächelte, und der Rest ihrer Worte floss hervor. „Ich liebe dich und kann es kaum erwarten zu sehen, was das Leben für uns und unser Kind in der Zukunft bedeutet. Darf ich dich als meinen Gefährten beanspruchen?"

„Aye, das darfst du."

Kiyana griff hinter sich zu der kleinen Kiste und nahm den größeren Armreif heraus, in den ihr Name in der alten Sprache eingraviert war. Nachdem sie sie ihm an den Bizeps gelegt hatte – was angesichts dessen, wie viel größer er war, nicht so einfach war, wie man denken könnte – legte sie ihre Hände an seine Brust. Sie neigte den Kopf nach oben, und er nahm ihre Lippen in einem langsamen, sanften Kuss, wobei eine seiner Hände auf ihrem Bauch lag.

Er sorgte dafür, dass auch ihr ungeborenes Kind Teil der Zeremonie war, weswegen sie ihn umso mehr liebte.

Als er sich schließlich zurückzog, suchte sie seinen Blick und sah seine Pupillen flackern. Vielleicht könnten sie einen Weg finden, sich früher als erwartet aus dem Saal zu schleichen, damit Alistairs Drache sie auch beanspruchen konnte.

Doch Finns Pfiff brachte alle zum Schweigen und erregte ihre Aufmerksamkeit. Alistair hielt sie an sich, aber beide blickten auf Finn.

Sobald Lochguards Anführer wieder auf dem Podest war, meldete er sich zu Wort. „Wir werden unsere Feier für Alistair und Kiyana bald genug feiern, aber zuerst möchte ich euch etwas mitteilen. Etwas, das nicht warten kann."

Finn machte jemandem eine Geste, und die Tür hinten im Saal öffnete sich. Eine Sekunde später kam eine Gruppe großer, tätowierter Drachenwandler herein, die Kiyana noch nie zuvor gesehen hatte.

Sofort erhob sich Gemurmel, aber Finn pfiff wieder, und alle hörten ihm zu. „Aye, das sind Jungs und Mädels vom Clan Seahaven. Obwohl sie noch nicht zugestimmt haben, wieder nach Lochguard zu ziehen – was ich ihnen nicht verdenken kann, nachdem sie vor ein paar Jahrzehnten ausgeschlossen wurden –, haben ihr Anführer und ich beschlossen, wieder Kontakt aufzunehmen. Und als ersten Schritt sind sie gekommen, um mit uns zu feiern. Meine größte Hoffnung ist, dass dies das erste von vielen Dingen ist, die unserem Clan und ihrem helfen werden, bessere Verbündete zu werden. Schließlich sollten sich alle Drachenwandler in den Highlands aufeinander verlassen können."

Es erhob sich mehr Geplauder, und Kiyana tat

ihr Bestes, um sich daran zu erinnern, was sie über Seahaven wusste.

Irgendwann hatte ein ehemaliger Lochguard-Anführer jeden verbannt, der mit einem Menschen gepaart war. Daraufhin gründeten sie ihren eigenen, viel kleineren Clan nahe der nordschottischen Küste.

Sie glaubte jedoch nicht, dass die beiden Clans seitdem auch nur miteinander gesprochen hätten. Sie flüsterte Alistair zu: „Ist das eine gute oder eine schlechte Sache?"

„Ich weiß es nicht, Liebes. Wir könnten ihre Hilfe beim Kampf gegen unsere Feinde gebrauchen – ganz zu schweigen davon, dass sie so viele Ärzte haben wie wir, und Layla wäre für ein paar zusätzliche Helfer dankbar – aber sie sind uns auch in vielerlei Hinsicht unbekannt."

Finn sprach noch einmal, um den Saal zum Schweigen zu bringen. „Aye, nun, lasst uns diese Feier beginnen. Und je mehr Clanmitglieder sich unseren Gästen aus Seahaven vorstellen können, desto besser. Wir sind dafür bekannt, ein gastfreundlicher Clan zu sein, und das sollten wir jetzt nicht ändern."

Der Lochguard-Anführer drehte sich um und stellte sich vor Kiyana und Alistair. „Kommt, es wird Zeit, eure Glückwünsche entgegenzunehmen."

Alistair nahm ihre Hand, und sie gingen vorsichtig die Stufen hinunter. Sie warf einen letzten Blick auf die Seahaven-Gruppe, bevor ihre Mutter und Alistair auf sie zueilten. Im Wirbelwind der

Umarmungen, Glückwünsche und des Geplauders vergaß sie vorübergehend die anderen Drachenwandler.

Sobald Kiyana und Alistair das Podest verlassen hatten, war Layla MacFie hin- und hergerissen. Sie sollte Chase suchen, um ihn um den Gefallen zu bitten, und doch wollte sie mit Dr. Daniel Keith aus Seahaven sprechen. Obwohl es viele Gründe gab, warum die beiden Clans zusammenarbeiten sollten, war Layla am meisten an Seahavens medizinischem Personal interessiert. Schließlich hatte sie bereits mit Dr. Keith zusammengearbeitet und würde gern über zukünftige Kooperationen sprechen.

Bevor sie jedoch mehr als ein paar Schritte in Richtung der Seahaven-Gruppe machen konnte, erfüllte eine bekannte männliche Stimme ihr Ohr. „Ich bin gekommen, um deinen ersten Tanz zu beanspruchen, Layla."

Sie widersetzte sich einem Schauer und bemerkte sofort Chase' Hitze an ihrer Seite. Ihr Drache erhob den Kopf aus dem Schlaf und sagte: *Er ist es. Wir sollten heute Abend mehr tun, als in einem Raum zu reden.*

Sie ignorierte ihr Tier, wandte sich Chase zu, und ihr Herz setzte einen Schlag aus. Er trug traditionelle Kleidung aus einem dunkelblauen Stoff, der wie die alten Plaids um seine Taille geschlungen und als lange Bahn über seine Schulter geworfen war. Ihre Augen drifteten zu seinem straffen, schlanken Körper, hielten an seiner Brust und seinen Armen, bevor Chase leise lachte. Bei dem Geräusch zwang sie ihren Blick nach oben. „Was?"

„Nichts. Du hast vorhin schon immer zu mir geschaut, da dachte ich, ich komme mal nachsehen, worum es geht."

Sie hatte ihr Bestes gegeben, unauffällig zu sein, aber sie musste versagt haben. Lügen oder Dinge zu vertuschen, war nicht ihre Stärke. „Es ist keine große Sache, aber ich muss zuerst mit Seahaven reden, also müsst du und der Tanz warten."

Er zuckte die Schultern. „Warum? Laut meinem Bruder werden sie den ganzen Abend hier sein. Also kein Grund zur Eile. Außerdem ist es wahrscheinlich am besten, zu warten, bis die Eifrigen ihnen die Ohren abgekaut haben, bevor du versuchst, auch ein Wort dazwischen zu bekommen."

Chase' älterer Bruder war Grant, einer der beiden obersten Beschützer des Clans. Was bedeutete, dass seine Informationen glaubwürdig waren.

Und doch wollte sie ihre Chance nicht verpassen, mit Seahavens Arzt zu sprechen.

Ihr Drache seufzte. *Chase ist hier, also bitte um deinen Gefallen. Außerdem wird es leichter sein, jetzt , wenn alle* sowohl *von Seahaven als auch Kiyana und Alistair abgelenkt sind.*

Sie hasste es, wenn die Logik ihres Drachen

einen Sinn ergab. *Schön. Aber du benimmst dich, aye?*

Ihr Drache sagte nichts, und das Schweigen machte ihr Sorgen.

Trotzdem konzentrierte sie sich wieder auf Chase. „Ich muss dich um einen Gefallen bitten."

„Ach, aye? Und was könnte das sein?"

Sie beugte sich vor und bereute es gleich. Jedes Mal, wenn sie Chase' würzigen Männerduft einatmete, schickte es einen Hitzerausch durch ihren Körper, direkt zwischen ihre Oberschenkel.

Sie würde sich jedoch nicht zurückziehen und Anzeichen von Nervosität zeigen. Eine Drachenärztin konnte doch schließlich nicht nervös sein. Innere Drachen reagierten in stressigen Situationen, beispielsweise bei Verletzungen, und ein guter Drachenwandler-Arzt musste lernen, Emotionen zu kontrollieren, um seine Arbeit zu erledigen.

Sie flüsterte: „Nicht hier. Ich muss mit dir unter vier Augen reden."

In seinen braunen Augen flackerte die Neugierde, bevor er den Kopf neigte. „Dann gehen Sie voraus, Mylady, und ich werde folgen."

Sie verdrehte die Augen und flüsterte zurück: „Versuch, es etwas runterzufahren, aye? Meine Bitte ist heikel, und ich will nicht, dass die Leute uns bemerken."

„Tut mir leid, dass ich dir das sagen muss, aber ich bin sicher, dass Meg Boyd und Lorna MacKenzie es bemerken werden."

Sie winkte das mit einer Hand ab. „Ich kann mit ihnen umgehen, wenn es sein muss. Aber versuchen wir, andere davon abzuhalten, darüber zu sprechen, aye? Ich möchte nicht, dass sie einen falschen Eindruck bekommen."

Er neigte den Kopf. „Dein Image ist dir viel zu wichtig. Das hier ist Lochguard, dein Zuhause. Es ist okay, von Zeit zu Zeit du selbst zu sein, Mädel."

Layla war mehr als ein Jahrzehnt älter als Chase, was bedeutete, dass sie nicht wirklich ein „Mädel" war. Aber sie wollte keine Zeit damit verschwenden, darüber zu streiten. „Möchtest du mir nun helfen oder nicht?"

„Du siehst mich fasziniert. Ich folge deiner Führung."

Ihr Drache lachte leise. *Ich frage mich, ob das beinhaltet, dass du ihn küsst, und er den Kuss dann erwidert.*

Halt die Klappe, Drache. Das wird nicht passieren.

Hmph. Jeder braucht mal eine Pause. Er könnte unsere Pause sein, und in Anbetracht seines Alters wird er auch nicht so schnell müde werden. Aye, das würde viel Spaß machen.

Layla wollte sich nicht damit beschäftigen, dass ihr Tier auf das nächste bisschen hindeutete und drängte, und baute schnell ein mentales Gefängnis. Die sofortige Stille machte es ihr leichter, ihre Gefühle und Wünsche auf dem Weg zu einem der Nebenräume zu verdrängen.

Als sie jedoch eine Tür versuchte und dann die nächste, waren sie verschlossen. Die einzige, die sie offen fand, war ein Schrank, der kaum Platz für zwei Personen bot.

Sie atmete einmal tief durch. *„Ist nicht schlimm Layla. Dein Drache ist eingedämmt, und du kannst dich selbst kontrollieren."* Sie deutete in den Schrank. „Das wird genügen müssen."

Chase' Lippen zuckten, als er hineinging. Layla folgte ihm. Obwohl sie ihr Bestes tat, um Hautkontakt zu vermeiden, gelang es ihr nicht vollständig. Ihr Arm drückte gegen Chase', und ein kleiner Stromstoß lief durch ihren Körper, direkt zwischen ihre Oberschenkel.

Eine Sekunde später blitzten die Pupillen des Drachenmanns zu Schlitzen und wieder zurück. Verdammt! Er hatte ihre Erregung gerochen.

Chase' Stimme war rau, als er fragte: „Was ist das für ein Gefallen, den ich dir tun soll, Layla?"

Sein Gesicht war ein paar Zentimeter von ihrem entfernt, und es wäre leicht gewesen, sich vorzubeugen und ihn zu küssen.

Nein! Sie hatte keine Zeit für Männer, nicht einmal für eine kurze Affäre. Sie räusperte sich und konzentrierte sich auf die Liste der fehlenden Gegenstände. Jeder war kostbar, und jedes Teil, das fehlte, bedeutete, dass jemand aus ihrem Clan vielleicht nicht die Behandlung bekam, die er brauchte.

Als sie an Lochguards Wohlergehen dachte,

kühlte das ihre Hormone etwas ab, und sie sagte: „Jemand stiehlt von der Krankenstation."

Chase machte große Augen. „Weiß mein Bruder davon oder Faye? Ich würde zwar gern denken, dass ich dir bei irgendwas helfen kann, aber sie sind viel besser im Sicherheitsbereich als ich."

Sie schüttelte den Kopf. „Nein, ich will es verdeckt halten und versuchen, den Dieb selbst zu fangen. Und da kommst du ins Spiel. Du musst versteckte Überwachungskameras installieren und sicherstellen, dass niemand dich dabei sieht."

Layla erwartete, dass er lächelte und andeutete, dass er dafür eine Belohnung erwartete. Chase nickte jedoch nur und fragte: „Wann soll das erledigt sein?"

Sie blinzelte. Es schien, als hätte Chase eine ernstere Seite, eine, die sie noch nie zuvor wirklich gesehen hatte. „Wenn nichts Unvorhergesehenes dazwischenkommt, wie wäre es mit nächster Woche?"

„Aye, ich mach das. Wir können morgen die beste Zeit koordinieren."

Sie sah ihm in die Augen. „Einfach so?"

„Du hast dein ganzes Leben der Hilfe von Lochguard gewidmet. Es ist an der Zeit, dass jemand anderes dir mehr hilft."

Sie spürte, dass seine Worte eine verborgene Bedeutung hatten, aber bevor sie fragen konnte, fuhr Chase fort: „Lass uns in den Palas zurückkehren, aye? Je länger wir hierbleiben, desto eher werden die alten Schachteln es merken."

Layla konnte nichts anderes tun, als die Tür zu öffnen, sich zurückzuziehen und zuzusehen, wie Chase winkte und wegging.

Es war fast so, als hätte sich etwas in ihm verändert. Vielleicht, nur vielleicht, war sie endlich in der Lage, seine Verliebtheit in sie zu stoppen.

Obwohl sie nicht verstand, warum ihr Herz dabei schwer wurde.

Layla verdrängte den Gedanken, ging zurück in den Palas und beschäftigte sich damit, mit dem Arzt aus Seahaven zu reden. Die Arbeit war ihr Zufluchtsort und sorgte immer für die Ablenkung, die sie brauchte. Heute Abend wäre keine Ausnahme.

Nach mehreren Stunden des Gesprächs, Tanzens und Küsseklauens konnte Alistair mit Kiyana endlich nach draußen in einen Nebengarten schleichen, der nicht mehr oft benutzt wurde, da er überwuchert war. Die kühle Nachtluft fühlte sich gut an. Im Palas war es zu heiß, und er hatte sich Sorgen gemacht, Kiyana könnte ohnmächtig werden.

Doch als er seine Gefährtin zu einer Steinbank führte, die fast vollständig vor Blick verborgen war, konnte er nicht anders, als ihre hellen Augen und ihre glänzende Haut anzustarren. „Du bist so verdammt schön!"

Sie schmunzelte, als sie sich setzte, was seinen Schwanz nur sofort hart machte. „Nun, ich hoffe doch, dass du mich für etwas attraktiv hältst, da du jetzt dein Leben lang mir gehörst."

„Gut, dass du verstanden hast, dass es für das Leben ist, Liebes. Weil ich dich nie aufgeben werde."

Er setzte sich neben sie und hob sie auf seinen Schoß. Alistair bemerkte das Ziehen in seinem Bein durch das zusätzliche Gewicht kaum. Sein ganzer Körper stand auf gute Weise in Flammen, und er wollte mehr als nur das Gewicht seiner Gefährtin auf seinem Körper. Nein, er wollte, dass jeder Zentimeter ihrer Haut gegen seine gedrückt war.

Sein Drache meldete sich zu Wort. *Wir könnten jetzt davonschleichen, und niemand würde es merken.*

Vielleicht, aber ich habe Kiyana versprochen, dass wir bleiben, bis sie gehen will. Dies ist eine besondere Nacht, die wir ehren sollten, indem wir neue Erinnerungen schaffen, und es ist ja nicht wie in den alten Tagen, in denen ein Paar nicht zusammen schlafen konnte, bis sie gepaart waren. Wir hatten sie schon mal, und wir werden sie noch viele Male haben.

Sein Tier grunzte. *Das ist mir egal. Ich will an der Reihe sein, da ich es nicht in der Zeremonie tun konnte.*

Drachen kommen nie zu den Zeremonien raus. Außerdem hast du nicht gesagt, dass du mitmachen willst. Aber egal, du wirst unsere Gefährtin bald genug beanspruchen können.

Sein Tier schnaubte und rollte sich zu einer Kugel zusammen. Vielleicht hätte ihn die Reaktion vor dem, was mit seinem Drachen in den letzten Monaten passiert war, etwas irritiert. Jetzt jedoch bestätigte es nur das, was er mehr als alles andere wollte – dass sein Drache sich vollständig von den Wirkungen der Drogen erholte.

Kiyana legte eine Hand an seine Wange und bekam damit seine volle Aufmerksamkeit. „Was hat dein Drache gesagt?"

„Was er normalerweise so von sich gibt, nämlich wieder Sex mit dir haben zu wollen."

Sie schmunzelte. „Wird das je nachlassen, sein Verlangen?"

Er hob die Brauen. „Warum? Brauchst du eine Pause? Ich kann ihn zurückhalten, solange du es brauchst, Liebes."

Sie schüttelte den Kopf. „Nein, es ist nur so, dass Ehen mit der Zeit vertraut werden, und mehr als ein paar Kollegen von mir haben sich über mangelnden Sex beschwert."

Er legte seine Hand über ihre auf seinem Gesicht und drückte sanft ihre Finger. „Niemals. Sobald ein Drachenwandler sich gebunden hat, bleibt das so. Deshalb ist es so verheerend, wenn einer geht und der andere ihn immer noch liebt."

„Obwohl dieser Schmerz mit der Zeit heilen kann, denke ich."

Alistair kam sich wie ein Idiot vor. Er hatte in letzter Zeit nicht über Rachel geredet, und doch war sie in ihren Paarungstag eingedrungen. Er würde sie immer lieben, aber sie war weg.

Und er wollte keine Traurigkeit an seinem Paarungstag, weder für sich noch für seine Gefährtin.

Kiyana fuhr fort: „Keine Sorge, ich bin nicht eifersüchtig. Letzten Endes hat Rachel mich zu dir gebracht, Alistair. Wenn du nach ihrem Tod nicht Lehrer geworden wärst, wärst du wahrscheinlich nie beauftragt worden, die Gruppe von Menschen zu unterrichten, und wir hätten uns nie richtig kennengelernt. Und selbst wenn ich sie nicht kannte, würde sie sicher zustimmen, dass du wieder glücklich sein sollst."

Seine Lippen hoben sich ein wenig. „Aye, sie wollte das für mich. Aber ich bezweifle, dass irgendwer außer dir meine Ausreden hätte durchbrechen können, geschweige denn sehen, dass ich mich hinter einem Gelübde versteckt habe."

Sie biss sich auf die Lippe, und er wusste, dass ihr etwas durch den Kopf ging. Er hakte nach: „Sag mir alles, Kiyana."

„Nun, ich wollte es für später aufheben, aber ich sollte es dir jetzt sagen."

Alistairs Herz setzte einen Schlag aus. Er hatte keine Ahnung, warum sie zögerte. Sicher gab es kein anderes Hindernis, das sie so schnell nach allem anderen überwinden mussten.

Er wartete, dass Kiyana es erklärte. Und als sie es tat, hing er an jedem Wort. „Jetzt, da wir gepaart sind, kann ich dir endlich etwas sagen, was ich dir seit Tagen erzählen wollte. Es hat mit dem MDA zu tun."

Alistairs Befürchtung verschwand, als er ihr in die Augen sah. „Ach, aye? Möchten sie, dass du weiterhin für sie arbeitest?"

Sie nickte. „Ja. Aber es ist für ein spezielles Projekt, bei dem du hoffentlich gelegentlich helfen kannst, wenn du nicht gerade mit dem Unterrichten beschäftigt bist."

Sowohl die Neugier des Menschen als auch des Drachen stieg. „Was ist es?"

„Weißt du noch, dass ich Informationen über die Dettifoss-Versammlung gefunden habe?" Er nickte. „Nun, Rosalind Abbott will versuchen, das in ein paar Jahren wieder Realität werden zu lassen. Max, ich und ein paar andere werden im Geheimen daran arbeiten und versuchen, einen Weg zu finden, um es umzusetzen."

Das Ziel war ein verdammt großes, aber wenn jemand versuchen könnte, es wahr zu machen, war es seine Gefährtin. „Falls – nein – *wenn* du es schaffst, hilft es den Drachenwandlern auf dem ganzen Planeten."

Und seine Gefährtin würde in den Geschichts-büchern landen.

Sein Drache schnaubte, *Und das sollte sie auch.*

Sie zuckte die Schultern. „Das ist das Ziel. Ich

bin mir jedoch nicht sicher, ob ein paar Jahre genug Zeit sein werden, um alles zu erledigen, besonders sobald das Baby geboren ist."

Er legte einen Arm um ihre Taille. „Ich helfe mit unserem Kleinen, wie auch meine ganze Familie. Mach dir keine Sorgen, Liebes. Du hast alle Unterstützung, die du brauchst."

Sie lächelte ihn an. „Ich habe fast Angst, dir nochmal zu sagen, wie großartig du bist. Ich brauche keinen arroganten Drachenmann so kurz nach unserer Paarung."

Er schnaubte. „Keine Sorge, ich muss die meiste Zeit immer noch mit einem Stock rumlaufen, was meine Arroganz in Schach hält."

Sie schlang ihre Arme um seinen Hals. „Es wäre mir egal, wenn du immer einen brauchtest. Ich liebe dich so wie du bist, Alistair Boyd."

„So wie ich dich liebe, Kiyana Barnes. Und um dich daran zu erinnern, werde ich das hier machen."

Er ging zu ihr und nahm ihre Lippen in einem langsamen, allesverschlingenden Kuss in Besitz.

Alistair hatte seine Familie wiedergewonnen, hatte wieder Liebe in seinem Leben und bekam sogar ein Kind. Darüber hinaus half ihm seine Gefährtin, sein Gelübde und seinen Traum Wirklichkeit werden zu lassen.

Nichts davon wäre ohne die Frau auf seinem Schoß möglich gewesen, und er nahm sich Zeit, sie wissen zu lassen, wie sehr er sie liebte und dafür schätzte.

Epilog

Jahre später

K iyana stand vor den Ruinen aus Stein, die rechteckig angelegt waren. Das Gebäude befand sich in der Nähe von Loch Naver und war einer der ersten Orte, die Alistair ihr zu Beginn seines Liebeswerbens gezeigt hatte.

Nun, eine Art Liebeswerben.

Dennoch hatten die Ruinen des Cottages einen besonderen Platz in ihrem Herzen und nie mehr als heute.

Alistair stand an ihrer Seite und hielt eine kleine Tafel. Sie waren gekommen, um das zu ehren, was sie gemeinsam erreicht hatten, und um materiell daran zu erinnern, dass sie Alistairs Gelübde an Rachel erfüllt hatten.

In diesem Moment trat das fast reife Baby in ihrem Bauch. Sie lächelte und legte eine Hand über die Stelle. Sie hatten so viele Jahre gebraucht, aber ihr zweites Kind war auf dem Weg und wollte sich seiner Schwester anschließen.

Alistair legte eine Hand auf ihre. „Geht's dir gut? Ist es das Kleine? Ich habe dir gesagt, wir hätten warten sollen."

Sie schüttelte den Kopf. „Warum? Ich bin vollkommen in der Lage, ein paar Minuten zu gehen. Das Baby hat nur getreten, das ist alles. Ich denke, er oder sie will diesen Moment auch ehren." Sie sah ihrem Gefährten in die Augen. „Jetzt fühle ich mich schuldig, weil wir Serena bei deiner Mutter gelassen haben."

Serena war ihre Tochter, die ersehnte Enkelin, die Meg schon immer gewollt hatte. Natürlich hatte sie bis jetzt die meiste Energie von allen Enkelkindern, was schon etwas heißen wollte.

Alistair schnaubte. „Musst du nicht. Serena würde wahrscheinlich zum Loch rennen oder versuchen, diese Mauern zu erklimmen. Und auch wenn ich ihren abenteuerlichen Geist liebe, ist dieser Moment hier für uns, Liebes."

Sie sah auf die Tafel hinab. „Ich habe das Gefühl, wir sollten etwas sagen, aber ich habe keine Ahnung, was."

„Ich denke, so viele Drachen-Clans zusammenzubringen, ohne dass irgendein Krieg ausbricht, ist Leistung genug." Alistair nahm seine Hand weg und ging ein paar Schritte vorwärts, damit er die Tafel direkt neben eine der zerbröckelnden Steinmauern platzieren konnte.

Er kehrte an ihre Seite zurück und zog sie gegen sich. Ein Wind wehte, und sie kuschelte sich in seine Wärme. „Obwohl ich dort war, kann ich nicht glauben, dass wir das Treffen haben Wirklichkeit werden lassen."

„Aye, aber du warst eine der Hauptkräfte dahinter, also wusste ich natürlich, dass es passieren würde."

Sie umarmte ihn. „Kein Grund, dich bei mir einzuschmeicheln. Ich bin mittlerweile eine sichere Sache, Alistair."

Er lachte leise. „Es kann nie schaden, dir ein bisschen Honig um den Bart zu schmieren. Zumal ich denke, dass mein Drache und ich nochmal jeden Zentimeter deines Körpers verehren werden, solange wir es noch können. Ich freue mich extrem über unser zweites Kleines, aber sobald es hier ist, wird es eine Weile chaotisch sein. Ich muss so viel von dir haben, wie ich kann, solange ich noch die Chance habe."

Sie hob den Kopf, starrte in Alistairs ungleiche Augen und schmunzelte. „Wenn ich nicht so rund wäre wie ein Wal, würde ich die Bäume da drüben vorschlagen."

Seine Augen blitzten zu Schlitzen und zurück. „Du weißt, dass mein Drache dich gern im Wald beansprucht."

„Ich wette, wenn wir einen Baumstamm oder Fels finden, auf dem ich sitzen kann, können wir einen Weg finden, damit es funktioniert."

Er runzelte die Stirn. „Aber ich möchte nicht, dass du dich erkältest."

Sie schmiegte sich enger an ihren Drachenmann. „Mit dir neben mir wird mir nie kalt."

Mit einem Knurren nahm er ihre Lippen in einem fordernden Kuss. Jedes Lecken, Knabbern und Streicheln erinnerte sie daran, wie sehr er sie immer noch liebte und es wahrscheinlich immer tun würde.

Bald darauf fanden sie einen geeigneten Fels für sie, und er bewies ihr seine Liebe, bis er ihre Schreie schlucken musste.

Das Streben des Drachen

Lochguard Highland Drachen #7

Als Dr. Layla MacFie bemerkt, dass jemand dringend benötigte medizinische Vorräte stiehlt, weiß sie nicht, wem sie auf ihrer Krankenstation noch vertrauen soll. Entschlossen, den Täter selbst zu finden, wendet sie sich an Lochguards Elektriker Chase, den jüngeren Mann, der sie seit Monaten zu umwerben versucht. Da es sonst niemanden gibt, der bei der Installation der Überwachungskameras helfen kann, kann sie ihm nicht mehr aus dem Weg gehen und ist am Ende öfter allein mit ihm, als ihr lieb ist. Wenn nur das Leben einer Drachenwandler-ärztin nicht so kompliziert wäre, dann wäre sie in Versuchung, nachzugeben und mit dem Mann zu schlafen.

Chase McFarland weiß seit zwei Jahren, seit dem Tag nach seinem zwanzigsten Geburtstag, dass Layla seine wahre Gefährtin ist. Auch wenn er versucht hat, dem Drängen seines Drachen zu widerstehen, dauert es nicht lange, bis er erkennt, wie erstaunlich Layla ist und dass er sich um sie kümmern und sie für sich beanspruchen will. Seine anfänglichen Versuche, sie zu gewinnen, scheitern, aber als sie um seine Hilfe bei einem geheimen Projekt bittet, beschließt er, die Taktik zu ändern und zu beweisen, dass er ein würdiger Mann ist. Je mehr Zeit sie zusammen verbringen, desto mehr gibt Layla nach, bis er bereit ist, ihr die Wahrheit zu sagen und sich den Konsequenzen zu stellen.

Während die beiden umeinander tanzen und die Geheimnisse des anderen entdecken, finden sie heraus, wer der Dieb ist, und müssen entscheiden, was zu tun ist. Wird Chase endlich beweisen können, dass er reif genug für die viel ältere Layla ist, oder wird sie für immer an ihre Arbeit gekettet sein und verweigern, was sie und ihr Drache sich ersehnen?

Snowridge Verwandeln

Stonefire Drachen Universe #2

Rhydian Griffiths ist der Anführer von Clan Snowridge im Norden von Wales. Er führt nicht nur seinen Clan, sondern kümmert sich auch allein um einen verwaisten Jungen. Die Frist, in der überlebende Familienangehörige ihn abholen können, läuft allmählich ab, und Rhydian beschließt, den Jungen selbst zu adoptieren. Stunden später taucht eine Menschenfrau am Tor seines Clans auf und behauptet, sie sei die Tante des Jungen. Auch wenn er normalerweise ihr Feuer und ihre Entschlossenheit bewundern würde und sein Drache sagt, er will den Menschen, muss Rhydian widerstehen. Das Letzte, was er braucht, ist ein Mensch, der in seinem Clan lebt.

Delaney Murphy hat die letzten drei Monate damit verbracht, sich auf den Kopf zu stellen, um zu beweisen, dass sie Rians Tante ist. Als sie endlich den verdammten walisischen Clan in den Bergen findet, sagt man ihr, die Frist sei abgelaufen. Auch wenn sie versuchen, sie zu erschrecken, indem sie sie in eine Gefängniszelle werfen, macht sie das nur entschlossener. Schließlich ist Rian ihre einzige Familie. Vorausgesetzt, sie kann, um sich einen Plan einfallen zu lassen, lange genug ignorieren, wie der ernste Drachen-Clanführer sie ansieht, dann wird sie in der Lage sein, ihren Neffen als den ihren großzuziehen.

Während Rhydian versucht, die Frau zu ignorieren, erinnert ihn eine Drohung daran, warum jeder Mensch in Snowridge in Gefahr sein könnte. Er muss mit Delaney zusammenarbeiten, um nicht nur ihre Sicherheit zu gewährleisten, sondern auch Rians. Natürlich könnte das bedeuten, die Familie aufzugeben, die er heimlich immer gewollt, aber lange verleugnet hat.

Über die Autorin

Jessie Donovan hat mehr als eine halbe Million Bücher verkauft, Hunderttausende weitere kostenlos an ihre Leser*Innen verschenkt und es sogar auf die Bestsellerlisten der *NY Times* und *USA Today* geschafft. Sie ist vor allem für ihre Drachenwandler-Serie bekannt, schreibt aber auch über Elfenhexen, Vampire, Alien-Krieger und hat sogar eine verrückt-komische Liebesromanreihe aufgelegt, die in Schottland spielt. Wenn sie nicht gerade ein Buch liest, auf ihrem Laufband joggt oder mit nur wenigen Groschen in der Tasche durch ein fremdes Land reist, findet man sie oft auf Facebook oder TikTok, wo sie mit ihren Lesern interagiert. Sie lebt in der Nähe von Seattle. Dort regnet es zwar oft, doch der Regen macht auch alles grün.

Besuchen Sie ihre Website unter: www.JessieDonovan.com

www.ingramcontent.com/pod-product-compliance
Lightning Source LLC
Chambersburg PA
CBHW030812260626
47169CB00001B/290